Aurora Bertrana

La ciudad de los jóvenes:
reportaje fantasía

Traducción & Edición Crítica
Sílvia Roig

- STOCKCERO -

Aurora Bertrana

La ciudad de los jóvenes:

reportaje fantasía

Agradecimientos

A Oriol Ponsatí por haber facilitado el proceso burocrático y por ofrecer en todo momento sus sabios consejos. Al bibliotecario de la UdG Blai Gasull por haber proporcionado la versión íntegra del manuscrito de *La ciutat dels joves* junto con los informes de la censura. Gasull recuperó el texto censurado y los documentos de los censores cuando se desplazó en febrero de 2018 al Archivo General de la Administración (AGA) (archivo de la censura) en Alcalá de Henares, Madrid. Su intención era encontrar el manuscrito de *L'impenitent* (1948) del padre de Aurora Bertrana, Prudenci Bertrana, sin embargo, para su sorpresa, no apareció ningún texto de Prudenci, pero sí encontró el manuscrito de *La ciutat dels joves* con las tachaduras de los censores. Se sabe que el editor de *L'impenintent* envió el texto a la censura obligatoria en 1947 y Gasull quería hallar el original y la resolución del censor para mostrarlo en una exposición que organizaba en el Museo de Historia de Gerona dedicada a Prudenci y Aurora Bertrana. Ya que estaba allí, pensó que sería útil revisar también todos los expedientes, si los había, de Aurora Bertrana por si encontraba algo. Bertrana nunca mencionó haber enviado a la censura ninguna de sus obras. La existencia de su expediente en la AGA era desconocido hasta el hallazgo de Gasull. Según Gasull, obtener documentos del Archivo General de la Administración no fue nada fácil, sobretodo por la falta de agilidad.

Indice

Anexos

Introducción

Biografía de la autora

Aurora Bertrana (Gerona, 1892 – Berga, 1974) fue una mujer atípica y poco convencional para su época sobre todo por su forma de pensar, su vida aventurera e independiente. Desde pequeña tuvo un fuerte interés por la literatura. A los seis años escribió su primer poema en catalán y a los diez redactó un cuento sobre animales, el cual supuso su primera frustración debido a la severidad y al poco cuidado con que su padre juzgó su relato, calificándolo injustamente de malo y de haberlo copiado (*Memòries fins al 1935* 115). Sus padres, Neus Salazar y el reconocido escritor catalán Prudenci Bertrana (1867–1941)[1], orientaron su educación hacia la música. Querían evitar que su hija se dedicara a la literatura para que no sufriera tanto como él. La vida de Prudenci como escritor estuvo marcada por las dificultades económicas, las discrepancias con la crítica y los problemas por encontrar editores interesados en publicar sus obras; al menos hasta que consiguió hacerse un lugar destacado en el mundo literario. El hecho de ser mujer e hija de un reconocido escritor también eran motivos suficientes para que su familia intentara apartarla del mundo literario. Durante la época no estaba bien visto que la mujer se dedicara a escribir.

Bertrana empezó sus clases de cello en Gerona con Tomàs Sobrequés[2], uno de los mejores profesores de la provincia. Guiados por los consejos de Sobrequés los padres de Bertrana permitieron que a los 18 años, su hija se desplazara dos veces por semana a Barcelona para perfeccionar sus conocimientos y aprovechar las grandes opor-

---

1   Prudenci Bertrana fue un escritor catalán modernista de principios del siglo XX. Destacó por su estilo, su forma de pensar y por su actitud contraria a las propuestas filosóficas y estéticas de los *noucentistes* de la época. Desde 1968, en Cataluña existe un premio a la mejor novela que lleva su nombre, y es considerado uno de los más prestigiosos galardones literarios en prosa catalana. Logró hacerse un lugar destacado en el mundo de las letras con diferentes géneros: novelas, narrativa breve y teatro.

2   Tomàs Sobrequés Masbernat (Gerona, 1878 – 1945) fue un violonchelista, pedagogo musical y promotor de gran nombre de iniciativas musicales en Gerona durante la primera mitad del siglo XX.

tunidades de la gran ciudad. Esto supuso un gran escándalo para la familia (Bonnín 51). La gente de Gerona no veía con buenos ojos que una adolescente se viajara sola a la gran ciudad y que además sus padres lo consintieran. Afortunadamente estos prejuicios no fueron suficientes para impedir las aspiraciones de Bertrana, ya que al poco tiempo, Bertrana se instaló en la ciudad condal bajo la protección de la escritora y feminista Carme Karr (1865-1943), para completar sus estudios en la Escuela Municipal de Música. En 1923 viajó a Ginebra y se inscribió en el Insituto Dalcroze donde tomó clases de música, pero abandonó sus estudios debido a las dificultades económicas y a las discrepancias con dicha institución. A pesar de su fracaso en el Instituto Dalcroze, sus experiencias en Suiza además de enriquecer su vida, marcaron a Bertrana para siempre, intensificando su personalidad independiente y cosmopolita, cada vez más alejada de las coordenadas de la burguesía catalana. En la ciudad helvética conoció a gente interesante. Empezó a publicar sus primeros textos en *La Veu de Catalunya*, los cuales tuvieron mucho éxito, y fundó la primera banda de jazz femenina en Europa.

El 30 de mayo de 1925 contrajo matrimonio en Barcelona con el ingeniero suizo Denys Choffat y al poco tiempo ambos viajaron a la Polinesia porque una empresa contrató a Choffat para edificar una central eléctrica en Tahití. Allí vivieron 3 años y durante su estancia, Bertrana recorrió las islas y escribió sobre sus vivencias en una serie de crónicas que publicó en la revista *D'Ací i d'Allà*. Cuando regresó a Cataluña en 1929 re-editó sus artículos y los publicó en forma de novela de viajes con el título *Paradisos oceànics* (1930). La obra fue todo un éxito y supuso su primer reconocimiento literario como escritora. Otras obras que publicó sobre la Polinesia son *Peikea: princesa caníbal i altres contes oceànics* (1934), *Ariatea* (1960) y *L'illa perduda* (1935), ésta última la escribió a medias con su padre.

Gran parte de la producción literaria de Bertrana se centra en el viaje o se relaciona con él. Después de viajar sola a Marruecos en 1935 Bertrana publicó *El Marroc sensual i fanàtic* (1936) donde explora la vida marroquí y se centra en la forma de vivir de las mujeres musulmanas en los pueblos y en las ciudades más importantes del norte de África. Sus obras «El pomell de violes» (1956), *La aldea sin hombres* (mn.)[3], *Tres presoners* (1957) y *La madrecita de los cerdos* (mn.) las

---

3   Todos los manuscritos de Bertrana pueden consultarse en la página web del *Fons Bertrana* de la Universidad de Gerona (UDG) www.dugifonsespecials.udg.edu.

escribió durante el exilio en Ginebra. Los textos se basan en el drama personal de las mujeres de Etobon (en la Haute-Saône, Francia) y en la participación del colectivo femenino durante la II Guerra Mundial (1939-1945). La vivencia de la posguerra en Suiza y sus visitas a los campos de refugiados y prisioneros son el hilo temático en dichas obras. Estos temas posteriormente los amplia con todo detalle en el segundo volumen de sus memorias, *Memòries del 1935 fins al retorn a Catalunya* (1975).

Bertrana nunca dejó de escribir. Cuando regresó a Barcelona en 1949, la autora se encontró con un ambiente hostil y represivo debido a la dictadura franquista (1939 1975). La situación de los escritores en general en España era lamentable, pero aún era peor para las mujeres, sobre todo en Cataluña. La autora sabía que su regreso a España no iba a ser fácil, pero decidió renunciar al medio intelectual y social que le ofrecía Suiza para estar cerca de la familia. Durante la posguerra, la profesionalización de las escritoras era prácticamente imposible y las posibilidades que tenían de publicar eran mínimas. Aún así, Bertrana consiguió publicar, y en catalán, *Camins de somni* (1955), *La nimfa d'argila* (1959), *Fracàs* (1966), *Vent de grop* (1967) y *La ciutat dels joves: reportatge fantasia* (1971). También escribió *L'inefable Philip* pero nunca se llegó a publicar. Unos editores consideraron que la novela era un escándalo, ya que trata la homosexualidad y la libertad sexual, pero otros como Joan Oliver, el director y editor catalán de *El club dels novel.listes* consideraron que el tratamiento del tema no era suficientemente erótico y que las referencias sexuales tenían que ser más explícitas y concretas (Bonnín 211).

Aurora Bertrana falleció en 1975 en Berga y tras ella dejó una personalidad insólita en las letras catalanas y una obra con gran riqueza intelectual. Su carácter cosmopolita y sus reflexiones alejadas de la moral imperante además de escandalizar a la sociedad del momento muestran el compromiso social y cultural de la autora, y su ideología feminista aunque nunca admitiera formar parte de dicho movimiento. Su caracter independiente, su originalidad y habilidad de experimentar con diferentes géneros literarios (ensayo, crónica, novela, cuento, reportaje, autobiografía y *Bildungsroman*), hacen de Bertrana una escritora muy particular y avanzada para su época.

LA MUJER ESCRITORA EN EL SIGLO XX EN ESPAÑA Y EN CATALUÑA.

Para gran parte de la sociedad ilustrada catalana y española del siglo XX todavía no estaba bien visto que una mujer se dedicara a la literatura y tan sólo algunas autoras, como es el caso de Caterina Albert, conocida literariamente como Víctor Català (1869-1966) o Emilia Pardo Bazán (1851-1921), lograban publicar sus textos y ser reconocidas como escritoras. La literatura era un espacio dominado por los hombres y no fue hasta más tarde que la mujer impuso lentamente su derecho a escribir. Las escritoras no encontraron prohibiciones concretas o legales que las incapacitaran para desarrollar su labor, pero sí falsas amabilidades y resistencias irónicas tanto de tipo social como político. Hasta principios del siglo XX hacerse un hueco en el mundo literario era casi imposible para la mujer. Como explican los estudios de Juan Pedro Gabino, Begoña Sáez Martínez y Concha Roldán en *La mujer de letras o la letraherida* (2008)[4], en España persistía la idea de que la mujer nacía desprovista de creatividad y sabiduría, y que debido a su génesis instintiva sólo era capaz de escribir textos sencillos, triviales y emotivos (17). La situación socio-cultural de la época condicionaba la escritura de las mujeres y la sociedad desarrollaba estrategias elusivas de exclusión y marginación. Al ser la literatura un espacio fuertemente controlado por los hombres, gran parte de escritoras que conseguían publicar y destacar en el mundo literario utilizaron un pseudónimo masculino para que sus obras fueran valoradas y reconocidas púbicamente. Este fue el caso de la escritora catalana mencionada anteriormente, Caterina Albert, quien publicó sus obras como Víctor Català, o el de María de la O Lejárraga y García (1874-1974), quien se ocultó bajo el nombre de su esposo Gregorio Martínez Sierra[5]. Esta situación empezó a cambiar con la generación de Aurora Bertrana, que comenzó a publicar entre 1918 y 1936[6].

---

4   Juan Pedro Gabino ofrece un estudio diacrónico en torno a la lexicografía decimonónica empleada para definir a la mujer ilustrada y reflexionar sobre las valoraciones negativas que subyacen en algunos términos como *marisabidilla*, *letrada*, *erudita* o *cursi*. Estas observaciones son ampliadas por Begoña Sáez, quien indaga en el discurso crítico sobre la mujer escritora y señala la polémica que generó la irrupción de la mujer en las academias literarias. Concha Rodán acuña el término la *escritura robada* para explicar la exclusión de la mujer decimonónica de las fuentes de la cultura y la lucha femenina durante la época para formar parte del saber intelectual.

5   Este es uno de los casos más inusitados de la literatura española, ya que todo el reconocimiento del trabajo literario de María fue otorgado a su esposo, y aún hoy existen crí-

En Cataluña, después de las sucesivas crisis de la novela[7], la prosa alcanzó un protagonismo de primer orden entre los años 1925 y 1939, y las escritoras como Aurora Bertrana que se habían visto afectadas por el movimiento anti-novela, empezaron a publicar y a ser reconocidas en los círculos literarios. Tanto Bertrana como Rodoreda, Arquimbau, Lewi, Montoriol, Murià y Vernet formaron parte de una generación de mujeres novelistas plenamente profesionales y capacitadas para triunfar en la literatura. Eran escritoras jóvenes llenas de vitalidad, cultas, con estudios universitarios, cosmopolitas, y con deseos de romper con la vida tradicional y vivir independientemente y dedicarse a escribir. A estas autoras se las suele calificar como autoras modernas por su forma de ser y porque en sus obras aportan un punto de vista feminista muy distinto al de las autoras predecesoras (Real Mercadal «Les narradores catalanes del segle XX» 72). La mayoría pertenecen a la clase media y a la pequeña burguesía catalana y publican un nombre considerable de obras. Bertrana era una mujer comprometida con los proyectos catalanes de los círculos intelectuales más progresistas de la época y participaba activamente para materializarlos. La autora fue de las pocas que consiguió abrirse camino en el campo de la política, militó en partidos e intervino en campañas electorales en función de sus intereses culturales y políticos[8]. Esto demuestra que du-

---

ticos que discuten la verdadera autoría de las obras (Arranz 27).

6 Algunas escritoras catalanas de la generación de Bertrana que empiezan a escribir durante dicho periodo son: Carme Monturiol (1893-1966), Paulina Crusat (1900-1981), Anna Murià (1904-2002), Maria Teresa Vernet (1907-1974), Mercè Rodoreda (1909-1983), Rosa M. Arquimbau (1910-1992), Elvira Augusta Lewi (1910-1970), Liberata Masoliver (1911-2004), Cèlia Viñas (1915-1954).

7 Según Alan Yates los noucentistes, que cultivaban la poesía, consideraron que la prosa iba en contra de sus proyectos culturales y políticos reformistas, ya que su aspiración era crear un país ideal para Cataluña y no podía ser representado en la literatura con un género como la novela porque una de las características de la prosa es que pone de manifiesto la dimensión social, los vicios y el caos de una cultura. Por eso, acordaron que la novela no era posible hasta que hubieran alcanzado sus objetivos, hubieran reformado el país y renovado dicho género (110). De este modo, se excluyó la narrativa del mercado literario y se marginó a los novelistas (113).

8 Aurora Bertrana fue candidata de ERC (Esquerra Republicana de Catalunya) [*Izquierda Republicana de Cataluña*] en las elecciones de 1933. Aunque no salió elegida y su militancia en el partido fue breve, Bertrana protagonizó varios discursos electorales en los que reivindicaba el comportamiento político diferencial de las mujeres y defendía la influencia positiva de las mujeres en la política para conseguir una mayor humanización en el ámbito político. Maria Aurèlia Capmany en *El feminisme a Cataluña* (1973) y Mary Nash en *Mujer, familia y trabajo en España (1875-1936)* (1983) analizan la concesión del sufragio femenino y la participación de la mujer en los partidos políticos, y observa que todo fue con la intención de atraer y canalizar el voto de las mujeres (Nash 247). Según Nash y Capmany los partidos de izquierdas temían que el sufragio femenino perjudicara sus candidaturas porque creían que el voto de las mujeres sería

rante la II República la imagen de la mujer escritora poco a poco iba cambiando y que el protagonismo del colectivo femenino se iba normalizando en el espacio público.

Gran parte de las mujeres ilustradas catalanas como Bertrana lideraron asociaciones y trabajaron en actividades culturales orientadas a promocionar la educación femenina en Cataluña. En 1931 la autora participó en la fundación del *Lyceum Club* en Barcelona, del que ella fue la primera presidenta. En este centro cultural ofrecían cursos, conciertos, exposiciones, lecturas de obras literarias, etc.; organizaban charlas sobre arte, literatura y música, se daban conferencias donde discutían temas relacionados con la situación de la mujer y se proponían reformas para mejorar el marco legal del sector femenino. Esta organización tomaba como ejemplo el *Lyceum Club* de Londres fundado en 1904 con la finalidad de sacar a la mujer del hogar[9], ofrecerle una educación e involucrarla en las actividades culturales. De este modo las mujeres participaban en la esfera pública y podían llevar una vida activa fuera del espacio doméstico igual que los hombres (Capmany, *El feminisme a Catalunya* 76). Lo más importante de estas entidades como el *Lyceum Club* es que sirvieron para que las mujeres salieran del hogar, se reunieran, establecieran contactos e intercambiaran opiniones, ideas y experiencias. Así las mujeres pudieron darse cuenta de que muchos de los problemas que allí se discutían y se planteaban no eran individuales sino colectivos y de género.

No obstante, es necesario señalar que más adelante Bertrana rechazó las asociaciones y los clubs femeninos como el *Lyceum Club* después de haber formado parte de ellos, ya que estos lugares, según la autora, se minaron gradualmente de un ambiente burgués, clasista e inútil (*Memòries fins al 1935* 757). Bertrana dimitió del club al poco tiempo de formar parte de él porque las actividades allí propuestas no se correspondían en nada con su forma de pensar y jamás obtuvo el apoyo que buscaba para sacar adelante su proyecto: la creación de una Universidad Obrera Femenina. Las socias burguesas del *Lyceum Club*

---

conservador y porque durante años las mujeres habían sido «camp abonat per les ideologies més retrògrades, per la beateria més cavernícola, per la propaganda de la pau i la tranquil.litat contra la més lleu sospita de canvi» (Capmany 61). Es cierto que la política todavía continuaba monopolizada por los hombres y que la mujer se limitó a ejercer un papel secundario, pero la participación de la mujer representó un paso importante para el sector femenino.

9   Según Capmany en *El feminisme a Catalunya* (1973), el *Lyceum Club* de Londres originalmente se llamaba *Picneer Club* y fue fundado por Mrs Massing (76).

centraban sus reuniones en tertulias «amables [i] a lluir les seves habilitats particulars: musicals, poètiques, sociològiques, amb un èxit assegurat perquè les aplaudidores d'avui serien les aplaudidores de demà» (757).[10] A diferencia de las demás socias burguesas, Bertrana era una mujer intrépida y verdaderamente comprometida con la mujer de las clases sociales bajas y con la cultura y esperaba una participación seria del colectivo femenino en el mundo intelectual, social y político de la época. Consideraba imprescindible la instrucción de la mujer de las clases obreras y burguesas con el objeto de dotarlas con los instrumentos necesarios para ejercer de críticas del mundo y lograr la independencia económica mediante un trabajo cualificado y remunerado. Es más, según afirma la autora en su ensayo «La dona y la política» publicado en *La Humanitat* el 5 de noviembre de 1933, la mujer necesitaba estar preparada para intervenir en los asuntos sociales y políticos, luchar por sus derechos y dar «una empenta i una saba noves, vigoritzant el nervi de la política masculina, ja vell, cansat i un xic rutinari» (*Aurora Bertrana, periodista dels anys vint i trenta. Selecció de textos* 102)[11].

Paralelamente, durante este mismo periodo, la participación de Bertrana y las escritoras de su generación en los periódicos y las revistas de la época también fue creciendo. Aurora Bertrana colaboró en *D'Ací i d'Allà*, el *Mirador*, *L'Opinió*, *La Nau*, *La Publicitat*, *La Veu de Catalunya*, *El Dia de Palma de Mallorca* y *La Humanitat*, entre otros[12], fundó y dirigió junto con Carme Nicolau una revista llamada *La Novel.la Femenina* en 1937 y en el mismo año trabajó como redactora en el semanario *Companya* dirigido por Elisa Uriz, en el que también colaboraban Carme Montoriol, Anna Murià, Mercè Rodoreda y Maria Teresa Vernet. Además, constantemente daba conferencias en los centros intelectuales y participaba en actividades socioculturales donde se intercambiaban opiniones y Bertrana exponía con contundencia su punto de vista con respecto a asuntos sociales, culturales, políticos y de género (*Aurora Bertrana, periodista dels anys vint i trenta* 17-23).

---

10 *amables [y] a lucir sus habilidades particulares: musicales, poéticas, sociológicas, con un éxito asegurado porque las aplaudidas de hoy serían las aplaudidas de mañana.*

11 *un empuje y una savia nuevas, vigorizando el nervio de la política masculina, ya viejo, cansado y un poco rutinario.*

12 Ver el estudio *Aurora Bertrana, periodista dels anys vint i trenta* (2007) de Neus Real Mercadal donde la autora ofrece una selección de los textos periodísticos y artículos de opinión que Bertrana publicó durante la época.

Es evidente que Aurora Bertrana vivió y escribió en un contexto social más permisivo que antes, al menos en apariencia, pues las escritoras todavía luchaban por ver reconocidas sus obras y la mujer seguía ocupando un lugar inferior con respecto al hombre[13]. No obstante, a partir de la II República el nuevo marco legislativo significó una ruptura con respecto a la sociedad española y catalana anterior a 1931 y las mujeres lograron libertades y derechos impensables hasta el momento. Algunas leyes como la del derecho al voto femenino en el año 1931, la concesión del divorcio en marzo de 1932 o la legalidad del aborto en Cataluña en diciembre de 1936 son ejemplos de las reformas básicas durante este periodo que hicieron posible una mejora con respecto a la situación de la mujer[14].

El asentamiento de un régimen político democrático significó la transformación democrática del país y un cambio importante en la trayectoria política del Estado español. La Segunda República (1931-36) fue un período intenso y prometedor, en tanto dio un impulso de progreso cultural y social al país. Supuso especialmente para las mujeres un cambio radical importante[15]. Con la Constitución de 1931 y

13 Por ejemplo, aún estaba mal visto que la mujer trabajara fuera del hogar y en los programas políticos, la candidatura de una mujer (como la de Aurora Bertrana en las elecciones de 1933) respondía a una estrategia electoralista ideada para seducir el voto femenino, mostrar una imagen progresista del partido y/o dar a entender un interés especial por las cuestiones de género (Nash, «Política, condició social i mobilització femenina» 243-45).

14 Sobre los cambios sociales en este periodo es revelador el estudio de Margarita Nelken en *La condición social de la mujer en España* (1975) donde muestra de una forma global la situación de la mujer española en el siglo XX y trata temas polémicos como la prostitución y la representación femenina en la esfera pública. De forma similar Mary Nash en *Mujer, familia y trabajo en España (1875-1936)* (1983) ofrece una revisión histórica de España desde el último tercio del siglo XIX hasta el comienzo de la guerra civil para ilustrar con documentos de la época la evolución socio-política del país poniendo especial énfasis en la situación de la mujer. Las reflexiones de Maria Aurèlia Capmany y Carmen Alcalde en *El feminismo ibérico* (1970) permiten un acercamiento al contexto social de la Cataluña del siglo XX. Ambas analizan el feminismo catalán y denuncian la falta de conciencia y voluntad revolucionaria de gran parte de las mujeres barcelonesas, sobre todo las burguesas. Asimismo, sacan a la luz el testimonio de la prensa feminista de la época para justificar sus afirmaciones. En este sentido, también es interesante el estudio que publicó la Comisión Interdepartamental de Promoción de la Mujer de Cataluña en 1988 titulado *Més enllà del silenci: les dones a la història de Catalunya* dirigido por Mary Nash, el cual contiene las aportaciones de doce historiadoras que explican de una forma global la historia de las mujeres catalanas desde la Edad Media hasta la actualidad. Los últimos seis artículos tratan de los cambios de las estructuras familiares y los problemas socio-políticos vinculados a la mujer durante el siglo XX, e incluyen un análisis de la representación de la mujer en la política, el arte y la literatura catalana contemporánea.

15 Ver el estudio *Los orígenes del feminismo en España* (1980) que realizan conjuntamente Anabel Gonzáles, Amalia López, Ana Mendoza e Isabel Urueña. Además de investigar los orígenes del movimiento feminista en España y abordar la situación de la mujer en

la promulgación de leyes posteriores la situación de las mujeres comenzó a mejorar. Se eliminaron privilegios reconocidos hasta ese momento sólo a los hombres. Por ejemplo, se reguló el acceso de las mujeres a cargos públicos y al voto, y se reconocieron ciertos derechos a la mujer en el ámbito familiar y conyugal como la legalización del matrimonio civil, la autorización de la patria potestad de los hijos a las madres, la anulación del delito por adulterio (hasta entonces sólo aplicado a la mujer) y la promulgación legal del divorcio por mutuo acuerdo. Además, se obligó al Estado a regular el trabajo femenino y a proteger la maternidad, prohibiendo las cláusulas de despido por contraer matrimonio o por embarazo, estableciendo el Seguro Obligatorio de Maternidad y aprobando la equiparación salarial para ambos sexos. En el ámbito educativo, se permitieron las escuelas mixtas y la coeducación, desaparecieron las asignaturas domésticas y religiosas del currículum escolar, y se crearon escuelas nocturnas para las mujeres trabajadoras. Éstas mejoras pedagógicas contribuyeron significativamente a reducir el analfabetismo femenino. Durante la II República, en Cataluña, incluso se llegó más lejos y se permitió la dispensación de anticonceptivos, se despenalizó y legalizó el aborto, se decretó la abolición de la prostitución reglamentada y se prohibió contratar a mujeres en trabajos considerados como peligrosos o duros (Nash *Mujer, familia y trabajo en España (1875-1936)* (287-369).

Tanto el gobierno de la II República española como el de la Generalitat de Cataluña introdujeron cambios sustanciales en la legislación vigente. No obstante, la mentalidad social en España y en Cataluña en comparación con el resto de Europa aún estaba impregnada de un modelo cultural que definía a las mujeres por su función tradicional como madre y esposa, haciendo aún muy difícil su integración en el espacio público. Maria Aurèlia Capmany acierta al decir en su estudio *El feminismo ibérico* que «el *Feminismo*, como tantos otros programas políticos y sociales, tardó en pasar la muralla pirenaica [y] llegó [a la península] con un retraso mínimo de cincuenta años» (27).

Aurora Bertrana tuvo un papel muy importante en la novelística de preguerra desde que publicó su novela-reportaje *Paradisos oceànics* (1930), la colección de cuentos *Peikea, princesa caníbal y alres contes oceànics* (1934) y la novela de ficción *L'illa perduda* (1935) escrita a medias

---

la península desde la edad media hasta el 1936, adoptan datos históricos que ayudan a contextualizar los cambios legislativos y sociales que menciono en este apartado.

con su padre. A través de sus obras basadas en su experiencia en la Polinesia (1926 y 1929) contribuyó a situar la narrativa catalana de viajes
al nivel europeo y hacerse un hueco en el mercado literario catalán.
La mayoría de las escritoras catalanas de los años treinta dejaron de
editar sus obras después de que su carrera profesional fuera brutal-
mente interrumpida por la Guerra Civil (1936-1939), pero Aurora
Bertrana y Mercè Rodoreda continuaron escribiendo y publicando
sus obras regularmente hasta su muerte y llegaron a tener una producción literaria muy amplia y variada.

CONTEXTUALIZACIÓN SOCIO-HISTÓRICA

Es importante contextualizar el marco histórico de principios del
siglo XX y de los años treinta para comprender la forma en que influyeron los movimientos culturales en la definición y en la tipología
del feminismo que surge en Cataluña durante la época en que escribe
Bertrana. Uno de los proyectos que marcará el rol de la mujer en Cataluña con la entrada del nuevo siglo es el que los historiadores han
denominado *El proyecto cultural noucentista*[16]. Se trata de un hecho que
se da únicamente en Cataluña debido principalmente a la existencia
de una clase política que desde 1898 apuesta por el catalanismo y por
la re-generación del país catalán al margen de España (Panyella 276).
Dicho movimiento ideológico no tiene correspondencia ideológica y
estética ni correlato artístico y literario con el Novecentismo hispánico
(por eso se debe utilizar el término en catalán para diferenciarlo del
español) (290). El *Noucentisme* catalán está influido por corrientes filosóficas francesas que abogan por la modernización, la civilización
del país y la consolidación de los valores nacionales propios de la identidad catalana («Les dones i el pensament conservador catala contemporani» Duplaá 180-83). A diferencia del resto del territorio español,

---

16   Se suele situar el inicio del *Noucentisme* en el año 1906, coincidiendo con una serie de
      sucesos importantes relacionados con el movimiento, aunque la crítica no se pone de
      acuerdo ni con las fechas ni con la definición del *Noucentisme* (Panyella 270-303).
      Algunos hechos destacables durante la época son: la aparición del *Glorari* (1906-1920)
      de Eugeni d'Ors (1881-1954) en *La Veu de Catalunya*, la publicación de *Els fruits sabo-
      rosos* (1906) de Josep Carner (1884-1970) y *La nacionalitat catalana* (1906) de Enric Prat
      de la Riba (1870-1917). La publicación de las *Normas ortográficas* en 1913 de Pompeu
      Fabra (1868-1948) y en 1914 la instauración de la Mancomunitat de Cataluña presidida
      por Prat de la Riba son otros acontecimientos significativos que representan el esplen-
      dor alcanzado del *Noucentisme* en Cataluña entre 1911 y 1916.

en el caso de Cataluña el componente nacionalista pujaba más fuerte que los anhelos europeizantes y cosmopolitas que defendían los críticos y filósofos españoles como Ortega y Gasset (1883-1955), ya que el *Noucentisme* catalán pretendía instaurar un modelo concreto de sociedad. Los intelectuales catalanes ambicionaban «normalizar» Cataluña, para ordenar lo ya existente y para crear una sociedad ideal a partir de las «aspiracions hegemòniques dels nuclis més actius de la burgesia catalana» (Panyella 276)[17]. El fenómeno *noucentista* se proponía materializar los intereses de la clase burguesa en un plan ideal en el que se pretendían encarrilar iniciativas en marcha, codificar el idioma, crear instituciones sociales y culturales, modificar los desvaríos originados en el Modernismo[18], y rechazar todo lo que tuviera que ver con el siglo XIX (276). Los *noucentistes* catalanes adoptaron una actitud dominante e imperialista, ya que pretendían imponerse como modelo al resto del territorio español[19]. Estaban convencidos de que la única manera de modernizar España era catalanizándola.

El pueblo catalán se unió a principios de siglo XX para llevar a cabo en profundidad una acción reformadora, dando a Cataluña una nueva orientación en el orden político-social dentro del marco legal y cultural como consecuencia de la consolidación e institucionalización del catalanismo en el país. Todo esto fue posible gracias a la intervención de la burguesía en los asuntos políticos e intelectuales durante el *Noucentisme*. Más adelante, con la implantación de la dictadura de Primo de Rivera (1923-1930), se suspendieron los proyectos innovadores de los *noucentistes* iniciados en 1906 y poco a poco se fueron diluyendo sus iniciativas. No obstante, algunos de los aspectos ideológicos perduraron a lo largo del primer tercio del siglo

---

17 *aspiraciones hegemónicas de los núcleos más activos de la burguesía catalana.*

18 Se suele situar el Modernismo catalán entre 1890 y 1910.

19 Utilizo el término «imperialista» en el sentido de responsabilidad y acción reformadora del Estado según la ideología *noucentista*. Para los intelectuales catalanes Imperialismo, Arbitrarismo, Clasicismo y Civilidad son las cuatro palabras clave y definitorias del *Noucentisme* (Panyella 272). Imperialismo se refiere al nuevo sistema político-social de la sociedad catalana que querían imponer. Arbitrarismo es un término que Ors toma de los autores modernistas Gabriel Alomar Villalonga (1873-1941) y Raimon Casellas Dou (1855-1910) para darle una dimensión ética aplicable a muchos aspectos de la vida social, pero en particular Ors le dio el significado de voluntad transformadora de los humanos para modificar la realidad según sus necesidades. El concepto de Clasicismo respondía al deseo de los *noucentistes* de crear una civilización perfecta y ordenada inspirada en el mito de la ciudad griega clásica; y Civilidad son las pautas de comportamiento que los *noucentistes* deseaban instaurar en Cataluña para facilitar la armonía entre la cultura y la civilización y neutralizar la conflictividad social.

XX, aunque con distinto grado de intensidad, pero volvieron a resurgir con fuerza durante la segunda República (Panyella 273). La influencia de dicho movimiento fue tan grande que según afirman algunos críticos, Cataluña ha vivido décadas de la herencia *Noucentista* (Resina 537).

Bertrana se educó en este ambiente reformador y patriótico catalán y sin duda los cambios socio-culturales y políticos tuvieron un impacto muy importante en su vida y en su obra. Las críticas y denuncias sobre el atraso y la miseria del pueblo español en comparación con los países europeos, y la insistencia por preservar unas señas de identidad catalana, son reveladoras de la influencia que ejercieron los mencionados movimientos culturales del momento en la ideología de la autora. Tanto sus obras de ficción como sus novelas-reportajes y sus artículos periodísticos estuvieron marcados por los anhelos de transformación social que proponían los intelectuales catalanes durante el *Noucentisme* y más adelante en la II República. No obstante las ideas *noucentistes* con respecto a la mujer chocaban con el pensamiento feminista de Bertrana.

Los *noucentistes* situaban a la mujer dentro del mundo real para destacar su feminidad, enaltecer su capacidad humanitaria y su conciencia de solidaridad social basándose en las creencias tradicionales. La mujer representaba un elemento cultural insubstituible para hacer realidad sus proyectos porque para los noucentistes nadie mejor que ella podía ser la encargada de confraternizar, equilibrar, dar forma y transmitir a las futuras generaciones las pautas a seguir según las normas y las pautas en sus proyectos. En su rol de esposas y madres transmisoras de los valores de civilidad, lo que pretendían era potenciar su función tradicional como reproductora de la especie para transmitir la esencia de la raza catalana [20], y ya fuera como componente estético o como compañera en las relaciones y proyectos socio-culturales, se contaba con ella y se le asignaba una labor colectiva que llevar a cabo en nombre de la patria («Les dones i el pensament conservador catala contemporani» Duplaá 118). A diferencia de los modernistas, los *noucentistes* no actuaban de forma individualista

---

20   Utilizo el término «raza» con la intención de reproducir la forma en que se expresaban los noucentistes durante la época para hablar de la identidad catalana. En el prólogo de la edición del 25 aniversario de *La Ben plantada* (1937) Ors define la raza como «una espiritual tradició, una síntesi de la cultura» [*una espiritual tradición, una síntesis de la cultura*] (10). Ors encuentra las raíces de la tradición y la cultura catalana en el entorno mediterráneo, en la grandeza de la antigüedad clásica por excelencia (Martín Marty 26).

porque tenían conciencia de grupo (Panyella 287). Esto también explica por qué incluyeron a mujeres como Bertrana en sus proyectos.

Eugeni d'Ors fue quien propuso el modelo de mujer tradicional en su obra *La Ben plantada* (1911) donde integra la figura femenina en un cosmos convencional y androcéntrico en el que se destaca la pasividad, el instinto, el sacrificio y el amor maternal. Estos eran los atributos que para Ors y los *noucentistes* debía tener la mujer: «[la dona ideal] no serà la més original, la més individualitzada enfront de les altres, ans al contrari. Serà la que sigui síntesi i compendi de les qualitats del conjunt, per tant la que les representi a totes i a cap» (Ors 39)[21]. Como bien observa Maria Aurèlia Capmany, desde esta perspectiva la mujer como individuo desaparece y se concreta a partir de las cualidades negativas que surgen por oposición a los elementos positivos del hombre: actividad, dominio de la razón, creatividad y voz de mando (*La dona a Catalunya* 125). Este modelo de mujer impuesto por los intelectuales catalanes paralizó los proyectos de emancipación que feministas como Carme Karr, Dolors Monserdà, Maria Domènech, Caterina Albert, Francesca de Bonnemaison Farriols (1872-1949) y Agnès Armengol de Badía (1852-1932) habían iniciado durante las primeras décadas del siglo XX[22], haciendo que la mujer volviera a convertirse en un ser pasivo, asexual, impávido, acultural y mudo (Julià 65)[23]. El feminismo que promovían dichas autoras no

---

21   *[la mujer ideal] no será la más original, la más individualizada frente a las otras, al contrario. Será la que sea síntesis y compendio de las cualidades del conjunto, por lo tanto la que las represente a todas y a ninguna.*

22   Otras feministas catalanas importantes de principios del siglo XX en el ámbito de la cultura y el arte son Margarida Xirgu (1888-1969), Lluïsa Vidal (1876-1918), Pepita Teixidor (1875-1914) y Lola Anglada (1893-1984); en la pedagogía, Rosa Sensat (1873-1961) y Leonor Serrano (1890-1942); y en el movimiento obrero destaca la fitura de Teresa Claramunt (1862-1931) (Nash «Feminisme català i presa de consciència de les dones» 3). Leonor Serrano nació en Calatrava, la provincia de Ciudad Real, pero pasó parte de su juventud en Cataluña donde tuvo un papel muy importante trabajando de jurista para el Congreso Jurídico catalán de Barcelona durante los años treinta. En 1939 debido a la fuerte represión franquista en Cataluña decidió trasladarse a Madrid con su familia.

23   La estética de *La Ben plantada* aparece en las obras y las conferencias de otros autores *noucentistes* como por ejemplo Josep Carner en *Fruits saborosos* (1906) donde la mujer/madre, patria/tierra son conceptos relacionados por su función reproductora (frutos/hijos), y en el discurso de Jaume Bofill i Mates en «D'espiritualitat femenina» donde el autor recuerda en su charla a las mujeres que acudieron al Institut de Cultura i Biblioteca Popular de Barcelona que «la dona catalana és humil [,] casolana [,] casta, neta, endreçada, amorosa, assenyada, abnegada [i] pietosa» *[la mujer catalana es humilde [,] casera [,] casta, limpia, ordenada, amorosa, juiciosa, abnegada [y] piadosa]* (Julià 100). En estas conferencias Bofill i Mates recordaba al público femenino el instinto maternal que según él, tienen todas las mujeres al nacer.

era sufragista y político, pero tenía un papel activo en la lucha por los derechos de las mujeres en los ámbitos educativos, culturales y laborales. Las autoras reivindicaban la participación del colectivo femenino en la esfera pública y exigían romper con el aislamiento social y la marginación de la mujer en el hogar sin formar parte de los acontecimientos culturales (Nash «Feminisme català i presa de consciència de les dones» 1). En este sentido, el feminismo de Monserdà y sus seguidoras debe entenderse como un feminismo social más enfocado en la renegociación de los espacios públicos y en la inclusión de la mujer en los asuntos culturales que en la lucha por la independencia femenina[24].

Asimismo, en Cataluña el movimiento *noucentista* y el fervor patriótico se impusieron con fuerza en la sociedad catalana de principios del siglo XX e influyeron en algunas autoras. Caterina Albert, una escritora feminista, que siempre había sido tan crítica con el sistema patriarcal en sus obras, y había defendido como nadie la emancipación de la mujer, la educación y la profesionalización femenina, por no ir en contra de los ideales catalananistas, cayó en «la trampa» de los *noucentistes* y se inscribió durante las primeras décadas del siglo XX al programa propuesto por los intelectuales catalanes, haciendo declaraciones tan contradictorias con su forma de pensar y a favor del modelo de mujer tradicional propuesto por los *noucentistes* como en el discurso de las conferencias «De civisme i civilitat» en 1917:

> les dones que pensem i treballem, les que podríem dir avançades del feminisme, contràriament a lo que fan ses companyes d'arreu del món, no són hostils a l'home. Al contrari, no he parlat amb una sola d'aquestes dones [feministes catalanes], que no em fes lloances de l'home com a marit, com a fill, com a amic, com a company, i totes s'han declarat devotes de la llar. (Català 1697)[25]

---

24 Como bien observa Nash en «Feminisme català i presa de consciència de les dones», además de los impedimentos que encontraron con los proyectos *noucentistes*, las feministas tuvieron dificultades para llevar a cabo sus propósitos debido al sistema político del Estado español de la Restauración de finales del siglo XIX. Las políticas y los planteamientos del gobierno no fueron propicios para la emergencia de un feminismo liberal de signo político que permitiera orientar las acciones de las mujeres hacia el sufragio y hacia los derechos del colectivo femenino como ciudadanas igual que los hombres. Hasta que la constitución democrática de la Segunda República introdujo el principio de igualdad política entre los hombres y las mujeres, la legislación española presentaba una evidente discriminación contra la mujer con respecto al colectivo femenino, sobre todo hacia la mujer casada, que estaba prácticamente bajo la total custodia del marido y su obligación era estar en casa cuidando de los hijos y del esposo (1).

25 *Las mujeres que pensamos y trabajamos, las que podríamos decir avanzadas del feminismo, contrariamente a lo que hacen sus compañeras de todo el mundo, no son hostiles al hombre.*

La experiencia de Catarina Albert sirve para explicar la situación en que se encontró Bertrana después de unos años, cuando formó parte del partido de ERC en (1933-1934). Durante la II República, hizo unas declaraciones totalmente incongruentes con su ideología de género y sus principios. Se manifestó a favor del modelo tradicional de mujer que ella siempre había criticado y rechazado:

> L'home i la dona dintre de la societat, són fets per a *completarse*, no per a *igualarse* [...] Des del punt de vista natural, solament la dona i l'home junts constitueixen l'ésser humà. L'ideal és que l'home i la dona estiguin exactament al mateix nivell social. Ço que no vol dir que tinguin els mateixos drets sinó el mateix nombre de drets, cada u els que li pertoquin. (Real Mercadal *Aurora Bertrana, periodista dels anys vint i trenta. Selecció de textos* 109) [26]

En el mismo artículo publicado el 24 de diciembre de 1933 en *La Humanitat* la autora también afirma que el deber de la mujer es colaborar con el hombre, conseguir la armonía en el hogar y compaginar la educación y la profesionalización femenina con las responsabilidades domésticas para conseguir la estabilidad familiar y el equilibrio social. Durante los años treinta volvió a surgir un discurso machista que reclamaba el apoyo incondicional de la mujer, el retorno del colectivo femenino a la primitiva feminidad, el sometimiento al marido para supuestamente encontrar del perfecto equilibrio entre la voluntad de su persona y la esencia inmutable de su «yo» femenino. Se hacía creer a las mujeres que de este modo obtendrían la armonía conyugal y por consiguiente la felicidad y el equilibrio social. Como bien observa Nash en «Política, condició social i mobilització femenina», la mujer fue admitida en la política catalana e incluso promovida pero «les dones no havien de pretendre imitar els homes ni desplaçar-los, sino mantenir les qualitats pròpies de dona [,] portadora d'una «moralitat purificadora» [amb] una abnegada dedicació a la humanitat pròpia d'una «Germana de la Caritat»» (247)[27]. Los co-

---

Al contrario, no he hablado con una sola de estas mujeres *[feministas catalanas], que no me hiciera alabanzas del hombre como marido, como hijo, como amigo, como compañero, y todas se han declarado devotas del hogar.*

26   *El hombre y la mujer dentro de la sociedad, están hechos para completarse, no para igualarse... Desde el punto de vista natural, solamente la mujer y el hombre juntos constituyen el ser humano. Lo ideal es que el hombre y la mujer estén exactamente en el mismo nivel social. Lo que no quiere decir que tengan los mismos derechos sino el mismo número de derechos, cada uno los que le correspondan.*

27   *las mujeres no debían pretender imitar a los hombres ni desplazarlos, sino mantener las cualidades propias de mujer [,] portadora de una «moralidad purificadora» [con] una abnegada*

mentarios de Bertrana en el artículo que mencioné anteriormente son del todo incoherentes con sus ideas feministas del momento (y también posteriores) y seguramente la autora se arrepintió mucho de haber hecho estas declaraciones durante su militancia en el partido republicano. Como le ocurrió a Caterina Albert, la fidelidad a la cultura, el compromiso político con la sociedad catalana y el programa electoral hicieron que Bertrana fuera en contra de sus propios principios y de su forma de pensar feminista. Con sus declaraciones traicionaba la lucha por la emancipación femenina y los proyectos progresistas llevados a cabo por el movimiento de liberación de la mujer.

Los comentarios de Caterina Albert y Aurora Bertrana ponen de relieve el conflicto de las autoras por encontrar la manera de armonizar sus reivindicaciones feministas con sus ideales catalanistas. Ambas situaciones señalan el dilema interno de las feministas catalanas en un mundo dominado por los hombres, en el que a veces para conseguir sus propósitos se han visto obligadas a ceder y a traicionarse a sí mismas aceptando las reglas del juego del sistema patriarcal. Lo peor es que, en la mayoría de los casos, como les ocurrió a Caterina Albert y a Bertrana, las mujeres suelen ceder sin conseguir nada a cambio. Bertrana se afilió a ERC con la intención de encontrar apoyo para desarrollar su proyecto de la Universidad Obrera Femenina: «la meva dèria de fundar una Universitat Obrera Femenina m'empenyia a cercar el puntal d'un partit polític, a encasellar-m'hi. Sense aquest puntal [,] no podia ni somiar a tirar endavant el meu projecte» (*Memòries fins al 1935* 759)[28]. En el *Lyceum Club* se dio cuenta de que nunca podría desarrollar su proyecto porque, como ya mencioné, el club cada vez se orientaba más a cubrir las necesidades de las mujeres burguesas y a organizar tertulias y actividades de poca trascendencia cultural e intelectual para las élites. Por eso aceptó la oferta de sus amigos republicanos. No obstante, en ERC tampoco obtuvo ningún tipo de ayuda. Los grupos femeninos que formaban parte de los partidos de izquierda, igual que los que militaban en la derecha estaban totalmente subordinados a las decisiones de los hombres dirigentes del partido. Ellos limitaban la dependencia a las mujeres respecto a las directrices políticas y continuamente marginaban, igno-

---

dedicación a la humanidad propia de una «Hermana de la Caridad »

28   *mi empeño de fundar una Universidad Obrera Femenina me empujaba a buscar el puntal de un partido político, a encasillarme en él. Sin este puntal [,] no podía ni soñar a llevar a cabo mi proyecto.*

raban o daban muy poca importancia a las opiniones, y a los asuntos políticos que planteaban las mujeres (Nash «Política, condició social i mobilització femenina» 247).

Bertrana fue víctima de las estrategias partidistas de la izquierda catalana para influir en el voto femenino. Las mujeres en los partidos básicamente realizaban tareas subalternas. Según Bertrana su papel en los coloquios y actos electorales «es limitava a llegir una o dues quartilles, o a pronunciar unes paraules» que casi siempre se referían a temas culturales muy generales (*Memòries fins al 1935* 762)[29]. En sus memorias la autora confiesa arrepentirse de haberse afiliado a ERC porque se dio cuenta de que que era un partido «de burgesos i menestrals» con una ideología que limitaba sus intereses personales y contaron con ella solo para utilizar su conocida imagen de mujer intelectual catalana[30]:

> aquests grups anaven limitant geogràficament l'àrea d'acció que m'interessava. Els meus sentiments, ja sia per l'herència castellana tan directa, [o] pel meu consubtancial internacionalisme, reforçat pels nou anys de convivència amb altres pobles, em privaven d'acceptar aquesta limitació. La gent i els problemes socials que a mi m'interessaven sentimentalment no es podien deturar a les fronteres de Catalunya, ni d'Espanya, àdhuc d'Europa: abastaven tot el món. (*Memòries fins al 1935* 759)[31]

La autora era catalanista pero no independentista. Las ideas de ERC la alejaban de lo que para ella era la verdadera lucha social: la igualdad entre los hombres y las mujeres, y la eliminación de las fronteras. Después de su experiencia como candidata en ERC, Bertrana rehusó afiliarse de nuevo a ningún partido político, ya que nunca más estuvo dispuesta a ceder su libertad y sus ideales a cualquier precio,

---

29   *se limitaba a leer una o dos cuartillas, o pronunciar unas palabras.*
30   El hecho de que ERC le propusiera formar parte de las listas electorales como candidata del partido es indicativo del prestigio que tenía Bertrana durante la época. También demuestra el compromiso social y cultural de la autora con el país y con la mujer, ya que su intención era conseguir ayuda política para sus proyectos feministas. Dentro del partido había otras mujeres que habían militado ERC desde hacía muchos años y esperaban ser elegidas para candidatas algún día, pero no fue así y eso, según cuenta Bertrana en las memorias, molestó mucho a más de una (*Memòries fins al 1935* 763).
31   *Estos grupos iban limitando geográficamente el área de acción que me interesaba. Mis sentimientos, ya fuera por la herencia castellana tan directa, [o] por mi consubtancial internacionalismo, reforzado por los nueve años de convivencia con otros pueblos, me privaban de aceptar esta limitación. La gente y los problemas sociales que a mí me interesaban sentimentalmente no se podían detener a las fronteras de Cataluña, ni de España, ni de Europa: abarcaban todo el mundo.*

ni a dejarse engañar por las artimañas de los políticos. La autora comprendió que no se puede ceder la forma de ser y de pensar de uno mismo ante la estrategia electoral o de cualquier otro tipo. Asimismo, después de esta y otras experiencias Bertrana se proclamó, en su vida y en su obra, antiburguesa, anticlerical e ideológicamente anarquista.

Bertrana no acostumbraba a definirse a sí misma como feminista y si alguien se lo preguntaba ella siempre decía que no (Bonnín 223). Durante la época había una cierta hostilidad hacia las mujeres que se consideraban feministas. En Cataluña las llamaban «homenívoles» o marimachos en español, y «petitburgeses» o pequeñas burguesas en español en un tono despectivo (Charlon y Canal 71). Bertrana no teorizó sobre el tema como lo hizo Carme Karr, Federica Montseny o Maria Aurèlia Capmany, pero vivió, escribió y participó en los acontecimientos sociales y feministas de la época mucho más que cualquiera de las autoras teóricas del momento. Ella se definía a sí misma como una humilde cooperadora del movimiento social femenino catalán: «jo m'he decidit a cooperar humilment en el moviment social femení a casa nostra» (Bertrana «Feminitat i feminisme» 2)[32].

El feminismo de Bertrana por etapas

Durante los años treinta, la autora fomó parte de una red cultural feminista de izquierdas que se articuló en Cataluña a finales de los años 1920 y principios de 1930. Se trataba de un movimiento que seguía muy de cerca a las sufragistas inglesas y a otros grupos feministas europeos que surgieron a partir de la I Guerra Mundial (Nash «Política, condició social i mobilització femenina» 242-56). Su conciencia de género estaba vinculada a una determinada idea de modernidad y a una vertiente política progresista y catalanista. Estos grupos se constituyeron en torno a una orgnización feminista alternativa a la que habían creado anteriormente las mujeres catalanas burguesas de derechas. Bertrana, igual que otras autoras como Federica Montseny, Maria Teresa Vernet y Mercè Rodoreda, rechazó el feminismo de Dolors Monserdà de Macià, Carme Karr y Maria Domènech porque lo consideraba burgués, retrógrado, convencional y clasista. Era un movimiento que consolidaba las jerarquías, la sumisión de la mujer

---

32   *yo he decidido cooperar humildemente con el movimiento social femenino en nuestra casa.*

al hombre y el rol tradicional de madre y esposa. Contrariamente a esta forma de pensar, Bertrana se identificaba con un feminismo progresista y moderno, que luchaba por educar a la mujer obrera y a la burguesa, consideraba imprescindible revisar el sistema legal y los derechos de las mujeres, implicar al sector femenino en los asuntos sociales y en los acontecimientos políticos que estaban transformando la nación, y no perder de vista que la igualdad solamente podía ser posible a través de la independencia económica.

En sus obras Bertrana suele reflejar estas ideas. Los personajes casi siempre son mujeres y se valora positivamente que las protagonistas se interesen por instruirse, independizarse y ser capaces de cuidar de sus hijos si deciden ser madres solteras como la cortesana Turey en *Paradisos oceànics*. Bertrana critica a las mujeres burguesas que sólo viven para la ostentación y el lujo como las protagonistas de *L'inefable Philip* y *Fracàs*, y cuando exalta el papel de la mujer en la maternidad también lo hace para reducir el rol del hombre al de simple proveedor de espermatozoides, como se puede ver en *Paradisos oceànics* donde a nadie le importa quién es el padre de las criaturas. En otras obras como *La ciutat dels joves* la autora es más contundente y propone la gestación artificial para prescindir incluso del contacto sexual con un hombre.

La autora critica la actitud de las mujeres burguesas como Anna en *L'inefable Philip* que tienen estudios universitarios y han viajado al extranjero pero que siguen soñando con encontrar a un marido que las mantenga y formar una familia. En otras obras como *Vent de grop*, Bertrana contrasta la libertad y la independencia de las mujeres inglesas que veranean en la Costa Brava con la vida tradicinoal de las mujeres de la Cala que sólo piensan en casarse y tener hijos. La defensa de la profesionalización y el rechazo de la maternidad como una obligación por ser mujer son ideas que también se ven reflejadas en su propia vida. Bertrana nunca tuvo hijos y prefirió dedicarse a viajar, escribir novelas y vivir sin depender de un marido.

A lo largo de su trayectoria literaria sus ideas feministas pasan por diferentes etapas. La primera se inscribe en la Cataluña de pre-guerra en un ambiente liberal. Es el momento en que la autora goza de una vitalidad y un carisma envidiable. Continuamente asiste a conferencias, tertulias y coloquios literarios, mantiene contactos con gente del mundo intelectual y cultural catalán[33], obtiene sus primeros éxitos como novelista, y forma parte del *Lyceum Club* y de ERC. Su objetivo en esta etapa, y que reivindicará toda su vida, es la educación de la mujer (obrera y burguesa) y la emancipación femenina en términos de independencia humana. Es decir, la libertad a partir del esfuerzo y la autosuperación individual mediante una profesión remunerada. Estos temas se ven reflejados en todas sus obras, pero de forma especial en *Paradisos oceànics*, *El Marroc sensual i fanàtic* cuando compara a las burguesas catalanas con las mujeres de la Polinesia y cuando critica la falta de libertad de las mujeres musulmanas en Marruecos y menosprecia la codícia y la hipocresía de las mujeres burguesas en Cataluña que haciendo de *señoras*, viven en apartamentos de lujo, tienen a un marido y/o un *papá* que las mantiene «i es prostitueixen per poder lluir més, per afegir una joia, un abric de pells [o] un automòbil» (*Memòries fins al 1935*, 767)[34].

La segunda etapa la sitúo en el período de entreguerras cuando la autora se exilia a Ginebra y reflexiona sobre la mujer después de haber vivido la experiencia de la guerra y tener que abandonar su país, su familia y su vida en Cataluña. Las obras que escribe durante este período tratan las cuestiones de género relacionadas con el conflicto bélico durante la II Guerra Mundial. La autora profundiza en el drama personal de las mujeres de Etobon (en la Haute-Saône, Francia) y en la participación del colectivo femenino en tiempos de guerra. En las novelas *La aldea sin hombres*, *Tres presoners* y *La madrecita de los cerdos* y el cuento «El pomell de violes» se percibe un fuerte sentimiento de dolor causado por las imagenes que vivió durante la Guerra Civil (1936-1939) y las historias que le contaron las aldeanas de Etobon después de sufrir la Segunda Guerra Mundial. La autora se interesa sobre temas que no había considerado antes como la guerra en el espacio doméstico, los sentimientos de odio, rencor y compasión que surgen a partir de las relaciones entre las mujeres y los militares que invaden sus casas; el trauma, las agresiones sexuales hacia la mujer, la alteración de los roles de género debido a la guerra

---

33   Mientras duró la II República en Cataluña hubo una vida catalana muy auténtica y brillante que se implicó de forma importante en los proyectos culturales, sociales y políticos para reformar el país y elevarlo al nivel intelectual europeo (Nash «Política, condició social i mobilització femenina» 243).

34   *y se prostituyen para poder lucir más, para añadir una joya, un abrigo de pieles o un automóbil.*

y la participación del colectivo femenino en el conflicto bélico; y todos estos temas los proyecta desde una perspectiva de género.

En esta fase, el tratamiento de la conjunción género y guerra revela una visión sorprendentemente radical y feminista. Casi siempre, como ya mencioné, las historias que narra Bertrana son sobre mujeres y están protagonizadas por personajes femeninos, pero en *La aldea sin hombres* Bertrana lleva el interés hacia la mujer al extremo y excluye la presencia masculina para poner a un primer plano la vivencia de las mujeres durante el conflicto bélico. Asímismo, la forma en que Bertrana proyecta la violación en *La aldea sin hombres* y en *Tres presoners* representa un punto de inflexión en las teorías feministas de autoras como Susan Brownmiller y Ruth Seifert, ya que la violación en las obras de Bertrana se presenta como una continuación de los actos violentos que sufre la mujer en tiempos de paz y no como una ruptura o una arma de guerra.

La tercera etapa feminista que yo identifico en las obras de Bertrana coincide con el retorno de la autora a Barcelona en 1949. El principio de este periodo está marcado por una fuerte frustración. Sus obras *Fracàs* y *L'inefable Philip* reflejan el sentimiento de fracaso de haber dejado una ciudad como Ginebra llena de oportuniades y de vida intelectual para regresar a un país como España hostil hacia la mujer escritora y catalana debido a la represión franquista. La pérdida de libertades y el retroceso que experimenta la mujer durante la dictadura de Franco son temas importantes en *L'inefable Philip*, en *Fracàs* y en *Vent de grop*. La autora destaca la libertad de las mujeres estrangeras como Briget en *L'inefable Philip* y Mabel en *Vent de grop* i critica el rol tradicional de madre y esposa de las protagonistas catalanas. A menudo, el cuerpo femenino de la mujer catalana en estas novelas, se proyecta como un objeto sexual en el que la supervivencia está ligada a la habilidad de la mujer en conseguir que el hombre siga interesándose en ella. Esto explica, en parte, la obsesión de los personajes femeninos por su físico, el envejecimiento y la subsiguiente pérdida de atractivo.

Bertrana observa que la mujer a finales de los años sesenta ha conseguido muchas ventajas que antes no tenía y que en las futuras generaciones hay posibilidades de que la mujer se equipare al hombre pero, aún así sigue viendo que hace falta un gran cambio de mentalidad en las mujeres y en los hombres para que eso sea posible. La ma-

yoría de mujeres universitarias aún aspiran a casarse para conseguir
lo que podrían obtener con un mayor esfuerzo. Así lo expresa en el
artículo «El feminisme ha mort. ¡Visca el feminisme!» publicado el
17 de octubre de 1969 en la revista *Tele-estel*:

> Elles van a la Universitat amb la sana intenció d'aprendre, d'obtenir
> un títol, d'exercir una professió liberal, però també amb la instintiva
> esperança de frecuentar homes joves, intel.lectuals i atractius, de
> seduir-ne un, d'apropiar-se'l [...] ¿I quina carrera més lucrativa pot
> triar que la d'aparellar-s'hi? En aquesta vulgar lògica conclusió crec
> que ha arribat i ho demostra amb tota franquesa, la dona dels
> nostres dies. ¿Original? No gens. Vella com el món, però assenyada,
> eterna i còsmicament feminista. (Bertrana «El feminisme ha mort.
> ¡Visca el feminisme!» 1)[35]

La postura de Bertrana al final de la tercera etapa la relaciono con
el feminismo que empieza a surgir en España y en Cataluña a finales
de los años 60 y 70 el cual lucha por un cambio social comprometido
con la mujer al finalizar el franquismo, como en los países europeos.
En esta etapa aparecen vaivenes que van de un fuerte pesimismo a la
situación de la mujer a un cierto optimismo que la autora ve en las
generaciones más jóvenes. Aquí es cuando Bertrana reivindica la
identidad múltiple y lo diferente, y cuestiona la rigidez y la homogeneidad de los códigos sociales con respecto al género. En *Camins de
somni*, *La nimfa d'argila* y sobre todo en la novela utópica *La ciutat dels
joves*, Bertrana proyecta una manera de pensar feminista muy
avanzada para su época. En los textos planta cuestiones relacionadas
con el género y la identidad que son muy parecidas a las teorías de feministas como Simone de Beauvoir, Shulamith Firestone, Judith
Butler, Monique Wittig y Julia Kristeva. En *Camins de somni* y *La
nimfa d'argila*, Bertrana reflexiona sobre la sexualidad y los conflictos
de identidad mediante unos protagonistas que viven angustiados por
las normas y la rigidez de su entorno. Tanto Jaume en *Camins de somni*
como Miquel en *La nimfa d'argila* se sienten incomprendidos por sus
familiares y luchan por comprenderse a sí mismos. No entienden por
qué son tan diferentes a los demás y tienen dificultades en ajustarse

---

35   *Ellas van a la Universidad con la sana intención de aprender, de obtener un título, de ejercer
      una profesión liberal, pero también con la instintiva esperanza de frecuentar hombres jóve-
      nes, intelectuales y atractivos, de seducir a uno, de apropiárselo [...] ¿Y qué carrera más lucra-
      tiva puede elegir que la de aparearse? A esta vulgar y lógica conclusión creo que ha llegado,
      y lo demuestra con toda franqueza, la mujer de nuestros días. ¿Original? Para nada. Vieja
      como el mundo, pero sensata, eterna y cósmicamente feminista.*

a los códigos de conducta tradicionales. En los textos los protagonistas constantemente oscilan entre lo femenino y lo masculino haciendo evidente que la subjetividad no es fija, idéntica y firme, sino múltiple, heterogénea y a veces contradictoria. Las acciones de Jaume y Miquel, además de transgredir los modelos hegemónicos de la masculinidad, plantean cuestiones de género muy importantes que todavía hoy se discuten, como: si se sigue siendo hombre después de practicar conductas femeninas, si uno sólo puede ser hombre o mujer según las normas tradicionales y si es posible vivir en plenitud sin ejercer las prácticas relacionadas con los roles de género convencionales. En este sentido, las obras de Bertrana apuntan a que las nociones de masculinidad y feminidad son características socialmente construidas y proponen la posibilidad de vivir libremente la sexualidad sin estar ligados a categorías. Es más, en *La nimfa d'argila*, Bertrana señala que durante la infancia los niños también tienen deseos sexuales y que no siempre son heterosexuales. Miquel, el protagonista de *La nimfa d'argila*, se siente atraído por las mujeres, pero también por los hombres. Además de poner al descubierto temas muy polémicos y avanzados para su época (temas que incluso hoy cuesta discutir), Bertrana destruye la falsa creencia de que los niños son asexuales y emfatiza que los conflictos de identidad y las dificultades por adquirir un rol determinado según las normas culturales son cuestiones que afectan a las mujeres y de forma similar a los hombres, independientemente de la edad.

Finalmente, en esta etapa, es necesario destacar que si bien los *Bildungsroman* femeninos: *Camins de somni* y *La nimfa d'argila*, se construyen —insólitamente— a través de personajes masculinos, las memorias de Bertrana, *Memòries fins al 1935* y *Memòries del 1935 fins al retorn a Cataluña*, son la culminación de la trayectoria feminista de la autora, ya que recoge todas las oscilaciones mencionadas en cuanto al género y ofrecen una nueva forma de escribir la autobiografía mediante un cruce de géneros literarios (ensayo, novela, reportaje, crónicas y diarios) y una indiferenciación entre la autobiografía que se ha teorizado como femenina y como masculina, rompiendo de esta manera con los modelos tradicionales y complicando las teorías sobre la autobiografía basadas en las diferenciaciones genérico sexuales. En las memorias, Bertrana cuestiona las distinciones entre los textos autobiográficos considerados masculinos y femeninos y pone de relieve que este tipo de diferenciaciones no tienen ingún sentido y son una repetición y un reflejo de las dicotomías sociales que históricamente han separado lo público de lo privado, lo deméstico de lo profesional y lo interno de lo externo. Las memorias de Bertrana subrayan que no es posible una distinción firme entre una manifestación de literatura femenina y unos textos masculinos según las normas culturales.

El contenido de sus memorias y el discurso que utliza muestran la dualidad en la que se encuentran las escritoras de la época. Por un lado, Bertrana se proyecta como un miembro de una cultura dominada por los hombres y por otra parte, como participante de un grupo minoritario sin voz y el deseo de experimentar con algo nuevo. Asímismo, en las memorias, el discurso es doble, ya que escribe utilizando simultáneamente los códigos del grupo dominante y los de aquellos a los que la cultura ha silenciado. Sus libros autobiográficos destacan por la hibridez, la oscilación entre elementos masuclinos y femeninos y la pluralidad de voces. Los temas que trata son muy variados y van des de los asuntos sentimentales, sociales y profesionales hasta los culturales, políticos, históricos y de género.

Esta pluralidad de voces y fluidez entre categorías masculinas y femeninas en la tercera etapa, revela que la autora entendía perfectamente el problema del género como una cuestión de posicionamiento que enfoca desde diferentes géneros literarios y posturas creativas. Se puede decir que que en la narrativa de Aurora Bertrana es evidente el compromiso social de la autora y su ideología feminista de primer order, muy particular y avanzada para su época.

La evolución de su forma de pensar debe entenderse como un desarrollo paralelo a las vivencias que experimenta la autora, ya que Bertrana se nutre de sus experiencias para escribir. Según la autora, lo primero que debe hacerse en la vida «és virue-la i després, si de cas, escriure-la amb coneixement de causa» (Memòries fins al 1935, 242)[36]. Sus obras, a excepción de sus memorias, no son autobiográficas, pero la frontera entre la ficción y la realidad es borrosa, ya que a menudo encontramos desperdigados retazos y anécdotas relacionadas con sus experiencias. Paradójicamente, a pesar de ser una mujer idealista y visionaria, la sensación de fracaso es una constante que se transmite a lo largo de su trayectoria literaria. En el primer volumen de sus memorias *Memories fins al 1935*, Bertrana confiesa haber vivido desde su infancia bajo el signo de frustración en un entorno familiar burgués

---

36   *es vivirla y después, en todo caso, escribirla con conocimiento de causa.*

venido a menos, del cual recuerda con angustia el sufrimiento y la pre-
ocupación de sus padres por conseguir medios para sustentar a la familia. Estas impresiones se intensifican con la experiencia de haber
vivido episodios tan dolorosos como dos guerras y una (eterna) dictadura, las cuales entorpecieron todos los proyectos por los que tanto
luchó. Por una parte, la frustración es un sentimiento que forma parte
de la generación de escritoras de Aurora Bertrana que fueron edu-
cadas para un mundo que realmente nunca llegó a existir para ellas.
Y por otra parte, Bertrana muestra un estado permanente de insatis-
facción, tanto afectiva como social y moral en su obra porque continuamente tuvo que enfrentarse a los desengaños políticos, a unos editores que no valoraban lo suficiente las obras de las escritoras y a una
crítica hostil hacia la mujer. Además, Bertrana a menudo tiene un
fuerte sentimiento de no pertenecer a la realidad que le tocó vivir.
Estas circunstancias generan en la autora una fuerte sensación de des-
engaño, desapego y frustración que dejan huella en gran parte de su
producción literaria.

El género utópico y *La ciudad de los jóvenes: reportaje fantasía*.

En *La ciudad de los jóvenes* Bertrana ofrece una visión futurista de
la sociedad española utilizando el género utópico, y reflexiona sobre
la existencia humana: del presente, en «La Ciudad de los Viejos», y
del futuro, en «La Ciudad de los Jóvenes»[37]. Mediante un viaje ficticio
a «La Ciudad de los Jóvenes», un periodista del también ficticio semanario «Ahora o nunca»[38], abandona su ciudad natal, «La ciudad
de los Viejos», para hacer un reportaje sobre las costumbres y la forma
de vivir de las nuevas generaciones en «La Ciudad de los Jóvenes».
En esta «Ciudad» el narrador-protagonista se entrevista con los distintos delegados del gobierno (Órden Público, Indústria, Higiene

---

37 A partir de aquí escribo el título de la obra *La ciudad de los jóvenes* en cursiva y los nom-
    bres de las ciudades que aparecen en la novela entre comillas tipográficas: «La Ciudad
    de los jóvenes» y «La Ciudad de los viejos» para diferenciar el título de la novela de los
    lugares donde tiene lugar la acción. Aurora Bertrana también destacó los nombres de
    los lugares con comillas tipográficas en el manuscrito.
38 Pareciera que con éste título inventado Bertrana quisiera hacer eco de la necesidad de
    un cambio rotundo para España con la muerte de Franco en 1975, unos años después
    de la publicación del reportaje fantasia.

Sexual, Educación, Eclesiástico, Bellas Artes y Letras) quienes son el equivalente a los ministros en «La Ciudad de los Viejos» y queda sorprendido al observar que los gobernantes del lugar no pertenecen a ningún partido político en particular ni están subordinados a ninguna autoridad, no tienen rey ni presidente, y además, el crimen prácticamente no existe: «Si se presenta algún caso suele ser sentido y ejecutado por gente forastera, turistas desorientados, primitivos...» (*La ciudad de los jóvenes* 22).

El reportero observa que en «La Ciudad de los Jóvenes», a diferencia del país de «los Viejos», hay un absoluto respeto hacia la libertad individual y colectiva, las creencias ideológicas y religiosas, valores que están aprobados y apoyados por la Constitución. Los habitantes se caracterizan por ser tolerantes, honestos y tener un fuerte espíritu de justicia (15). El narrador-personaje admira los avances científicos y tecnológicos, el sistema político, el respeto al medioambiente y la igualdad de derechos entre los hombres y las mujeres; sin embargo, no comprende la libertad sexual y la falta de interés por el arte y la literatura en «La Ciudad de los Jóvenes». Le parece una equivocación que la juventud haya substituido la educación tradicional y las lecturas de los grandes poetas, filósofos y pensadores por las lecciones programadas que se retransmiten por la radio y la televisión. Los alumnos reciben las lecciones a través de los medios de comunicación y «una estación emisora consagrada únicamente a los centros docentes» y en casa repasan las lecciones con discos y cintas magnetofónicas (47). Al narrador-protagonista le resulta chocante que las bibliotecas y las librerías están cerradas y tan sólo las conservan como un elemento folklórico[39].

En efecto, todo lo que aprenden «los Jóvenes» es a través de la tele y los aparatos electrónicos. Se jubilan muy pronto, a los cuarenta años (los deportistas a los treinta), por eso han decidido no dedicar su

---

39   Bertrana no preconiza los proyectos de memoria digital y biblioteca virtual iniciados por las compañías americanas *Internet Archive* en 1996 y más tarde por *Google Books* en 2003, como lo hizo H. G. Wells (1866-1946) en su obra *World Brain* (1938). Pero la autora pronostica los nuevos sistemas de pedagogía a distancia que hoy en día vemos en nuestras universidades. Durante los años treinta, cuando todavía no existía la televisión en color H. G. Wells planteó un sistema de aprendizaje parecido a Internet. En *World Brain* el autor de ciencia ficción, afirma que no hay ningún impedimento para que el ser humano registre eficientemente todo el conocimiento de la humanidad: ideas, éxitos, lo aprendido, lo conocido y lo que queda por conocer. Wells cree que es posible inventar una máquina o un sistema electrónico que funcione como una memoria mundial completa accesible a toda la humanidad.

tiempo estudiando en los colegios, los conservatorios y las universidades. Además, la mayoría logra tener éxito y ganar dinero sin apenas
haber estudiado. Los músicos y los cantantes venden muchos discos
y se hacen famosos gracias a los transmisores y los amplificadores modernos que transforman el ruido en una agradable melodía y los gritos
en una bonita voz. En «La Ciudad de los Jóvenes» se vive sin hacer
grandes sacrificios y se intenta que la fama esté al alcance de todos.
Éstos y otros sorprendentes hallazgos, hacen reflexionar al narrador
sobre su propia sociedad y la forma de vivir en «La Ciudad de los Jóvenes». Al final llega a la conclusión de que no está preparado para
vivir en una ciudad tan avanzada y moderna como «La Ciudad de los
Jóvenes» y se alegra de volver a «La Ciudad de los Viejos».

Según los estudios de Catalina Bonnín, *La ciudad de los jóvenes*
podría ser el resultado de las conversaciones que Aurora Bertrana
mantuvo con su círculo de amistades en *El Saló Rosa* de Barcelona[40],
situado en el paseo de Gracia durante 1932 y 1974[41]. Allí se reunía con
los intelectuales catalanes casi todos llegados del exilio: el político catalán Josep Pi i Sunyer (1913-1995), el abogado y militante del POUM
Enric Panadès (1917-1990), el doctor Balari, etc. (Bonnín 218). En *La
ciudad de los jóvenes*, Bertrana menciona las tertulias del *Saló Rosa*
cuando describe la vida del reportero y «La Ciudad de los Viejos». El
narrador-protagonista se encuentra con sus amigos «[todos] los miércoles después de cenar […] cerca de la vidriera» del *Saló* para discutir
y charlar sobre distintos temas y sobre su nuevo proyecto: visitar «La
Ciudad de los Jóvenes» para hacer un reportaje (*La ciudad de los
jóvenes* 1). De acuerdo a los datos de Bonnín, Bertrana también acudía
con regularidad a las tertulias del *Saló Rosa* en la misma época en que
la autora escribía la novela.

En *La ciudad de los jóvenes* Bertrana sugiere un proyecto sociopolítico utópico con ideas feministas parecidas a las que autoras como
Simone de Beauvoir, Monique Wittig (1935-2003), Shulamith Firestone (1945-2012), Kate Millett o Judith Butler han propuesto en
sus estudios. Bertrana explora las identidades de género y las nuevas
formas de entender la sexualidad y la familia. Plantea liberar a la
mujer de la función reproductora y educadora, y propone el

---

40   En su estudio Bonnín utiliza la versión catalána *La ciutat dels joves* (1971).
41   En la página web de *Barcelofilia* se puede encontrar un inventario e información sobre
      los lugares hoy en día desaparecidos en la ciudad de Barcelona como el *Saló Rosa*.

desarrollo de un lenguaje alternativo que permita más flexibilidad en los significados y rompa con los opuestos binarios y las nociones tradicionales de lo masculino y lo femenino. En este sentido el género utópico y el reportaje fantasía sirve a Bertrana para denunciar las estructuras de poder en las que estamos inmersos y las fuerzas homogeneizadoras y machistas que mantienen a las mujeres en una situación inferior con respecto a los hombres. En *La ciudad de los jóvenes* la autora propone alternativas para combatir la opresión y sugiere una reconfiguración social, política y cultural que permita vivir de forma más justa y equitativa.

No obstante, como se verá más adelante, «La Ciudad de los Jóvenes» también encubre una serie de problemas, como la falta de interés por el arte y la literatura. En la novela hay tanto una crítica implícita a «La Ciudad de los Viejos» como a la de los «Jóvenes» y siempre aparecen en contraste la una con la otra mediante los mecanismos del género utópico. De esta forma, Bertrana subraya que no existen sociedades perfectas y definitivas, y que lo importante es imaginar, inventar e idear nuevas fórmulas que den respuestas a los cambios y a las necesidades que surgen en la sociedad.

Tradicionalmente, gran parte de la literatura utópica a lo largo de la historia ha reflejado la posibilidad de cambiar la realidad social para ofrecer otras formas de vivir. Por ejemplo, Thomas More (1478-1535) en *Utopia* (1516) creó una comunidad ficticia basada en el bien común por encima del sistema de propiedad privada y estableció el voto popular para elegir a las autoridades que debían gobernar en Utopia. More reflejó un mundo más moderno y avanzado con proyectos importantes e innovadores con la intención de mejorar la vida de los individuos, pero como gran parte de los autores masculinos, More olvidó la posibilidad de crear un mundo mejor también para las mujeres. En su obra la mayoría de los personajes son hombres y las mujeres aparecen «legally without status, politically voiceless and domestically subordinated» (Johns 175). Las utopías que crean los autores como More siguen la lógica de un sistema jerárquico basado en el patriarcado y en la desigualdad de género y no plantean mejoras para la mujer: «despite […] the wit and inventiveness of More [in] *Utopia*, few would want to live there. Women in particular have fared poorly […], they have been forced to labor endlessly and bow to humorless patriarchs» (Johns 174).

Según los estudios de Alessa Johns en «Feminism and Uto-pianism», no fue hasta el siglo XIX que la literatura utópica experi-mentó un cambio importante en cuanto a la mujer. Las escritoras y las feministas vieron en la utopía un elemento muy importante para pensar en un mundo más justo y equitativo para las mujeres: «modern feminists returned to utopian visions to express their desires for a more just and equitable society» (175). El género utópico fue un vehículo esencial para la crítica feminista y permitió que las mujeres pudieran imaginar un mundo mejor. Según Alessa Johns, Erin McKenna y Lucy Sargisson, por citar algunos ejemplos, los textos utó-picos escritos por mujeres suelen presentar ciertas características que los diferencia de la narrativa utópica masculina. Dichas autoras afirman que a diferencia de los autores masculinos, las autoras pro-yectan a los humanos como seres maleables y sociables «rather than determined» (Johns 178), ofrecen alternativas sociales prácticas, se preocupan por la igualdad (de clase, raza y género) y tratan temas re-lacionados con la educación, el medio ambiente, la maternidad y la sexualidad:

> feminist utopias offer varied approaches to sexuality and mo-therhood and parenting —in some, reproduction occurs throught pathernogenesis, in some through heterosexual intercourse; in some, children are part of families, in others they become offspring of the entire community, and in others there is a combination of both [...] Nonetheless, there is a strong overall tendency to revise the *family* into an egalitarian unit. (185)

Asimismo, observan que las protagonistas femeninas forman parte del gobierno, evitan la centralidad del poder, promueven un sistema compatible con la diversidad social y ven la sociedad como un expe-rimento en proceso que no pretende tener un objetivo final y concreto ni ser perfecto. Al contrario, las escritoras buscan crear algo nuevo para mejorar el presente y hacer posible un futuro más deseable:

> Utopian visions no longer seek a final goal, but realize that it is the process of transformation itself that needs to be addressed. What is needed is to keep the possibility of change alive; what is needed is to introduce the notion of evolution into utopian visions. (McKenna 6)

No obstante, es importante mencionar que hay excepciones y no todas las mujeres siempre han escrito utopías feministas ni todos los hombres escriben novelas utópicas tradicionales. Por ejemplo Samuel Delany en *Triton* (1991)[42] y Kim Stanley Robinson en *Pacific Edge* (1990) proponen ideas feministas y presentan una vida mejor para las mujeres. A su vez, Rosa Montero en *Temblor* (1990) reproduce los mismos modos de conducta en lo referente a los roles sexuales de la sociedad patriarcal, ya que el mundo que imagina en *Temblor* muestra una sociedad matriarcal con unas estructuras y unas jerarquías de poder muy marcadas[43].

En *La ciudad de los jóvenes: reportatje fantasía* Bertrana utiliza su experiencia y su feminidad para imaginar una transformación social auténtica y justa que mejore la condición de la mujer. Cree en la capacidad de adaptabilidad y flexibilidad de la naturaleza humana y en la posibilidad de encontrar fórmulas que modifiquen el sistema patriarcal en el que vivimos. En *La ciudad de los jóvenes* todos los ciudadanos tienen la oportunidad de ser elegidos como dirigentes de las dependencias del gobierno y no hay caciques: «nadie manda ni ejerce una influencia decisiva por encima del pueblo» (23). Se hacen elecciones cada cuatro años para elegir a los delegados de los respectivos sectores, y también para seleccionar a los mejores comisarios, inspectores, directores de empresas, diplomáticos y encargados de relaciones públicas. Bertrana sugiere que para vivir en una sociedad equitativa y justa para el hombre y la mujer se debe crear valor humano compartiendo más que compitiendo, y se debe decidir entre todos lo que es mejor para el bien común. Tanto los hombres como las mujeres pueden desarrollar los mismos trabajos. No obstante, es importante notar que en «La Ciudad de los Jóvenes» no hay mujeres delegadas, cirujanas o investigadoras. Algunas trabajan como relaciones públicas y policías. Ambos puestos están muy bien valorados en «la Ciudad». Las relaciones públicas obtienen información de primera mano sobre las personas que visitan el lugar y facilitan el buen entendimiento con los demás países. Y las mujeres policía son las que regulan el orden y aseguran el buen funcionamiento de la ciudad. En este sentido, en «La Ciudad de los Jóvenes» son las mujeres, y no los hombres, las que

---

42   El título original de la novela es *Trouble on Triton: An Ambiguous Heterotopia* y fue publicada por primera vez en 1976.

43   Monique Wittig en «One Is Not Born a Woman» (1981), explica que el matriarcado no es menos heterosexual que el patriarcado, son lo mismo, sólo cambia el sexo del opresor. Las formas son distintas pero no el fondo. El matriarcado sigue asumiendo las categorías binarias hombre/mujer y mantiene la idea de que la capacidad de la mujer de ser madre (lo biológico) es lo único que diferencia a ambos sexos y define a las mujeres.

ejercen un control directo sobre la población y las que mantienen contacto con el interior y el exterior del país. Sin embargo, los lugares más prestigiosos los siguen ocupando los hombres. Esto demuestra que la lucha por la igualdad de los derechos, incluso en la avanzada «Ciudad de los Jóvenes», aún no se puede dar por concluida.

En la novela Bertrana refleja un problema que hoy sigue afectando a las mujeres españolas (y de otros países): la segregación de los empleos por el sexo. Hoy en nuestra democracia, en el ámbito político y empresarial, las mujeres aún no han alcanzado los cargos más cotizados y de mayor poder (presidencia, vicepresidencia, ministerio de economía, etc.). Sólo recientemente algunas mujeres han dirigido empresas y ministerios de sanidad, educación y cultura que en muchos casos los gobernantes siguen considerando de segundo orden y a los que suelen aplicar los primeros recortes económicos en función de otros intereses (Díez Gutiérrez 102). Según los datos de Ana María Díez Gutiérrez, la incoporación de la mujer al mundo laboral se ha producido sobre todo en los puestos de trabajo de nivel bajo y medio. Según la autora, esto es «un claro signo de la resistencia que la sociedad patriarcal impone a la incorporación de la mujer a los círculos de poder» y evidencia que las políticas sociales de los últimos años «no han estado orientadas a alcanzar la igualdad entre hombres y mujeres» (100). En este sentido, es cierto que en los ámbitos de poder algo ha cambiado, pero sólo lo justo, para que todo siga más o menos igual.

Bertrana propone la superación de los roles tradicionales de la mujer en *La ciudad de los jóvenes* al expresar la necesidad de que la mujer salga de la esfera tradicional en la que está recluida (la doméstica y la reproductiva) y acceda al espacio productivo socialmente considerado masculino. Pero a la vez advierte que la eliminación de las estructuras sociales del sistema patriarcal y la percepción negativa de la mujer en un puesto de responsabilidad y prestigio laboral es algo muy difícil de superar, sobre todo porque los líderes que dirigen los países siguen siendo principalmente hombres que se resisten a los cambios. En *La ciudad de los jóvenes* el delegado de higiene sexual le confiesa al narrador-protagonista de «La Ciudad de los Viejos» estar de acuerdo con él y no ver la utilidad del sexo único:

> [NARRADOR:]—Confieso [...]que no veo la utilidad de este «ser único» con doble sexo, cuando una de las fruiciones más grandes de la vida la constituye la atracción del sexo contrario, la unión de

los dos sexos y el acoplamiento de dos seres tan bien definidos que
se complementan tan maravillosamente bien.
[DELEGAT DE HIGIENE SEXUAL]: —Pienso com tú. (*La
ciudad de los jóvenes* 157)

Bertrana sugiere que la igualdad de la mujer y las mejoras en el
mercado de trabajo sólo serán posibles mediante un cambio gradual
de mentalidad en los hombres y en las mujeres y una distribución
equitativa de los puestos de poder. En *La ciudad de los jóvenes* el ser
humano aparece como un individuo modificable, interior y exterior-
mente. La autora propone que para eliminar las desigualdades de
género y la discriminación de la mujer, se debe modificar primero el
lenguaje, luego el concepto de propiedad privada y más adelante se
debe desarrollar una nueva forma de entender la sexualidad, la maternidad y la familia. En «La Ciudad de los Jóvenes» la palabra «familia» no existe. Los ciudadanos prefieren hablar de «sociedad» o
«compañía» porque es un concepto más amplio que permite la cooperación y la colaboración a un nivel de igualdad. El núcleo familiar
lo asocian al orden jerárquico de la sociedad patriarcal del pasado.
Según los estudios de Alessa Johns, en las utopías feministas la comunidad es un elemento muy importante y su nivel de intensidad es distinto de las obras tradicionales, ya que las redes sociales se caracterizan
por el compañerismo, el afecto y la espiritualidad entre los miembros
del grupo (Johns 185). En la obra de Bertrana la cooperación ciudadana y el trabajo en grupo es esencial. La autora expresa su deseo
de revisar el concepto de familia y el de propiedad privada para garantizar la igualdad entre los individuos . En «La Ciudad de los Jóvenes» los posesivos «mi», «tu», «su» (y sus respectivos plurales) no
existen. Los han eliminado para nombrar a las personas, sólo los utilizan para hablar sobre los objetos. A nadie se le ocurriría decir «mi
esposa», «tu marido» o «su hijo». Los hombres y las mujeres, de cualquier edad, se tratan con el mismo respeto y todos contribuyen a la
felicidad de los demás, ya que la amistad, la camaradería y las relaciones sociales están por encima de los intereses en los bienes mate-
riales. Bertrana no muestra una sociedad perfecta con un principio y
un fin, sino que predice y proyecta un mundo en continuo proceso de
transformación. En este sentido, no es, por tanto una utopía estrictamente. La autora experimenta, imagina e inspira nuevas ideas y posibilidades para la mujer, e invita a entender nuestro mundo y a re-

flexionar sobre cómo podría y/o debería ser. Pero en ningún sentido pretende mostrar una realidad social donde las mejoras puedan darse por terminadas.

A lo largo de la obra se observa una implícita coincidencia entre las reflexiones de Bertrana en *La ciudad de los jóvenes* y los estudios de Judith Butler en *Gender Trouble* (1999). Como es bien sabido, Butler teoriza sobre la representación sexual y la construcción del género y cuestiona la mentalidad social que asume la ecuación de «mujer» igual a «feminidad». La autora investiga las manifestaciones del silencio impuestas sobre la multiplicidad de significados en lo que significa ser hombre o mujer por el lenguaje impregnado de construcciones falocéntricas. Butler insiste en:

> making gender trouble [...] through the mobilization, subversive confusion, and proliferation of precisely those constitutive categories that seek to keep gender in its place by posturing as the foundational illusions of identity. *(Gender Trouble* 34)

Bertrana se adelanta a los postulados de Butler al poner en duda las creencias tradicionales sobre el género, rechaza los dualismos hombre/mujer, objeto/sujeto, masculino/femenino y propone que la personalidad es algo social que se aprende y no es algo biológico prefijado, «natural» y permanente. En *La ciudad de los jóvenes* los problemas de identidad entran en juego a través del proceso de identificación del narrador-protagonista con los demás y con él mismo. El narrador tiene problemas para saber el sexo de los ciudadanos en «La Ciudad de los Jóvenes». Es imposible identificar el género de los habitantes por su aspecto porque los hombres y las mujeres se visten igual, se peinan de la misma manera y utilizan los mismos gestos para hablar y/o expresarse (*La ciudad de los jóvenes* 49). Esta tensión caracteriza toda la novela desde que el reportero llega a «La Ciudad de los Jóvenes». Pareciera que Bertrana en la obra propone confundir, subvertir y crear ambigüedad para destruir, transgredir y pervertir los rígidos códigos de identidad a los que estamos sometidos. No obstante, Bertrana también advierte que esta uniformidad, por mucho que se insista, no consigue derribar la poderosa atracción biológica que existe desde tiempos remotos entre los hombres y las mujeres. En la novela el Delegado de Higiene Sexual confiesa que en «La Ciudad de los Jóvenes»:

> Los hombres y las mujeres, en general, a pesar de la uniformidad de la indumentaria y el disparatado deseo de llegar al «sexo único»,

continúan sintiéndo la atracción poderosa el uno del otro. (*La ciudad de los jóvenes* 76)

En *La ciudad de los jóvenes*, una novela en sí transgéndrica (novela de viaje, reportaje, novela utópica, entrevista) los jóvenes desean eliminar las diferencias entre hombres y mujeres y aspiran al sexo único y a la total libertad para elegir la propia sexualidad. Como ya mencioné, todos los ciudadanos tienen los mismos derechos para ejercer cualquier profesión y la distribución del trabajo se hace según las capacidades del individuo y no según su sexo. Del mismo modo, los equipos deportivos son mixtos y los hombres y las mujeres compiten en los torneos de natación, atletismo, baloncesto y tenis según sus habilidades. El Delegado de deportes explica al reportero que: «los niños no hacen nada que no hagan las niñas. Desde los primeros años de la vida, niños y niñas viven [,] estudian [,] practican deportes [y] se divierten mezclados» (*La ciudad de los jóvenes* 65). En «La Ciudad de los Jóvenes» se promueve el atletismo y todas sus variantes: «carreras, ejercicios en la barra, musculatura y equilibrio, salto de altura y de extensión, lanzamiento del disco [y] ejercicios de arco» (67). Consideran que éstos ejercicios perfeccionan el cuerpo, embellecen el espíritu y hacen de los hombres y de las mujeres unos ciudadanos de mente sana, ágiles, fuertes y vigorosos (67). Hay que notar que el fútbol y el rugby profesional están prohibidos en «La Ciudad de los Jóvenes» por la violencia y las tragedias que causaban. En general consideran que son deportes pasados de moda y juegos bárbaros.

La organización deportiva en «La Ciudad de los Jóvenes» ofrece un buen ejemplo de igualdad a las sociedades occidentales. Bertrana expresa su deseo de superar las barreras entre los sexos y romper las imposiciones heteronormativas del sistema patriarcal mediante la fusión de lo masculino y lo femenino. Para la autora la solución no está en la homogeneidad, la segregación y la exclusión, sino en la diversidad, la diferencia y la inclusión. La identidad sexual y de género debe tomar nuevas formas y entenderse de manera distinta a lo que se entendió en el pasado. Gracias a psicoanalistas y filósofos como Jacques Lacan (1901-1981) y Michel Foucault (1926-1984), y a feministas como Judith Butler, Julia Kristeva, Luce Irigaray, Juliet Mitchell, por citar algunos ejemplos, hoy sabemos que la subjetividad no es fija, idéntica y firme, sino múltiple, heterogénea y a veces contradictoria. La subjetividad es vista como una construcción social que se caracteriza por la diferencia en vez de la igualdad y está en permanente cambio en función de nuestras experiencias e interacciones con los demás.

Con respecto a la identidad de género y el sexo, una de las visitas que más impresiona al narrador-protagonista en «La Ciudad de los Jóvenes» es la del departamento de Higiene Sexual. El reportero queda asombrado con las novedades que le cuenta el Delegado y con la forma en que éste se expresa cuando habla sobre la sexualidad:

> habla con una soltura absoluta de cualquier concepto moral, como si su situación le colocara en un lugar especialísimo, más allá del bien y del mal, por encima de cualquier principio ético y estético, antiguo o moderno, forjador y seguidor de conciencias alienas. (*La ciudad de los jóvenes* 74)

En «La Ciudad de los Jóvenes» es común hablar sobre el sexo, y otras cuestiones relacionadas con la sexualidad. El aborto y los métodos anticonceptivos son legales, y el celibato y la virginidad ya nadie los practica. En cambio, en «La Ciudad de los Viejos» estos temas son tabú y están prohibidos. Según el narrador, hablar y practicar el sexo es pecado en su país («La Ciudad de los Viejos»), a menos que sea con fines reproductivos. Asimismo, la interrupción del embarazo es ilegal y la libertad sexual está prohibida. De forma parecida a la España franquista, en «La Ciudad de los Viejos» la actitud hacia la sexualidad es sofocante e inhumana. Durante la posguerra española el Estado impuso una estructura sexual negativa sobre todo en las mujeres a través de la represión de los deseos sexuales y la negación de experimentar placer con el cuerpo. Esta actitud hacia la sexualidad en la sociedad española estuvo apoyada y aprobada por el gobierno y reforzada por la Iglesia y la institución de la familia.

A Bertrana no se le escapa el reflejar en la novela esta oscura realidad del franquismo y denuncia la situación de la mujer en España durante la posguerra. Mediante el contraste en la forma de entender la sexualidad en «La Ciudad de los Jóvenes» y la de «los Viejos», la autora subraya el atraso de España y señala que la liberación de los hombres y de las mujeres debe pasar necesariamente por la eliminación de la represión sexual. Igual que las autoras feministas –De Beauvoir, Firestone, Millett, Butler– Bertrana hace responsable a la represión sexual de los obstáculos que las mujeres han encontrado a lo largo de la historia impidiendo su liberación.

La autora coincide con los postulados de Shulamith Firestone en

The Dialectic of Sex: The Case for Feminist Revolution (1970). Shulamith observa que la opresión de la mujer se remonta más allá de todo testimonio escrito y deduce que la raíz del problema está en la propia configuración biológica de los sexos y en la represión sexual. Firestone critica la sociedad actual y propone un mundo alternativo donde la mujer quede libre de su función reproductora y educadora. La autora defiende la independencia económica femenina, sugiere eliminar la segregación social mediante la integración de los niños y las mujeres en todos los aspectos de la vida y proclama la libertad sexual para ambos, mujeres y niños, insistiendo en que todos deben hacer con su cuerpo lo que quieran y gozar del sexo tanto como lo deseen. En esta utopía que propone Firestone la libertad sexual está en todos los terrenos, y los hombres se suponen pero no se mencionan. La autora canadiense considera que sólo a través de la liberación sexual se podrá vivir en armonía con uno mismo, romper con las cadenas patriarcales que mantienen a las mujeres (y a los niños) en una posición inferior con respecto a los hombres y lograr una distribución equitativa del poder. Con todo, el principal objetivo en el proyecto feminista de Firestone es la modificación de las funciones reproductoras tradicionalmente atribuidas a la mujer. Asimismo, Firestone propone que la igualdad de género sólo es posible a través de la gestación artificial y la eliminación de las diferencias genitales entre los hombres y las mujeres:

> The end goal of feminist revolution must be, unlike that of the first feminist movement, not just the elimination of male *privilege* but of the sex *distinction* itself: genital differences between human beings would no longer matter culturally [...] The reproduction of the species by one sex for the benefit of both would be replaced by (at least the option of) artificial reproduction: children would be born to both sexes equally, or independently of either, however one chooses to look at it. (Firestone 25)

Firestone propone resolver el problema de la opresión de la mujer eliminando la dependencia del niño en la madre y viceversa mediante la gestación artificial y la libre elección de la función reproductora en los hombres y en las mujeres. De esta forma, destruyendo la tiranía de la familia biológica, también se elimina la división de los roles por razones de sexo.

En *La ciudad de los jóvenes* (tan sólo un año después de la publicación del ensayo de Firestone) Bertrana imagina una sociedad más justa e igualitaria para la mujer a través del sexo único y la reproducción artificial[44]. El reportero queda fascinado cuando descubre que en «La Ciudad de los Jóvenes» los científicos investigan la manera de hacer posible el hermafrotismo total (a nivel individual), general (a nivel colectivo) y constitucional (aprobado por Ley). La juventud, «sobretodo las chicas», se han entusiasmado con la idea del sexo único y los científicos estudian la manera de conseguirlo (*La ciudad de los jóvenes* 75). Todavía no lo han logrado, pero de momento han simplificado la vida de los ciudadanos, especialmente de las mujeres, eliminando «Las funciones puramente maternales, es decir, la gestación del feto y el parto [,] mediante el útero artificial» (75). Así, los hombres y las mujeres pueden escoger libremente quien gestará al bebé, y también pueden decidir si quieren ser padres o madres solteros. Lo único que aún no han descubierto es la manera de prescindir totalmente de la colaboración directa o indirecta del hombre y de la mujer: «Para obtener una criatura humana, nos hace falta el semen paterno y los óvulos maternos. En esto no hemos avanzado mucho» (76). Sin embargo, a través de la inseminación artificial y el útero mecánico «los Jóvenes» pueden tener hijos sin tener que hacer el amor.

Asimismo, Bertrana cuestiona las categorías hombre/mujer y aduce que la maternidad a pesar de ser un proceso biológico que tiene lugar en el organismo de la mujer es una función alterable que puede ocurrir fuera del cuerpo de la mujer. Para Bertrana, igual que para Firestone, la solución está en crear una humanidad andrógina, fusionando lo masculino y lo femenino, y eliminando el rol tradicional de madre y esposa que se suele atribuir socialmente a las mujeres.

Según el Delegado de Higiene Sexual, la gran mayoría de mujeres ambicionan igualar al hombre en todo y los hombres lo mismo, también quieren parecerse a las mujeres:

> [Los jóvenes] querrían que el hombre (el cual dejaría de serlo para convertirse en hermafrodita) pudiera engendrar un hijo, llevarlo en la matriz durante el periodo de gestación y, finalmente, parirlo. Todo este proceso, según ellos, no tendría que ser obligatorio, sino facultativo. Cada componente de una pareja tendría que poder escoger quién de los dos haría el papel de madre. (76)

---

44 Las ideas de Bertrana sobre la maternidad y la familia son, sin duda, parecidas a las de Firestone. Esto hace pensar que seguramente estaba familiarizada con lo que publicaban las feministas europeas, americanas y canadienses como Firestone, aunque en España durante los años 70 las obras de dichas autoras aún estaban prohibidas. Ni en sus memorias ni en documentos manuscritos hay evidencia explícita de que Bertrana conociera a las mencionadas feministas.

En «La Ciudad de los Jóvenes» las parejas pueden estar unidas o no por ley y ser del mismo sexo. El único requisito que se les exige es que no tengan más de dos hijos. Lo tienen estrictamente prohibido aunque cambien de cónyuge (76). Consideran que poblar excesivamente la sociedad es una monstruosidad y que las sociedades que animan a los ciudadanos a tener muchos hijos sólo lo hacen para obtener beneficios económicos y utilizar a las personas según sus intereses:

> Poblar excesivamente el mundo [crea] problemas insolubles como los que presenta el exceso de población en lugares generalmente pobres y salvajes de África o en los «no salvajes» pero míseros de las Indias o de la China, destinados fatalmente a morir de hambre o a ser utilizados como carne de cañón para gente mucho más lista de otros países a quienes interesa vender armamento, extraer petróleo o metales, construir bases estratégicas en determinadas regiones. Para conseguirlo, estas poderosas naciones, provocan conflictos bélicos entre pueblos de manera que así utilizan el exceso de humanidad para dichos fines. (76)

Estas declaraciones del Delegado de Higiene Sexual escandalizan al reportero de la ciudad de los viejos que está acostumbrado a escuchar lo de que *cuantos más hijos mejor*. En su país, (como en España durante el franquismo) la Iglesia bendice a los que tienen muchas criaturas, el Estado distribuye premios a las familias numerosas y los periódicos hablan de la maternidad y el matrimonio de los famosos como si fuera algo glorioso, exhibiendo fotografías de toda la familia. A través de las reflexiones del reportero, Bertrana critica el gobierno franquista y sus campañas pronatalistas que durante la posguerra obligaron a las mujeres a quedarse en casa para tener hijos y cuidar al marido. Según Rafael Torres en *El amor en tiempos de Franco* (2002), el Estado impuso la maternidad obligatoria y el retorno de la mujer al cuidado de la familia mediante préstamos a la nupcialidad, subsidios y leyes de protección a las familias numerosas, con la excusa de remediar el estrago demográfico provocado por la Guerra Civil, pero el principal objetivo era apartar a las mujeres de la esfera pública y hacer que volvieran al hogar (Torres 52).

La crítica de Bertrana hacia el exceso de población y las políticas de natalidad también se dirige a las sociedades modernas que todavía hoy ejercen el control en el cuerpo de la mujer a través de la ilegalidad del aborto y las leyes que favorecen la maternidad en vez de la interrupción del embarazo. La autora considera irresponsable e inmoral animar a la población a traer más niños que quizás no van a poder alimentar y educar. Ve en ello intereses económicos por parte de los países más poderosos y una manera de privar a las mujeres de sus libertades de elegir lo que quieren hacer con su cuerpo, además de obligarlas a volver al espacio doméstico. Hoy en día, los Estados Unidos, ofrece ayudas económicas (el pago del alquiler, la comida y la manutención del(los) hijo(s) hasta que sea(n) mayor(es) de edad) a las mujeres solteras que tienen hijos y no disponen de suficientes ingresos para mantenerlos[45]. Estas ayudas facilitan la vida de muchas mujeres, pero incentivan a que las mujeres tengan hijos, dejen de trabajar y se queden en casa criando hijos a cambio de dinero y un lugar donde vivir. Estos subsidios limitan las libertades de las mujeres, promueven el rol tradicional de la mujer, aseguran la división laboral según el sexo y legitiman el cuerpo femenino como si fuera un objeto-reproductor.

En *La ciudad de los jóvenes*, Bertrana postula la natalidad y la maternidad como algo planificado y que puede modificarse, pero no como en las sociedades patriarcales. El sistema patriarcal (y capitalista) intenta *programar* socialmente a la mujer a través de las Leyes y los discursos políticos para que se queden en casa y *produzcan* hijos. La fuerza con la cual las «obligaciones naturales» femeninas están internalizadas en la sociedad hace que muchas mujeres acepten resignadas las aniquiladoras doble jornadas o los mecanismos que las hacen desear volver al hogar (Díez Gutiérrez 102). Para deshacerse de la obligación de procrear y de las ataduras del patriarcado, como bien defienden las feministas y Bertrana en *La ciudad de los jóvenes*, la mujer debe abandonar sin más la función reproductora o al menos debe tener el derecho a elegir.

Para concluir, es importante analizar la última visita del reportero antes de abandonar «La Ciudad de los Jóvenes». El narrador-protagonista acude al Hogar del Amor Pasajero: «una casa donde se reúne la gente enamoradiza faltada de afecto (*La ciudad de los jóvenes* 93). El Estado ha creado este lugar para los extranjeros solitarios que echan de menos su país y durante su estancia en «la Ciudad» necesitan compañía y afecto. La gente del país no necesita frecuentar este lugar

---

45 En la página web *singlemotherguide.com* hay una lista con todas las ayudas que el gobierno estadounidense ofrece a las madres solteras. Asimismo, David Blau y Erdal Tekin en su estudio «The Determinants and Consequences of Child Care Subsidies for Single Mothers» (2007) exponen las consecuencias económicas y sociales de dichos subsidios.

porque en «La Ciudad de los Jóvenes» todos están acostumbrados a practicar el amor libre. En dicho prostíbulo los clientes hacen el pedido de una mujer o un hombre de compañía a través de una máquina. Como explica la Relaciones Públicas al reportero, el procedimiento es muy fácil, sólo tienes que ir seleccionando diferentes opciones:

> Aprietas el botón que corresponda a cada cualidad [física y psíquica que te gustaría que tuviera,] esperas que de la ranura de abajo salga un ticket. Vas escogiendo, apretando y coleccionando tickets hasta que la mujer ideal que deseas quede completa con todos sus detalles [...] Entonces pasas por la caja, das los tickets al contable, él cuenta cuanto sube el conjunto. Cada atributo o especialidad tiene un precio diferente. Te dice el importe global, tú pagas y listos. (95)

Esta forma de obtener placer y compañía en «La Ciudad de los Jóvenes», proyecta el cuerpo de la mujer (y el del hombre, ya que las máquinas de los prostíbulos también ofrecen hombres «a la carta») como un objeto para el propio consumo y disfrute sexual. La soledad del narrador-protagonista y el exceso de tecnología en «La Ciudad de los Jóvenes» (educación a través de la tele, prostíbulos mecanizados, etc.) la interpreto como una crítica al abuso de los medios de comunicación y tecnológicos en el que hoy en día está cayendo nuestra civilización. Gran parte de los aparatos y las máquinas que utilizamos nos facilitan la vida pero también nos aislan de los demás y hacen de los seres humanos individuos muy solitarios y faltados de afecto. Este es otro aspecto que permite afirmar que Bertrana era una autora visionaria del futuro muy avanzada para su época, ya que en el momento en que escribió la novela la sociedad española estaba muy atrasada tecnológicamente con respecto a otros países, sobre todo por estar bajo una dictadura. En «La Ciudad» la estructura de la sexualidad ha avanzado porque el sexo no es un tema tabú y «los Jóvenes» lo practican libremente, pero han caído en el grave error de convertir la sexualidad en un negocio. Bertrana advierte, por tanto, que ejercer más libremente la sexualidad sin exigencia de procrear puede conducir a una auténtica libertad intersexual, pero también a nuevas formas de ideología y prácticas neocapitalistas y a la conversión del cuerpo y del gozo sexual en una cadena de producción, consumo y diversión. Así, no siempre los avances provocan cambios de una estructura convencional a una más liberal y justa. No basta con liberarse sexualmente para liberarse del rol social tradicional, sino que hace falta una reestructuración cultural y mental, y aplicar nuevos métodos tolerantes y respetuosos con el cuerpo y la vida de los seres vivos.

LA INTERVENCIÓN DE LA CENSURA EN *La ciudad de los jóvenes: reportaje fantasía.*

Durante la época en que Bertrana publica *La ciudad de los jóvenes* en catalán (*La ciutat dels joves*), la censura todavía ejercía un fuerte control en España. En general, el desarrollo de la literatura peninsular, y en particular el de la literatura catalana, se vio gravemente afectado debido a la rigidez de la censura. Los autores y editores tenían que pasar por largos y complicados procesos burocráticos para solicitar la autorización de la publicación de las obras. La Sección de Inspección de Libros del Servicio de Orientación Bibliográfico del Ministerio de Información y Turismo era la encargada de controlar las publicaciones, las distribuciones y la venta de libros. La mayoría de los trámites se podían hacer a través de las delegaciones provinciales si no excedían las 50 páginas, pero en Cataluña las normas exigían que los manuscritos fueran enviados directamente a la Dirección General de Madrid para una minuciosa revisión (Van den Hout 1).

Debido a la censura muchos escritores españoles y catalanes no pudieron publicar sus obras o lo hicieron con mucho retraso después de suprimir, modificar y/o eliminar las partes censuradas del texto[46]. Algunos autores como el catalán Manuel de Pedrolo fueron cruelmente sancionados de forma reiterada cada vez que intentaban publicar sus obras. Otros escritores como Elena Soriano, con una prometedora trayectoria literaria, vieron su carrera truncada por las constantes trabas de la censura. Afortunadamente Aurora Bertrana sólo tuvo problemas con la censura al querer publicar la novela *La ciutat dels joves*. Al menos eso es lo que parece indicar el expediente de Bertrana en los archivos de la censura. Según las investigaciones de Blai Gasull, los informes encontrados solo pertenecen a la revisión de *La ciutat dels joves*. Quizás

---

46   Ver el interesante capítulo «Censura y dictámenes censorios» en el estudio de Manuel L. Abellán *Censura y creación literaria en España (1939-1976)* (1980) donde el autor hace un recuento de los escritores y las obras censuradas durante el franquismo. Abellán ofrece detalles sobre los motivos que alegaban los censores para desautorizar las obras, la solución que adoptaron algunos autores después de recibir los informes negativos y las consecuencias derivadas de dicho proceso.

Bertrana nunca envió sus otras novelas a revisión y publicó directamente sus obras sin pasar por la censura. Como explico más adelante,
la censura pasó de ser obligatoria a ser «voluntaria» a partir del 1966
y *La ciutat dels joves* fue publicada en 1971. Bertrana publicó algunas
de sus obras antes de la aprobación de esta ley cuando la revisión de
los textos por parte de los censores era, como ya dije, obligatoria.

Sin contar los artículos periodísticos, Bertrana publicó un total de
13 obras entre 1952 y 1975: *Ariatea* (1960), *Camins de somni* (1955), «El
pomell de violes» en *Els autors de l'ocell de paper* (1956), *Entre dos silencis*
(1958), *En el centenari de Prudenci Bertrana* (1968), *Fracàs* (1966), *La
nimfa d'argila* (1959), *Memòries del 1935 fins al retorn a Catalunya* (1975),
Memòries fins al 1935 (1973), *Tres presoners* (1957), *Vent de grop* (1967),
Vértigo de horizontes (1952). Las obras fueron publicadas por editoriales
catalanas de poca tirada: Albertí, Alfaguara, Aymà, Pòrtic, Rafael
Dalmau, Simpar y Torrell de Reus. Este pudo haber sido un factor
importante para evitar la intervención de la censura. Además de no
haberse encontrado más documentos sobre otras obras censuradas, la
autora no hace ninguna mención al respecto en los dos volúmenes de
sus memorias: *Memòries del 1935 fins al retorn a Catalunya* y *Memòries
fins al 1935*. Sus libros autobiográficos terminan con su retorno del
exilio a Barcelona en 1949. Después de regresar a Cataluña, ella
misma dijo que no hablaria de sus años en España en sus memorias:
«–Perque aquests darrers anys no he viscut. Es dificil d'explicar. Son
anys sense cap aventura, anys somorts, anys grisos. Només he viscut
en les meves obres literàries. Ara per a mi, escriure es viure, i
l'aventura ja resta explicada en el contingut de la meva obra» (Xapel.li
78)[47]. Esto lo confesaba Bertrana en una entrevista con Mireia Xapel.li
cuando la entrevistadora le preguntó por qué suprimía los años del
1950 al 1975 en su autobiografía.

Durante la dictadura franquista el control de las publicaciones, la
propaganda y la información fue esencial para «sanear» el país de
cualquier tendencia republicana y para fomentar la ideología del Régimen. La censura pasó por diferentes etapas dependiendo de los intereses sociales, políticos y económicos del Estado[48]. Si bien la censura

---

47   *—Porque estos últimos años no he vivido. Es difícil de explicar. Son años sin ninguna aven-
     tura, años muertos, años grises. Sólo he vivido en mis obras literarias. Ahora para mí, escribir
     es vivir, y la aventura ya queda explicada en el contenido de mi obra.*
48   Los historiadores del franquismo ofrecen diferentes esquemas para hablar de la evolu-
     ción de la censura en España. Ángel Berenguer resume la evolución de la censura de la

tuvo un papel importante durante los años del franquismo, sus inicios deben situarse antes de la dictadura, en plena Guerra Civil (1936-1939). Ambos bandos, republicanos y franquistas la utilizaron para lograr la cohesión ideológica dentro del país y fuera para ganar el apoyo la de las potencias extranjeras. Durante la guerra el sistema informativo fascista actuó como un instrumento de control y sirvió para fijar las bases de su modelo totalitario que más tarde consolidó y reguló al terminar el conflicto bélico (Iglesias 72).Tras ganar la Guerra Civil en 1939, motivado por la victoria, el gobierno franquista potenció sus rasgos fascistas y totalitarios y llevó a cabo toda una serie de iniciativas destinadas a controlar y justificar su sistema represivo. En este período, conocido como el de la Autarquía según los estudios de Ángel Berenger, el franquismo legalizó e institucionalizó la censura mediante la consolidación de la Ley de Prensa del 1938[49]. Su principal objetivo era situar los medios de comunicación al servicio del gobierno. Esto obligaba a la prensa por decreto ley a colaborar con el Movimiento fascista y a ceñirse a las normas e intereses del Estado. Al mismo tiempo que creaba leyes para ejercer el control, el gobierno re-estableció el Servicio Nacional de Prensa y Propaganda que había utilizado durante la Guerra Civil y creó la Agencia EFE y la Cadena de Prensa del Movimiento o el NODO[50]. La contribución de ambos

---

siguiente forma: 1- Autarquía (1939-1950), 2-Adaptación (1945-1962), 3-Desarrollo (1959-1973) y 4-Decadencia (1966-1975) seguida por la Transición (1975-1982) después de la muerte del dictador. Enrique Moradiellos propone las siguientes etapas: 1-Periodo de hegemonía del nacional-sindicalismo (1939-1945), 2-Fase de predominio del nacio-nal-catolicismo (1945-1959), 3- Etapa autoritaria del desarrollismo tecnocrático (1959-1969), 4-El tardo-franquismo (1969-1975) y 5-La transición. Stanley Payne distingue entre: 1-La fase semifascista, potencialmente imperialista (1936-1945), 2- La década del corporativismo nacional católico (1945-1957) y 3-La fase desarrollista de la llamada tec-nocracia y una especia de autoritarismo burocrático (1957/59-1975). Esta periodización es bastante parecida a la de Manuel Ramírez Jiménez quien distingue entre la etapa del «Régimen totalitario», la «dictadura empírico-conservadora» y el «franquismo tecno-pragmático». Por su parte, Tuñón de Lara (1915-1997) observa un antes y un después del 1959. En este año empieza a producirse un cambio que va de un totalitarismo de derechas directamente relacionado con el fascismo a un autoritarismo tecnocrático característico del último periodo del franquismo. Desde otra perspectiva, Elías Díaz identifica dos grandes períodos, el «totalitarismo católico» y el «autoritarismo tecno-crático» los cuales van del aislamiento internacional del 1939 at 1950/51 al posterior aperturismo hasta 1975. El esquema que yo sigo en este estudio en la contextualización de la censura es el del historiador Ángel Berenguer porque su visión reúne de forma clara y concisa las características principales de cada etapa también discutitas por los demás historiadores.

49   Esta ley fue redactada por José Antonio Giménez-Arnau (1912-1985), Director General de Prensa en el Ministerio de Gobernación, dirigido por Serrano Suñer (1901-2003), cuñado de Franco y ministro del Interior (Benito Pérez 28).

50   La Agencia EFE fue la primera sucursal de noticias franquista fundada en Burgos en 1939 por Ramón Serrano Suñer. La agencia contaba con delegaciones en todas las

medios a la expansión de la ideología del Régimen fue sumamente importante. El despliegue de las delegaciones provinciales de la Agencia EFE por todo el país y las proyecciones obligadas del NO-Do aseguraron al Régimen el absoluto dominio y extendieron su vigilancia hasta los lugares más remotos de España. Otras medidas que se llevaron a cabo durante la época fueron la depuración docente, la censura de cátedra, la requisa del material «sospechoso» en lugares públicos y bibliotecas y la prohibición de cualquier símbolo distinto al de la ideología franquista, incluidas la lengua vasca y catalana y las señas de identidad de dichas regiones (Benito Pérez 28).

Más adelante, durante los años comprendidos entre la derrota de los países del Eje en la II Guerra Mundial en el 1945 y el 1962, la censura pasó por un período de adaptación. Los primeros años de esta fase fueron notables por el aislamiento internacional y la dura posguerra en el terreno moral y económico. Francia mostró un fuerte repudio hacia al fascismo y cerró la frontera en los Pirineos. En marzo del 1946 el gobierno americano y francés firmaron una declaración en la que expresaban su rechazo a la dictadura franquista. En diciembre del mismo año, el Consejo de Seguridad de la ONU acordó la retirada de los embajadores de Estados Unidos y Francia en Madrid, y al poco tiempo los países europeos se opusieron a que España formara parte del Plan Marshal y luego del Mercado Común[51].

El bloqueo occidental fue un golpe muy fuerte para la España franquista que todavía estaba en ruinas y hundida en la miseria. El aislamiento obligó al Estado a desprenderse de ciertos rasgos fascistas y a idear reformas para aparentar cierta normalidad y adaptación hacia formas de gobierno democráticas. Asimismo, en 1945 el Régimen creó el *Fuero de los españoles* en el que se reconocían los derechos a la participación política, la libre reunión y asociación, y la libertad de expresión (Gubern 15). Pero todo esto tan solo era en apariencia

---

comunidades y ciudades autónomas del país. Hoy en día la agencia EFE todavía existe. Sus noticias se divulgan mediante prensa escrita, radio, televisión e Internet a nivel nacional e internacional. Sus oficinas centrales se encuentran en Madrid, Bogotá, El Cairo y Río de Janerio. El NO-DO, era un noticiario fundado por el Régimen en 1942. A través de sus noticias y documentales el Estado franquista divulgaba su ideología y presentaba su visión particular de España y del resto del mundo. Funcionaba de forma exclusiva, todos los demás medios estaban censurados y controlados, y sus emisiones en la televisión y en los cines eran obligatorios antes de proyectar las películas o los programas.

51 El Plan Marshall fue una iniciativa de los Estados Unidos para reconstruir Europa después de la guerra.

porque en el mismo documento se incluían artículos que cancelaban dicha ley. El artículo 12 establecía que los españoles podían expresarse libremente, asociarse, reunirse y participar en la política siempre y cuando no atentaran en contra de los principios fundamentales del gobierno (15). Pero en el documento persistían las siguientes normas que aseguraban la Ley de Prensa del 38, la rigidez de la censura y la anulación de derechos fundamentales: el artículo 33 indicaba que las libertades de expresión y participación política no podían atentar contra la unidad social y nacional del país y el artículo 25 autorizaba al Estado a suspender temporalmente cualquiera de los mandatos en caso de emergencia (16).

Para distanciarse del fascismo, durante la etapa de Adaptación, según el esquema de Berenguer, el Estado se autodefinió como una «democracia orgánica católica». De esta manera, la integración de la Iglesia desplazó el falangismo y reafirmó el código moral y las costumbres católicas. Para el franquismo la moral y el catolicismo eran lo mismo. Esta forma de pensar afectó profundamente la vida de los españoles y acentuó las medidas de la censura durante la dictadura. Además de ejercer el control a través de la educación y la red de prensa, la Iglesia tuvo una fuerte influencia y un papel importante en la censura oficial.

La situación de aislamiento en España empezó a cambiar a raíz de la guerra fría entre los Estados Unidos y Russia en los años cincuenta. Con la guerra fría los americanos empezaron a modificar su forma de ver y pensar sobre Franco y su gobierno debido a la fuerte ideología anticomunista del dictador. En 1950, la Asamblea General de la ONU permitió reestablecer las relaciones diplomáticas con España. El mismo año se firmaron acuerdos con Estados Unidos y el Vaticano, lo que significó el reconocimiento público el franquismo por parte de la Iglesia (Payne 411). En 1955 España ingresó en la ONU lo que supuso un elemento clave en el intento de legitimar el Régimen. Su inclusión significaba la aprobación o al menos su tolerancia aunque el país siguiera gobernado por un dictador.

Durante la misma década, España experimentó sus primeras mejoras económicas lo que se vio reflejado en el aumento de población y el surgimiento de una clase media. El despegue financiero estimuló el éxodo del campo a la ciudad, la emigración tuvo sus efectos en la economía española y el auge del turismo contribuyó en el cambio progresivo de la geografía y la mentalidad de los españoles y las españolas. Durante esta época también se empezaron a ver las primeras huelgas laborales y estudiantiles en las calles en contra del Régimen, lo que marcó un antes y un después en la evolución de la censura y la dictadura.

Uno de los cambios más significativos en la evolución de la censura fue el de la aprobación de la Ley de Prensa e Imprenta de 1966. Con ánimo de suavizar el órgano censor y establecer vínculos con las democracias occidentales, el Estado franquista aprobó la Ley del 66 para presentar la censura como un proceso «voluntario». Hasta entonces la censura había sido obligatoria y todos los escritores tenían que entregar sus manuscritos a la censura antes de publicarlos para solicitar la autorización. A partir de la Ley de Prensa e Imprenta del 66, como ya comenté al principio de esta sección, los autores podían elegir entre enviar sus obras a una «consulta voluntaria» o publicarlas sin pasar por la censura. Los que optaban por la segunda opción corrían el riesgo de ver secuestrada toda la tirada, pagar sanciones económicas y/o ser denunciados al Tribunal Supremo por delito de escándalo público o blasfemias contra el Régimen si las autoridades encontraban algo denunciable en las obras después de publicarlas sin autorización (Muñoz Cáliz 129).

El proceso de la «censura voluntaria» era el mismo que se había hecho anteriormente con la Ley del 38. Cambiaban las formas o manera de llevarse a cabo, pero el método seguía siendo el mismo: el/la escritor/a o editor/a enviaba 2 manuscritos de la obra a la Dirección General de Cultura Popular y Espectáculos del Ministerio de Información y Turismo («La Censura») junto con una solicitud de «consulta voluntaria». En el Negociado de Registro un funcionario asignaba un número de expediente a la solicitud. Se registraban los datos del/la solicitante, la fecha de presentación, el nombre del autor/a y el editor/a, la información sobre la obra, el título, el volumen, el formato y la tirada, y se comprobaba en la sección del Negociado de Circulación y Ficheros el historial del autor/a por si había alguna denegación previa. Finalmente, el expediente pasaba al Jefe del Negociado de Lectorado donde los Lectores revisaban los manuscritos siguiendo unos criterios específicos. Los temas a censurar eran: 1-La moral sexual, 2-La religión, 3-La opinión política y 4-El lenguaje considerado indecoroso como las blasfemias y los tacos. Para redactar los informes los censores utilizaban las siguientes preguntas que les servían de guía: *¿Ataca al Dogma? ¿A*

la moral? ¿A la Iglesia y a sus instituciones? ¿Al Régimen y a sus institu-
ciones? ¿A las personas que colaboran o han colaborado con el Régimen? Los
pasajes censurables ¿califican el contenido total de la obra? [52].

Las alusiones a los «fascistas» no estaban permitidas a menos que
fuera para elogiarlos. Cualquier expresión que hiciera referencia a
una ideología distinta a la del Régimen como el marxismo, el anar-
quismo y el socialismo eran inadmisibles. La defensa de la «buena
moral» era obligatoria y no se autorizaban las críticas a la Iglesia. Asimismo, no se toleraban los reproches contra la institucional familiar,
el matrimonio y la maternidad. La censura se mostraba especialmente
violenta con las descripciones del acto sexual o de cualquier aspecto
relacionado con la sexualidad, incluidas la libertad sexual y la defensa
a la legalización del aborto. Estas cuestiones siempre terminaban tachadas. En Cataluña (y de forma similar también en el País Vasco) los
censores, además de censurar todos estos temas, reprimían los comentarios relacionados con el catalanismo o nacionalismo, el separatismo
y la lucha por la propia lengua y cultura. Toda referencia a la
identidad catalana estaba prohibida y el empleo de las palabras «nacional» o «nacionalidad» aplicados a Cataluña o la alusión a los
«Països Catalans» no estaba permitida.

Manuel Abellán, Estanislau Torres y Joaquim Carbó señalan que
la Ley del 1966 representó una mayor responsabilidad y autocensura
para los editores y escritores. Por una parte, los autores cada vez más
tomaban conciencia de lo que escribían, matizaban el tono, las
palabras y los conceptos teniendo siempre presente los criterios de los
censores. Por otra parte, los editores actuaban como censores de los
autores moldeando y modificando los textos antes de enviarlos a «consulta voluntaria» para asegurarse de que pasarían el control. Es difícil
determinar si la autocensura afectó a la escritura de Bertrana y, si lo
hizo, en qué manera porque la autora nunca abordó este tema y tan
solo se tiene conocimiento de que se haya censurado una de sus obras:
La ciutat dels joves. Sin embargo, lo que sí se puede analizar es la forma
en que las tijeras de la censura intervinieron y afectaron el contenido
de esta novela.

Siguiendo con las normas del procedimiento aprobado por la Ley

---

52 Estas preguntas aparecen en la parte superior del informe que redacta el censor de *La*
    ciutat dels joves. Todos los documentos e informes de los censores que comento en este
    libro y que se han encontrado en el Archivo de Alcalá de Henares los incluyo completos
    en la sección «Anexos» al final del libro.

de Prensa e Imprenta del 1966, el 16 de marzo de 1971, Josep Fornàs, el fundador y editor de la editorial Pòrtic, envió el manuscrito de *La ciutat dels joves* de Aurora Bertrana a la Dirección General de Cultura Popular y Espectáculos de Madrid para solicitar una «consulta voluntaria». Tal como se observa por las diferentes firmas y comentarios escritos a mano y a máquina en los documentos de los censores, el texto fue leído por más de un censor[53]. Los distintos Lectores coinciden en que el contenido de la obra de Bertrana es problemático porque se incluyen «críticas duras» al Régimen, «ideas graves» sobre la familia, se defiende «el amor libre» y algunos fragmentos tratan «ideas inmorales». Con base a estas observaciones, el 25 de marzo de 1971 el Lector encargado de redactar el informe oficial escribió la siguiente valoración:

> La autora pinta una ciudad ideal, perfecta, sin ningún «prejuicio», una especie de «Arcadia feliz» a lo moderno, con aires de novela de ciencia-ficción. Pero, naturalmente, es una ciudad utópica por demás, pura fantasía, no demasiado original, en la que califican de prejuicios principios morales insustituibles. De rechazo hay críticas duras contra nuestro Régimen (pgs. 7,19); se deslizan ideas graves contra la familia y a favor del amor libre (pgs. 23, 24, 25, 66-8); se defienden principios inmorales (pgs. 97; 100, 101, 102, 104, 105, 106, 107, 111, 112; 117). Con estas tachaduras podría tolerarse la publicación de este extraño libro.
> Autorizable con tachaduras.

La ciutat dels joves en su conjunto ofrecía suficientes motivos para que los censores hubieran desautorizado por completo la publicación de la obra. Como ya demostré en el apartado anterior donde analizo la novela desde una perspectiva de género, en los diferentes capítulos de la novela Bertrana crítica la Iglesia, las formas de gobierno autoritarias, la hipocresía que rodea el matrimonio y la familia, defiende el amor libre y la sexualidad, destruye el mito de la maternidad, aboga por la reproducción artificial y el sexo único y propone nuevas formas de vivir más tolerantes y justas para el hombre y la mujer. La obra gira entorno el contraste entre «La Ciudad de los Viejos» (la España franquista) y «La Ciudad de los Jóvenes» (la ciudad imaginada por Bertrana), el cual es utilizado para sancionar, criticar y mofarse de las

---

53 Según Lidwina M. van den Hout, se acostumbraba a asignar más de un lectora para revisar las obras para eliminar posibles dudas con respecto al contenido censurable (20-21).

formas de vida arcaicas y represivas impuestas por el franquismo. Y en la página 78 del manuscrito, el narrador-protagonista hace unas declaraciones realmente desafiantes atacando directamente a la censura:

> No quiero continuar la descripción de esta entrevista porque me temo que los lectores de «Ara o Mai» pensarán que exagero o que invento o, lo que sería todavía peor, que **la censura** de «La Ciudad de los Viejos» interfiera o modifique mi texto el cual es un purísimo reflejo de la más estricta realidad [54]. (*La ciudad de los jóvenes* 63)

Inexplicablemente, este párrafo no fue tachado por los censores cuando lo revisaron. No obstante, en la versión publicada el 1971 no aparece la mención de la censura y el tono se neutraliza:

> No vull continuar la descripció d'aquesta entrevista perquè temo que els lectors d'*Ara o Mai* es pensaran que exagero o que invento; a La Ciutat dels Vells no donaran crèdit al contingut del meu text, el qual és un purísim reflex de la més estricta realitat [55]. (*La ciutat dels joves* 76)

Seguramente Bertrana modificó el contenido por temor a que los Lectores se dieran cuenta de su crítica directa a la censura y le denegaran la publicación de la obra.

Muy pocos escritores, salvo los que escribieron desde el exilio, se atrevieron a hablar sobre temas relacionados con la sexualidad, la familia y la Iglesia, y mucho menos a hacer el tipo de denuncias que Bertrana proyecta en *La ciudad de los jóvenes*, ya que durante el franquismo estaba prohibido. Después de leer el contenido de la obra, lo lógico hubiera sido que los censores hubieran propuesto censurar toda la novela en vez de pedirle que modificara o eliminara algunos párrafos, que en realidad, apenas alteran el contenido del texto. Por eso creo que, seguramente contra todas las previsiones y, por supuesto, sin que esto signifique que Bertrana tenga que agradecer nada, hay que reconocer que el trato que recibió *La ciutat dels joves* por parte de la censura fue bastante indulgente. Muchos autores catalanes como Manuel de Pedrolo, Pere Calders, Estanislau Torres, Montserrat Roig o Teresa Pàmies tuvieron muchos problemas y se enfrentaron a graves sanciones cada vez que intentaban publicar sus obras.

Quizás la falta de referencias políticas explícitas en *La ciutat dels*

---

54 El subrayado en negrita es mío.
55 *No quiero continuar la descripción de esta entrevista porque me temo que los lectores* de Ara o Mai *pensarán que exagero o que invento; en «La Ciudad de los Viejos» no darían crédito al contenido de mi texto, el cual es un purísimo reflejo de la más estricta realidad.*

joves contribuyó a que la obra no sufriera mayores tachaduras y fuera mejor tolerada, aunque los censores exigieran aplicar recortes en el contenido sexual, religioso y moral de la novela. También puede ser que los Lectores no hubieran captado el mensaje de la obra puesto que a veces los censores no comprendían bien el trasfondo de las novelas sobre todo si trataban temas utópicos como en la obra de Bertrana. A Manuel de Pedrolo, uno de los autores catalanes más censurados durante el franquismo, le ocurrió algo parecido a Bertrana con su novela utópica titulada *Esberlem els murs de vidre* (1961)[56]. A pesar de que la obra de Pedrolo fuera una clara denuncia de la dictadura de Franco el Lector que revisó la novela, Manuel Sancho Millán, propuso autorizarla por no tener nada censurable: «[la obra] puede ser autorizada conformemente a las disposiciones vigentes y las normas comunicadas por la Superioridad» (Van den Hout 10). Antes de firmar la autorización, seguramente porque se trataba de Pedrolo, el director general decidió enviar la obra a dos Lectores más para que revisaran la novela con ojo crítico. El segundo Lector, Francisco Jardón, consideró que la obra era «amena» y estaba «bien escrita», sólo había algunas palabras malsonantes, pero como la obra era para «mayores [...] no ha[bía] inconveniente en su publicación» (10). El tercer lector, Miguel Oromí Inglés, Lector fijo y de fuertes convicciones eclesiásticas, en su informe advirtió sobre la peligrosidad de la difusión de la novela por tratarse de un ataque contra el Caudillo: «no cabe duda alguna de que [la novela] se refiere a España y está escrita intencionalmente contra el Caudillo» (11). En *Esberlem els murs de vidre*, se describen los deseos de un pueblo imaginario de librarse de un «Juez» que representa el símbolo del poder absoluto quien, al final de la obra, cae asesinado.

La conexión de *La ciutat dels joves* con la situación política en España y la ya mencionada crítica hacia el franquismo, también son evidentes como demostré en el apartado anterior cuando analizo el trasfondo de la novela y lo conecto con la situación histórica del país. No obstante, las alusiones políticas en la obra de Bertrana son implícitas y la revolución propuesta por la autora es más bien de género. En el caso de Pedrolo, la revolución es claramente socio-política. Es

---

56 Pedrolo presentó la novela *Esberlem els murs de vidre* a la censura en 1963 y le fue denegada la publicación. Después de una larga y complicada tramitación censoria de doce años durante los cuales el escritor volvió a presentar su novela en no menos de tres ocasiones, recurriendo a artificios tales como el cambio del título o de editorial; en 1975, finalmente, la censura autorizó su novela y Edicions 62 la publicó con el título *Acte de violència*.

importante tener en cuenta también que a diferencia de Manuel de Pedrolo, Bertrana no tenía antecedentes en su expediente de haber tenido problemas con la censura, y que quizás, por ser mujer, los Lectores no prestaron tanta atención a su obra porque no esperaban leer nada reivindicativo y combativo en contra del Régimen.

Como parte del proceso y los trámites de la censura «voluntaria», después de que los Lectores escribieran el informe, el funcionario de la sección incluía el documento en el expediente para que el director general de Cultura Popular y Espectáculos redactara la resolución final. El 1 de abril de 1971 el director general encargado de escribir el informe final sobre el manuscrito de Bertrana, envió a Pòrtic la siguiente resolución negativa basada en las observaciones de los Lectores:

> En contestación a su consulta de fecha 16 de marzo de 1971 relativa a la obra «LA CIUTAT DELS JOVES.- Reportatge fantasia.- Aurora Bertrana, se aconseja la supresión de los pasajes señalados en las páginas 7-19 bis-23-24-25-66-67-68-100-101-106 y 107.-
> Dios guarde a Vd. muchos años.
> Madrid, 1 de abril de 1971.
> P. EL DIRECTOR GENERAL
> DE CULTURA POPULAR Y ESPECTÁCULOS

Después de recibir el informe, Bertrana modificó y eliminó parte de los fragmentos tachados por los censores y mantuvo algunos párrafos sin que el contenido de la obra sufriera graves cambios. Las partes más afectadas fueron las páginas 66, 67, 68, 101, 106 y 107 donde Bertrana describe con detalles los métodos anticonceptivos, como si estas secciones fueran un manual de sexualidad para las jóvenes[57].

A continuación creo interesante reproducir los fragmentos censurados tal como aparecen en el manuscrito *La ciutat dels joves* y en el mismo orden junto con la solución adoptada por Bertrana[58]. Esto ayudará a comprender mejor el dictamen y los criterios que aplicaron los censores en el texto y el resultado final determinado por la autora. Clasifico estos párrafos en tres grupos según el tipo de censura que se les aplicó, siendo la categoría «inmoral» la preferida de los interventores:

---

57   La mención de anticonceptivos también aparece en otras páginas del mismo capítulo que no fueron tachadas pero, en esos casos no se describen solo se mencionan. Como comenté anteriormente los párrafos descriptivos relacionados con el sexo o la sexualidad siempre sufrían tachaduras.

58   Se mantienen incluso las palabras subrayadas.

1- EJEMPLOS QUE LOS CENSORES CALIFICARON DE «DURAS CRÍTICAS CONTRA EL RÉGIMEN».

Versión original:
> «—O esquiladors de gossos, braola en Conill de la Conillera.
> —O còmics ambulants, sospira el filòsof.»[59]

Versión definitiva:
> «—O còmics ambulants, sospira el filòsof.»

Versión original:
> «encartonats, momificats, divinitzats?
> —És evident, accepto, que certs personatges farien bé morint-se o retirant-se a temps. Però alguns potser són insubstituïbles.»[60]

Versión definitiva:
> «–És evident, accepto, que certs personatges farien bé morint-se o retirant-se a temps. Però alguns potser són insubstituïbles.»

2- PÁRRAFOS QUE LOS LECTORES CENSURARON PORQUE EN ELLOS «SE DESLIZAN IDEAS GRAVES CONTRA LA FAMILIA Y A FAVOR DEL AMOR LIBRE».

Versión original:
> «Aquesta situació que tan lloeu i conreeu, és a dir: la família, és la institució més destructorament nefasta que existeix en les vostres societats humanes. «La família»! La família!» dieu amb una mena de còmica suficiència.»[61]

Versión definitiva:
Se eliminó el fragmento.

Versión original:
> «mentre existeixi la vella institució família.»[62]

---

59   —O esquiladores de perros –berrea el Conill de la Conillera. —O cómicos ambulantes –suspira el filósofo.

60   encartonados, momificados, divinizados? –Es evidente –acepto– que ciertos personajes harían bien muriéndose o retirándose a tiempo. Pero algunos tal vez son insustituibles.

61   Esta situación que tanto alabáis y conreáis, es decir: «la familia», es la institución más destructoramente nefasta que existe en vuestras sociedades humanas. «¡La familia! ¡La familia!» dicen con una especie de cómica suficiencia.

62   mientras exista la vieja institución «familia».

Versión definitiva:
Se eliminó la oración.

Versión original:
> «Quant més lliure, més pur i més bell, és l'amor, opina autorità-
> riament el Delegat.»[63]

Versión definitiva:
Se eliminó el texto.

Versión original:
> «En La Ciutat dels Joves, regna una llibertat sexual absoluta. For-
> niquem amb la mateixa naturalitat que executem les altres neces-
> sitats corporals.
> —Nosaltres també, solto jo, però hi posem certes formes.
> —Hipocresia! exclama el **Delegat.** I afegeix.
> —Perdona la meva franquesa.
> Segueix:
> —Vosaltres, gràcies a la vostra vella moral clerical considereu l'a-
> coblament sexual fora del matrimoni com una falta. Nosaltres, no.
> Vosaltres voleu satisfer el desig sexual dintre o fora de la legalitat a
> condició de cobrir les aparences. Us escarrasseu a legalitzar o dissi-
> mular la vostra concupiscència carnal o bé adquirint el dret de prac-
> ticar-la amb el permís i beneplàcit de la societat immoral però mo-
> ralista, indiferent però devota o forniqueu d'amagat. Voleu dirigir
> i controlar el desig sexual justificant-lo pel fet de l'obligació de pro-
> crear que és una idea falsa d'aquest apetit perquè, en substància, la
> procreació ha d'ésser considerada **com una conseqüència** fatal del
> fet i no **l'objecte** del fet. Aquesta, diem-ne, ètica de l'apetit carnal
> inventada per l'Església Romana, nosaltres no la seguim ni la mo-
> difiquem. Simplement: **la ignorem.** El desig existeix, a voltes mo-
> derat i controlable, a voltes impetuós i difícil de dominar segons l'in-
> dividu i les circumstancies. És una força humana poderosa. No ens
> n'avergonyim. Ens aparellem legalment o forniquem alegrement.
> I dic **fornicar** per emprar el vostre llenguatge, és a dir el dels clericals
> perquè en el nostre vocabulari el verb fornicar no existeix. Els
> vostres moralistes prediquen la puresa i la castedat mentre per altra
> banda empenyen els joves al matrimoni sense preveure les desavi-
> nences i els dramas que els amenacen. I un cop casats –quants més
> millor i quan més aviat millor– tot es demana **si esperen una
> criatura.** El cas és que neixin moltes criatures, que el món s'ompli
> de criatures, que la terra esdevingui estreta per a contenir la gran

---

63   *Cuanto más libre, más puro y más bello, es el amor, opina autoritariamente el Delegado*

població que l'habita. Quant a pensar si aquestes criatures passaran gana, si tindran fred o si viuran en llocs confortables o en barraques o coves, si seran assistits sanitàriament, culturalment, qui hi pensa? La fornicació és un pecat, el jovent té apetit carnal. Doncs casem-los. Després que es reprodueixin a corrua feta. L'Església els beneirà, l'Estat els felicitarà. Qui sap si fins i tot els farà la caritat d'alguns doblers o una llibreta a la Caixa d'Estalvis.»[64]

Versión definitiva:
Se eliminó todo el texto.

3- Fragmentos que los censores tacharon porque «defienden principios inmorales».

Versión original:
«Quasi puc afirmar que aquesta bona reputació us permet fer ne-gocis dubtosos, mantenir una **fulana**, escanyar els vostres empleats, si en teniu.»[65]

Versión definitiva:
«Quasi puc afirmar que aquesta bona reputació us permetrà de fer

---

64   *En la Ciudad de los Jóvenes, reina una libertad sexual absoluta. Fornicamos con la misma naturalidad que ejecutamos las otras necesidades corporales. –Nosotros también –suelto yo–, pero ponemos ciertas formas. –¡Hipocresía! –exclama el delegado, y añade. –Perdona mi franqueza. Sigue: –Vosotros, gracias a vuestra vieja moral clerical consideráis el acoplamiento sexual fuera del matrimonio como una falta. Nosotros, no. Vosotros queréis satisfacer el deseo sexual dentro o fuera de la legalidad a condición de cubrir las apariencias. Os esmeráis a lega-lizar o a disimular vuestra concupiscencia carnal o bien adquiriendo el derecho de practicarla con el permiso y beneplácito de la sociedad inmoral pero moralista, indiferente pero devota o fornicáis a escondidas. Queréis dirigir y controlar el deseo sexual justificándolo por el hecho de la obligación de procrear que es una idea falsa de este apetito porque, en substancia, la pro-creación tiene que ser considerada como una **consecuencia** fatal del hecho y no del **objeto** del hecho. Esta, digamos, ética del apetito carnal inventada por la Iglesia Romana, nosotros lo la seguimos ni la modificamos. Simplemente, **la ignoramos.** El deseo existe, a veces moderado y controlable, a veces impetuoso y difícil de dominar según el individuo y las circunstancias. Es una fuerza humana poderosa. No nos avergonzamos. Nos aparejamos legalmente o forni-camos alegremente. Y digo **fornicar** por utilizar vuestro lenguaje, es decir el de los clérigos porque en nuestro vocabulario el verbo fornicar no existe. Vuestros moralistas predican la pureza y la castidad mientras por otro lado empujan a los jóvenes al matrimonio sin prever las desavenencias y los dramas que los amenaza. Y una vez casados –cuantos más mejor y cuando más pronto mejor– todo es pedir **si esperan una criatura.** El caso es que nazcan muchas criaturas, que el mundo se llene de criaturas, que la tierra se vuelva estrecha para contener la gran población que la habita. En cuanto a pensar si estas criaturas pasarán ham-bre, si tendrán frío, si vivirán en lugares confortables o en barracas o cuevas, si serán asistidos sanitariamente, culturalmente, ¿quién piensa? La fornicación es un pecado, la juventud tiene apetito carnal. Pues casémoslos. Después de que se reproduzcan en serie. La Iglesia los bendecirá, el Estado los felicitará. Quién sabe si incluso les hará la caridad de algunos doblo-nes o una libreta a la Caja de Ahorros.*

65   *Casi puedo afirmar que esta buena reputación os permite hacer negocios dudosos, mantener a una fulana, exprimir a vuestros empleados, si los tenéis.*

negocis dubtosos, mantenir una *fulana*, escanyar els vostres empleats, si en teniu.»[66]

Versión original:

«Però pel damunt de tot és l'Església la que s'oposa al límit de natalitat. I nosaltres els habitants de la Ciutat dels Vells volem estar d'acord amb l'Església. Jesús va dir: «Creixeu i multipliqueu-vos».[67]

Versión definitiva:

«I nosaltres els habitants de la Ciutat dels Vells volem estar d'acord amb l'Església. Jesús va dir: «Creixeu i multipliqueu-vos».

Versión original:

«El ginecòleg li col·loca un enginyós i lleuger pessari a la vagina amb el qual la noia ja pot fer lliurement l'amor segura de no tenir fills.

—I no falla mai aquest enginyós pessari?

—Si no se'l fa treure no pot fallar. Obstrueix el camí dels espermatozous. Els quals sucumbeixen en la cursa inútil de la procreació fallida.

—I si la parella vol tenir fills?

—La dona torna a passar a casa del ginecòleg i es fa treure l'instrument. És ben senzill com veus.»[68]

Versión definitiva:

Todo el texto fue suprimido.

Versión original:

«Quant a la llibertat sexual, no crec que sigui mai francament acceptada. Si per cas tolerada i mai dels mais discutida.»[69]

---

66   Bertrana mantiene el fragmento, tan solo modifica el tiempo verbal del verbo «permitir», a un tiempo futuro, incluye la preposición «de» y cambia el subrayado de «fulana» por la cursiva. Esta palabra en catalán es incorrecta. Es un préstamo lingüístico del español que se suele utilizar mucho de manera informal.

67   *Pero por encima de todo es la Iglesia la que se opone al límite de la natalidad. Y nosotros, los habitantes de La Ciudad de los Viejos, queremos estar de acuerdo con la Iglesia. Jesús dijo: «Creced y multiplicaros».*

68   *El ginecólogo le coloca un ingenioso y ligero pesario en la vagina con el cual la muchacha ya puede hacer libremente el amor segura de no tener hijos. —¿Y no falla nunca este ingenioso pesario? —Si no se lo quita no puede fallar. Obstruye el camino de los espermatozoides. Los cuales sucumben en la carrera inútil de la procreación fallida. —¿Y si la pareja quiere tener hijos? —La mujer vuelve a pasar por casa del ginecólogo y hace que le quiten el instrumento. Es bien sencillo como ves.*

69   *En cuanto a la libertad sexual, no creo que sea nunca francamente aceptada. En todo caso, tolerada y nunca jamás discutida.*

Versión definitiva:
Se mantuvo el texto.

Versión original:
«En **La Ciutat dels Vells** no es pot parlar i menys legislar sobre l'amor lliure, sobre el control de natalitat, sobre l'avortament legal, sobre el divorci, sobre el celibat dels capellans o sobre la virginitat dubtosa d'una noia casadora.»[70]

Versión definitiva:
Se mantuvo el fragmento.

Versión original:
«de verges no n'hi ha cap. Des del moment que el ginecòleg els col·loca el pessari a la vagina, ja resten desflorades.»[71]

Versión definitiva:
Se mantuvo el texto.

Versión original:
«No crec que en tot el país es trobi cap noia de quinze anys, verge, ni cap noi que hagi desflorat una noia.»[72]

Versión definitiva:
Se mantuvo todo el texto.

Versión original:
«En general no trobeu ningú que pretengui criticar l'abundor de fills ni la indissolubilitat del matrimoni, ni acceptar la idea de l'avortament legal, ni posar en tela de judici el celibat dels sacerdots.»[73]

Versión definitiva:
Se mantuvo íntegramente el texto.

---

[70] *En La Ciudad de los Viejos no se puede hablar y menos legislar sobre el amor libre, sobre el control de la natalidad, sobre el aborto legal, sobre el divorcio, sobre el celibato de los curas o sobre la virginidad dudosa de una muchacha casadera.*

[71] *vírgenes, no hay ninguna. Desde el momento en que el ginecólogo les coloca el «pesario» en la vagina, ya quedan desfloradas.*

[72] *No creo que en todo el país haya ninguna muchacha de quince años, virgen, ni ningún muchacho que haya desflorado a una chica.*

[73] *En general no encontráis a nadie que pretenda criticar la abundancia de hijos ni la indisolubilidad del matrimonio, ni aceptar la idea del aborto legal, ni poner en tela de juicio el celibato de los sacerdotes.*

Versión original:

«Allí l'amor no és legalment lliure però a les grans ciutats tothom o quasi tothom el practica lliurement. Aquí el ginecòleg posa pessaris a la vagina de les noies de tretze anys i aquestes saben que poden fer lliurement l'amor sense perill de concebre. Allí les noies amb temperament, desafien el perill i també fan l'amor d'amagat dels pares i de la societat. Unes prenen pastilles, altres baden i conceben. D'aquestes algunes es fan avortar, les altres es casen a correcuita amb el pretès pare de la criatura, algunes, resten mares solteres sense que el fet provoqui terribles dramas ni familiars ni socials, perquè la gent, en general és humana i comença a acceptar la idea que aquestes coses han de passar. Tothom s'estima més fer els ulls grossos que legalitzar i donar publicitat als afers íntims. Quan al divorci ningú o quasi ningú no en vol sentir parlar. Només que tracteu d'emmenar-hi la conversa, aixecareu una gran polseguera. Tothom o quasi tothom evocarà el sagrament inviolable del matrimoni, els deures envers els fills, el mal exemple que els donaríeu separant-vos...»[74]

Versión definitiva:
Se eliminó todo el párrafo.

Versión original:

«L'amor es pren allí on es troba.»[75]

Versión definitiva:
Se mantuvo la oración.

Versión original:

«I et diré perquè. Una de les causes més freqüents de l'homosexualitat és la repressió sexual i aquí la repressió sexual no existeix. El jovent s'acobla aviat i lliurement així que en sent la necessitat. Aquesta llibertat priva a molts joves de lliurar-se a derivatius antinaturals.

---

74   *Allí el amor no es legalmente libre pero en las grandes ciudades todos o casi todos lo practican libremente. Aquí el ginecólogo pone pesarios en la vagina de las muchachas de trece años y estas saben que pueden hacer libremente el amor sin peligro de concebir. Allí las muchachas con temperamento, desafían el peligro y también hacen el amor a escondidas de los padres y de la sociedad. Unas toman pastillas, otras se distraen y conciben. De estas algunas se hacen abortan, las otras se casan a toda prisa con el pretendido padre de la criatura, algunas, se quedan madres solteras sin que el hecho provoque terribles dramas ni familiares ni sociales, porque la gente, en general es humana y empieza a aceptar la idea que estas cosas tienen que pasar. Todos prefieren hacer la vista gorda antes que legislar y dar publicidad a los asuntos íntimos. En cuanto al divorcio nadie o casi nadie quiere escuchar hablar de ello. Nada más que tratéis de mencionarlo en la conversación, levantaréis una gran polvareda. Todos o casi todos evocarán el sacramento inviolable del matrimonio, los deberes hacia los hijos, el mal ejemplo que les daríais separándoos...*

75   *El amor se toma allí donde se encuentra.*

—I a pesar d'això n'hi ha, encara que no gaires segons dius? Com reacciona la Suprema Autoritat sexual en aquests casos?
El Delegat d'Higiene Sexual somriu.
—L'Autoritat **no** reacciona.
—Com? No els deteniu? No els empresoneu? No els tanqueu en sanatoris o correccionals?
—Quan un home arriba a la seva edat major, la qual, com ja t'he dit, és a quinze anys, pot fer el que vulgui amb el seu sexe mentre no provoqui cap escàndol. L'escàndol és igualment perseguit quan els autors son homes i dones. Si l'aberració sexual resta amagada no tenim cap dret a perseguir-la. Per a fer-ho hauríem de basar-nos en delacions, espionatges i altres procediments policíacs que agarbarien més l'assumpte. En alguns casos l'homosexualisme obeeix a una deformació física, a una costum adquirida en la infància. En aquests casos si els pares se n'adonen poden recórrer a establiments mèdics especialitzats. Si l'homosexual ja és adult i amaga el seu vici de manera a evitar qualsevol escàndol, llavors ja no hi podem posar remei i val més tolerar-ho com es fa en la resta del món.»[76]

Versión definitiva:
Se mantuvo todo el texto.
Versión original:
«–I perquè únicament els estrangers?
—A la gent del país no li cal un lloc determinat per aparellar-se. L'amor és lliure. Quan volem ens aparellem i de llocs propis per expansionar-nos no ens en manquen. **La Casa de l'amor passatger** ha estat creada per l'Estat per als estrangers solitaris i enyoradissos. És el teu cas.»[77]

---

[76] *Y te diré por qué. Una de las causas más frecuentes de la homosexualidad es la represión sexual y aquí la represión sexual no existe. La juventud se acopla pronto y libremente así que siente la necesidad. Esta libertad priva a muchos jóvenes de librarse a derivados antinaturales. –Y a pesar de esto los hay, ¿aunque no muchos según dices? ¿Cómo reacciona la Suprema Autoridad sexual en estos casos? El delegado de Higiene sexual sonríe. –La autoridad «no» reacciona. –¿Cómo? ¿No los detenéis? ¿No los encarceláis? ¿No los encerráis en sanatorios o correccionales? –Cuando un hombre llega a su edad mayor, la cual, como ya te he dicho, es a los quince años, puede hacer lo que quiera con su sexo mientras no provoque ningún escándalo. El escándalo es igualmente perseguido cuando los autores son hombres y mujeres. Si la aberración sexual queda escondida no tenemos ningún derecho a perseguirla. Para hacerlo nos tendríamos que basar en delaciones, espionajes y otros procedimientos policíacos que agravarían más el asunto. En algunos casos el homosexualismo obedece a una deformación física, a una costumbre adquirida en la infancia. En estos casos, si los padres se dan cuenta pueden recorrer a establecimientos médicos especializados. Si el homosexual ya es adulto y esconde su vicio para evitar cualquier escándalo, entonces ya no podemos poner remedio y es mejor tolerarlo como se hace en el resto del mundo.*

[77] *—¿Y por qué únicamente los extranjeros? –A la gente del país no le hace falta un lugar determinado para aparearse. El amor es libre. Cuando queremos nos apareamos, y lugares propios para expansionarnos no nos faltan. El Hogar del Amor Pasajero ha sido creado por el Estado para los extranjeros solitarios y melancólicos. Es tu caso.*

Versión definitiva:
Se mantuvo el texto.

El 9 de noviembre de 1971, después de que Bertrana revisara el manuscrito, Josep Fornàs entregó el texto a la Dirección General de Madrid para solicitar otra consulta voluntaria. Esta vez el censor observó que la mayoría de las tachaduras se habían suprimido o modificado satisfactoriamente, pero algunas se habían mantenido. En consecuencia, las valoraciones en el informe de la censura fueron de nuevo negativas:

> La novela se autorizó con tachaduras en consulta voluntaria. Ahora se presenta a depósito.
> La mayoría de las tachaduras se han suprimido íntegramente. Alguna se ha modificado satisfactoriamente. Tan sólo una –p.26 (19 bis en consulta)- se ha mantenido en su totalidad. Se trata, precisamente, de la única tachadura de cariz político. Dice así, traducida literalmente:
> —»Es evidente –acepto– que ciertos personajes harían bien muriéndose o retirándose a tiempo. Pero algunos tal vez son insustituibles.
> —Todos son sustituibles. Pero si permitiéramos escoger a los interesados no encontraríamos ni uno que quisiera ser sustituido. Se aferran al cargo aunque ya no se aguantan de viejos y de chochos. Cualquier lector, catalán o no catalán, interpretará estas frases como aplicadas a Franco. ¿Pero lo interpretará así el juez?

Seis días más tarde el funcionario encargado de escribir la resolución final, teniendo en cuenta las observaciones de los Lectores, firmó el documento pero lo dejó en blanco sin especificar si el manuscrito de Bertrana se autorizaba o no para su publicación. El informe sólo decía «puede ser»:

> VISTOS el informe del Negociado de Lectorado, las disposiciones vigentes y las normas comunicadas por la Superioridad, esta Sección estima que la obra a que se refiere este expediente puede ser_____.

El responsable de escribir la resolución de la censura del manuscrito de Bertrana se inhibió del caso y optó por el «silencio administrativo». Este dictamen dejó a Bertrana y a Fornàs en una situación muy complicada porque ellos eran los responsables de tomar la decisión de publicar o no la obra con todas las consecuencias que eso comportaba. Si editaban la novela tal como estaba, sin eliminar el resto de las tachaduras sugeridas en el informe de los Lectores corrían el riesgo de recibir denuncias, multas y secuestro de la tirada. Si decidían corregir todas las tachaduras tenían que volver a pasar por el mismo proceso de nuevo. Por motivos desconocidos, Fornàs y Bertrana optaron por la primera opción: publicar la obra sin pasar de nuevo por la censura.

De acuerdo a los estudios de Manuel L. Abellán en *Censura y creación literaria en España (1939-1976)* (1980), a partir de 1966 y sobre todo después de que Alfredo Sánchez Bella tomara el mando del Ministerio de Información y Turismo en 1969, el «silencio administrativo» fue una práctica muy común y cada vez se utilizaba más (149)[78]. Este aumento del silencio en las resoluciones Abellán lo atribuye en parte a las serias contradicciones entre las normas de la época y los cambios sociales y políticos que estaba experimentando España. A partir de los años setenta empezó una nueva etapa en la historia de la dictadura franquista caracterizada por el desequilibrio de los distintos sectores del Régimen, el agravamiento de las crisis internas y la dificultad para hacer frente a la creciente conflictividad social cada vez más fuerte[79]. El gobierno se vio casi impotente ante el cúmulo de desafíos (la conflictividad laboral, la contestación estudiantil, la defección eclesiástica y la actividad terrorista), y respondió con medidas represivas, las cuales supusieron un retroceso a la apertura. A su vez, la represión franquista convivió con la necesidad de aparentar una cierta tolerancia. Lo que condujo a una continua

---

78   Sácnchez Bella fue ministro del Ministerio de Información y Turismo por cuatro años, del 1969 al 1973. Los historiadores definen a Sánchez Bella como un diplomático de ideología católica ultraderechista que durante su mandato acentuó la política de represión, lo cual supuso un retroceso en la apertura. Sánchez Bella llegó llega al Ministerio en un momento de crisis interna en el régimen franquista y de importantes convulsiones sociales. A finales de los sesenta amplios grupos de la extrema derecha conocidos como «inmovilistas» estaban enfrentados con los «aperturistas» o más proclives a la renovación, aunque solo fuera en apariencia, del gobierno de Franco. Los «inmovilistas» estaban representados por Carrero Blanco y los ministros del Opus Dei y los «aperturistas» por los sectores del régimen más próximos a la Falange. Los «inmovilistas» veían con recelo las políticas de renovación de Fraga Iribarne. Después de sucesivas protestas estudiantiles, numerosas huelgas y rebelión de algunos curas contestatarios, los grupos más conservadores del régimen hicieron responsable a Fraga de la «inmoralidad» que la liberalización había traído consigo y en consecuencia fue cesado por Sánchez Bella. Este acontecimiento quebró definitivamente el equilibrio entre los sectores franquistas y supuso el fin del discurso aperturista.

79   Ver el capítulo cuatro del estudio de Bertra Muñoz Cáliz donde la autora explica con detalle la situación social y política en España entre 1969 y 1975.

disparidad de ideas y tendencias en todos los niveles. Estas contradicciones son las que pudieron influenciar en las resoluciones tomadas por los censores.

El silencio administrativo en los informes también pudo funcionar como una estrategia coercitiva para que los editores y los autores abandonaran la idea de publicar ya que las consecuencias de tomar la decisión equivocada eran graves. De este modo, el silencio se convertía en una arma de doble filo. Por un lado se presentaba como un instrumento aperturista porque no tomaba partido en la decisión de autorizar la obra o no para su publicación dejándolo a la suerte del editor y el autor y, por otro lado, el silencio operaba como una amenaza a un peligro inminente que podía ocurrir en cualquier momento si el gobierno descubría que se había publicado una obra sin la previa autorización. Fuera como fuera, este tipo de resoluciones silenciosas dejaban al escritor y al editor en el más absoluto desamparo y desconcierto.

La falta de coordinación y coherencia entre los funcionarios también pudo haber sido motivo del silencio en la resolución. A menudo los criterios y las decisiones de los censores se aplicaban de forma arbitraria y todo dependía del funcionario asignado (93). Parte del personal censor era subcontratado y pluriempleísta, y no pertenecía al cuerpo de funcionarios fijos (92). Bertrana no tenía antecedentes de censura antes de presentar la obra lo que pudo haber ayudado en no obtener la desautorización en la resolución. Si los autores no tenían ningún historial negativo, a veces los funcionarios no les prestaban mucha atención y pasaban por alto las observaciones de los Lectores (Van Den Hout 19).

También hay que tener en cuenta que el volumen de libros presentados a «consulta voluntaria» durante los años setenta fue masivo en comparación con los años anteriores. Según los estudios de Manuel L. Abellán en *Censura y creación literaria en España (1939-1976)* en 1956 se presentaron 586 obras a censura obligatoria y en 1971 hubo un total de 1205 libros que los Lectores tuvieron que revisar en «consulta voluntaria» (144-45). Este enorme aumento de libros seguramente desbordó a los funcionarios. A partir del 1969 también se observa en las estadísticas de Abellán un gran descenso en los manuscritos desautorizados que continuó hacia un brusco declive en 1974 y su casi definitiva extinción en 1975 tras la muerte del dictador (146). Esta tendencia a la baja señala cierta laxidad con las normas de la censura, en una época en que el Régimen cada vez se mostraba más débil.

Según las investigaciones de Blai Gasull en los archivos de la censura, a partir de los años setenta muchos editores enviaban los libros ya editados. Esto reafirma que estaban pasando por tiempos de grandes cambios y de mayor flexibilidad y que las posibilidades de pasar la censura sin duda habían mejorado. Otro ejemplo de esto es el dictamen de los censores de 1972 sobre la novela *Josafat* del padre de de Aurora Bertrana, Prudenci Bertrana, que Gasull encontró en los archivos de Alcalá de Henares. El 21 de julio del 1972 cuando finalmente autorizaron su publicación, el segundo funcionario que revisó *Josafat* resolvió el informe admitiendo que la obra era inmoral pero que visto lo que en esos días se estaba publicando no veía motivo para no autorizarla:

> Novela que tiene como protagonista a un primitivo sacristán y campanero de una parroquia a pesar de su sincera piedad viene sujeto a fuertes ataques de lujuria y del que se enamora una prostituta que aprovecha la tendencia del protagonista, hasta que este en un momento de furor la lanza contra la pared matándola.
>
> Es novela fuerte indudablemente, pero mucho más limpia que otras muchas que por ahí corren, y que aunque en algún lugar hay cierto juicio de un personaje de la misma sobre los curas, ha de tomarse esto no como opinión del autor, si no como creencia lógica de tal personaje.
>
> A mi juicio puede publicarse íntegramente[80].

Esto indica cierta flexibilidad por parte de la censura durante los años 70 cuando Bertrana publica *La ciutat dels joves*. Asimismo, después de recibir la resolución del Ministerio de Información y Turismo sin que el director general especificara si el manuscrito de *La ciutat dels joves* podía publicarse o no, Josep Fornàs y Aurora Bertrana decidieron publicar la obra sin hacer más cambios y hasta hoy no se han encontrado datos que indiquen sanciones por haber tomado dicha decisión.

Fornàs y Bertrana eran consicentes de los riesgos de publicar sin

---

80   Antes de este informe, el primer Lector, no se mostró tán permisivo y aconsejó no autorizar *Josafat* debido al contenido sexual en la obra: «A Bertrana se le considera un clásico dentro de la literatura catalana. Pero la novela es de un naturalismo brutal. Ella [, la protagonista,] es masoquista y él [, el campanero,] un fauno insaciable; más que personas, los dos parecen bestias. No hay excesivas descripciones pornográficas, pero toda la novela exhala un tufo pestilente, sexual y sacrílego. Considero sinceramente que no debe autorizarse su publicación, si bien sugiero una nueva lectura. No autorizable. 7 de julio de 1972.»

una autorización explícita y específica, pero para escritores como Aurora Bertrana y editores como Fornàs, comprometidos con la sociedad, y en el caso de Bertrana, también implicados con la situación de la mujer, la escritura era, entre otras cosas, el medio para llegar al público y estimular un cambio social, tan necesario entonces en España, aunque eso supusiera enfrentarse a la violencia de la censura. Mediante la denuncia en sus obras, acerca de las injusticias sociales y el planteamiento de nuevas formas de vivir más libres y justas para los hombres y para las mujeres, los escritores como Aurora Bertrana contribuyeron al proceso de liberación y transición hacia formas de gobierno democráticas tras la muerte del dictador.

Los estudios y la crítica actual sobre la obra de Aurora Bertrana.

En alguna ocasión la crítica ha estudiado el estilo y la escritura de Aurora Bertrana como novelista, mencionando la posible influencia de Prudenci Bertrana o Víctor Català en la obra de la autora sin atender a su estilo propio. Domènec Guansé (1894-1978) en el prólogo de *Oviri i sis narracions més* (1965) dedica unas palabras de admiración a la escritora y a su obra en general. Analiza la escritura de Bertrana y la originalidad de los cuentos, sin embargo, Guansé dedica más tiempo a comentar la vida literaria de Prudenci Bertrana que la obra de la autora. En su artículo el crítico se refiere al talento de la escritora, pero siempre en función del padre y también señala parecidos entre la escritura de Aurora Bertrana y la de Víctor Català, sin valorar la aportación de Aurora Bertrana al mundo de las letras. De forma parecida, Josep Murgades Barceló en «Sobre memòries i dietaris: intent de caràcterització d'un gènere» se lamentaba en 1974 de lo poco que aparece la figura «excelentísima» del padre de Aurora Bertrana en las memorias de la autora. Este tipo de criterios demuestran la falta de estudios serios y comprehensivos sobre los textos de Bertrana y las injusticias que han tenido que soportar las mujeres escritoras de la época. Como bien han observado Catalina Bonnín en su estudio *Aurora Bertrana, l'aventura d'una vida* (2003) y Carme Riera en *Aurora Bertrana entre la vida i la literatura* (1997), por lo general las valoraciones de la crítica de la obra de Bertrana demuestran la hosti-

lidad y la renuencia de algunos críticos a reconocer el talento intelectual de la mujer escritora, ya que esta clase de comentarios, según
afirma Riera, sólo se suelen aplicar a las mujeres que escriben y no a
los hombres que escriben (64). Las declaraciones de Murgades y de
Guansé son un ejemplo representativo de la crítica obsesionada en
asociar y dar a conocer a Aurora Bertrana como «la hija de» Prudenci
Bertrana y/o «la discípula y amiga de» Caterina Albert, dejando al
margen la destacada trayectoria de Aurora Bertrana como escritora.

Hasta el momento tan sólo algunos autores se han interesado por
la vida y la trayectoria literaria de Aurora Bertrana. Con tan sólo dos
meses de diferencia Catalina Bonnín, en julio de 2003, y Maribel
Gómez, en setiembre del mismo año, publicaron, respectivamente,
Aurora Bertrana: l'aventura d'una vida[81], y *Aurora Bertrana: encís pel desconegut*. Ambas obras presentan un estudio biográfico sobre la vida y
la trayectoria profesional de Bertrana desde su infancia hasta su
muerte. Bonnín y Gómez se basan en los dos volúmenes autobiográficos: *Memòries fins al 1935* y *Memòries del 1935 fins al retorn a Cataluña*
(1975) escritos por Aurora Bertrana para desarrollar sus trabajos de
investigación, además de utilizar documentos publicados e inéditos,
tales como la correspondencia que la autora mantuvo con algunos intelectuales de la época, los artículos y las reseñas que publicó[82]. Como
biografías, ambos textos son muy parecidos. Sin embargo, el estudio
de Bonnín es más completo, incluye el testimonio de personas que co-
nocieron muy bien a Aurora Bertrana, como la periodista catalana
Mireia Xapel.li, el crítico literario Robert Saladrigas y el cineasta
Francesc Rovira Beleta (1912-1999). Catalina Bonnín también publicó
en 2001 «Aurora Bertrana. Dues novel.les sobre el món dels infants:
Camnins de somni i *La nimfa d'argila*» donde analiza los personajes y
la estructura narrativa de *Camins de somni* (1955) y *La nimfa d'argila*
(1959), y en «Les cartes d'Aurora Bertrana a Anna Murià i Agustí
Bartra» editado en 2002 comenta la relación de amistad que unía a
Bertrana y Anna Murià y Agustí Bartra mediante la correspondencia
que mantuvieron entre 1957 y 1958.

---

81   La obra de Catalina Bonnín, aunque fue publicada en el año 2003, seguramente estuvo
     terminada mucho antes porque fue su tesis doctoral y la defendió en la Universidad de
     las Islas Baleares en 1999.

82   La mayoría de estos documentos, así como algunos manuscritos, están actualmente dis-
     ponibles en la red, en la base de datos del *Fons Bertrana*, del Departamento de la
     Universidad de Gerona (DUG): http://dugifonsespecials.udg.edu/handle/10256.2/6881.

Marta Vallverdú Borràs en *Viatges literaris a la Polinèsia: Aurora Bertrana, Josep Maria de Sagarra* (2007) analiza las visiones personales de Bertrana en *Paradisos oceànics* (1930) y de Josep M. de Sagarra (1918-1938) en *La ruta blava* (1964) a partir de las vivencias de ambos autores en la Polinesia (Bertrana del 1926 hasta el 1929 y Sagarra durante los cinco primeros meses de 1937). A diferencia de Sagarra, según Vallverdú, Bertrana transmite una visión admirativa e idealista sobre la Polinesia debido al deseo de satisfacer el concepto de lo exótico que tienen los lectores de los años treinta como un lugar paradisíaco y maravilloso. Vallverdú atiende al estilo, la expresividad y la claridad con la que Bertrana expone sus impresiones viajeras y analiza algunos personajes y escenas. No obstante, no explora en profundidad las cuestiones de género que considero de interés ni las desarrolla dentro del marco teórico del discurso post-colonial y la literatura de viajes escrita por mujeres.

Por lo general, los críticos se han interesado sobre todo por *Paradisos oceànics* y *El Marroc sensual i fanàtic*, basadas en su estancia en la Polinesia y Marruecos. Algunas obras como el cuento «El pomell de violes» (1956) y la colección de cuentos *Un idilio caníbal y otras historias de audacia y de exotismo (ms.),* y las novelas de ficción *Ariatea* (1960), los manuscritos *La aldea sin hombres* (ms.), *La madrecita de los cerdos* (ms.), *L'inefable Philip* (ms.), y las novelas *Fracàs* (1966), *Vent de grop* (1967), y *La ciutat dels joves* (1971) no han sido estudiadas. De los trabajos que se han publicado sobre las obras viajeras de Bertrana me parece interesante el ensayo de Enric Bou «Rodar el món: a l'entorn dels llibres de viatges» (1993) donde el autor analiza *El Marroc sensual y fanàtic* utilizando las teorías sobre literatura de viajes de Philip Dodd, J. Favier, P. Fussell, J. Shattock y G. Gingràs para estudiar la entidad particular del libro de viajes que se escribió durante la época anterior a la cultura de masas. También es importante señalar que Bou estudia *El Marroc sensual i fanàtic* de Bertrana junto con los textos canónicos de literatura catalana de viajes de Jacint Verdaguer (1845-1902), Josep Pla (1897-1981) y Josep M. de Sagarra (1894-1961), colocando a la autora entre las celebridades de la literatura catralana y en el lugar que le corresponde. Bou comenta la singularidad de Bertrana en *El Marroc sensual i fanàtic* como forma alternativa para narrar sus memorias viajeras a través de los libros de viaje. No obstante, Bertrana escribió dos libros autobiográficos donde incluyó y amplió sus textos sobre viajes en *Memòries fins al 1935* (1973) y *Memòries del 1935 fins al retorn a Catalunya* (1975). El hecho de que escribiera sus memorias en un momento en que dicho género no se practicaba en Cataluña y aún menos por parte de las mujeres, sí hace de Bertrana una escritora atípica y original para la época.

En alguna ocasión, ciertos autores han identificado los cambios que presentan las obras de Bertrana debido a una mala traducción. Marta Pascual en «*Entre dos silencis*, entre dos autors: Aurora Bertrana y Joan Sales» (2006) compara *Entre dos silencis* (1958) de Bertrana traducida por Joan Sales (1912-1983) al catalán con el manuscrito *La aldea sin hombres*. Pascual identifica las modificaciones de Sales y observa que las dos novelas parecen textos completamente distintos. No obstante, Pascual no analiza la escritura de la guerra desde una perspectiva de género ni la forma en que las relaciones entre los hombres y las mujeres en una sociedad patriarcal estructuran el conflicto bélico[83].

En cuanto a la trayectoria periodística de Bertrana, Neus Real Mercadal ha estudiado y ha analizado los artículos publicados por Bertrana en los distintos periódicos y revistas de la época. En *Aurora Bertrana, periodista dels anys vint i trenta* (2007) Real Mercadal ofrece una selección de los textos más significativos de cada momento en la actividad periodística de Aurora. Real Mercadal también ha estudiado la figura de Bertrana como novelista catalana durante los años treinta, en los artículos «Aurora Bertrana i la cultura femenina de preguerra» (1999) y «Les narradores catalanes del segle XX: una narrativa per a un nou segle» (2005) que más adelante incluyó en *Dona i literatura de la Catalunya de preguerra* (2006) donde la autora analiza la recepción crítica de la narrativa catalana de preguerra (1926-1936) de Aurora Bertrana Salazar, Carme Montoriol Puig (1893-1966), Anna Murià Romaní (1904-2002), Maria Teresa Vernet Real (1907-1974), Mercè Rodoreda Gurguí (1908-19083), Elvira Augusta Lewi (1910-1970) y Rosa Maria Arquimbau Cardil (1910-1992). En su estudio Real Mercadal recoge las aportaciones literarias de las siete escritoras y el contexto literario, cultural y sociopolítico de la época. Destaca la singularidad de Bertrana por su carácter independiente y su originalidad y especialización en la literatura de viajes de Oceanía.

---

83   Francesca Bartrina y Ramon Pla Arxé también han estudiado la novela *Entre dos silencis* de Bertrana, pero no mencionan las diferencias entre la versión original del manuscrito en castellano *La aldea sin hombres* y la versión catalana de Sales, lo que me parece un grave error por parte de ambos.

No obstante, Real Mercadal no analiza la obra de Bertrana publicada durante dicho período ni aporta detalles sobre su estilo narrativo para demostrar la originalidad de la autora.

El departamento de filología de la Universidad de Gerona publicó *Aurora Bertrana: una dona del segle XX* (2001) coordinado por Glòria Granell, Daniel Montañà y Josep Rafart, donde se incluyen algunos artículos de los trabajos mencionados hasta ahora escritos por Catalina Bonnín, Marta Vallverdú Borràs y Neus Real Mercadal, y otros ponentes que formaron parte de unos actos celebrados en Gerona con motivo del vigésimo quinto aniversario de la muerte de Bertrana. En dicho evento, Catalina Bonnín, Marta Vallverdú Borràs y Neus Real Mercadal presentaron capítulos de los estudios que posteriormente publicaron. Xavier Pla presentó un artículo sobre las memorias de Bertrana donde señala algunos aspectos relacionados con la estructura y el contenido, y observa continuos silencios, justificaciones y quejas por parte de la autora. Francesca Bartrina analiza brevemente las reflexiones de Bertrana sobre la colonización, la guerra y el género en las obras *El Marroc sensual i fanàtic* (1936), *Tres presoners* (1957) y *Entre dos silencis* (1958). En su ensayo Bartrina pone especial énfasis en el esfuerzo de Bertrana por dar voz a las mujeres víctimas de la guerra y/o de la colonización y el patriarcado, y analiza la violación en tiempos de guerra basándose en los postulados de Susan Brownmiller[84]. Para Bartrina la agresión sexual en *Entre dos silencis* y *Tres presoners* responde a una estrategia de guerra para destruir al adversario y humillar a la mujer, no obstante, como demuestro en mi libro *Aurora Bertrana. Innovación literaria y subversión de género* (2016) la violación en las obras de Bertrana va más allá de las teorías de Brownmiller y de los acercamientos que asocian la agresión sexual a la mujer en tiempos de guerra con una estrategia militar. En *La aldea sin hombres* (*Entre dos silencis*) y *Tres presoners* la violación se proyecta como una continuación de los actos violentos que sufre la mujer en tiempos de paz y no como una ruptura o un acontecimiento excepcional que sólo ocurre durante la guerra.

En el mismo libro publicado por la Universidad de Gerona, Joan Nogués amplía algunas cuestiones relacionadas con la colonización y la literatura de viajes en su artículo «*El Marroc sensual i fanàtic* (1936)

---

84   Más adelante, en el 2002, Bartrina publicó un artículo sobre la violencia de género en la obra de Víctor Català y Aurora Bertrana basándose en los mismos planteamientos.

d'Aurora Bertrana i el Protectorat español al Marroc» incluyendo una descripción del contexto geopolítico de la época y de la zona española y marroquí en el momento en que Bertrana viaja a Marruecos. Los tres últimos estudios del citado libro: «Venerat mestre: correspondència entre Aurora Bertrana i Pau Casals (1945-1953)» de Glòria Granell y Joaquim Rabaseda; «El Bergadà en la vida i l'obra d'Aurora Bertrana» de Daniel Montañá y Josep Rafart; y «L'Aurora que vaig conèixer» de Enric Sabadell Segú, son artículos que hacen referencia a la amistad que mantuvo Bertrana con Pau Casals, la importancia del Bergadá (Gerona) en la vida de Bertrana, y las anécdotas que recuerda Sabadell de haber vivido con la autora desde que la conoció en 1965, respectivamente. Después de estas jornadas la Universidad decidió recopilar todos los ensayos y editarlos en forma de libro.

Durante los últimos años han aparecido algunas publicaciones breves en revistas y periódicos que, si bien ayudan a divulgar la obra de Bertrana, poco o nada aportan a su análisis crítico[85]. La mayoría se centran en *Paradisos oceànics*, *El Marroc sensual i fanàtic* y *Entre dos silencis*, resumen el argumento de los textos, analizan el contexto histórico del momento en que Bertrana escribió las obras y explican aspectos biográficos de la autora. Recientemente Elisabet Virginia Liminayana Vico estudió el trabajo de Bertrana como periodista en su tesis doctoral *The Literary Journalism Of Aurora Bertrana: A Voice Of Modernity In Catalonia In The Early Twentieth Century* (2014), el cual está diponible en la red, dentro de la colección digital de la Universidad de Florida. En el 2016 publiqué el libro *Aurora Bertrana. Innovación literaria y subversión de género*. Antes de publicarlo obtuve el Premio de Monografía Crítica Victoria Urbano otorgado por la Asociación Internacional de Literatura y Cultura Femenina Hispánica en la Universidad de Texas y en el 2017 el libro fue nominado al premio que otorga cada año la NACS (North American Catalan Society). En mi estudio analizo la narrativa de Bertrana, publicada y no publicada desde una perspectiva de género y arguyo que las novelas

---

85   Aquí me refiero a los artículos de Àngels Angalda, Adriana Bàrcia, Anna M. Velaz, Manuel Esteban Pagès, Joan Torres-Pou, Fina Llorca Antolín, Pilar Godayol, Maria Dolors Garcia Ramon e Isabel Marcillas Piquer y el artículo «Viatge a Etobon: el silenci continua» (2008) de Marta Pascual. En cuanto a los estudios de Marcillas Piquer es necesario reconocer que su último artículo titulado «Literatura de viajes en clave femenina: los pre-textos de Aurora Bertrana y otras viajeras europeas» (2011) aporta información interesante sobre las técnicas y los recursos que utiliza Bertrana en sus obras para justificar sus vivencias y su experiencia como mujer intrépida y viajera avanzada para su época.

de Bertrana representan una inflexión en la tradición literaria de los libros de viajes, de guerra, de utopías, de formación o *Bildungsroman* y de autobiografía. Bertrana rompe con los modelos tradicionales, reformula la estética narrativa de dichos géneros literarios que tradicionalmente han estado dominados por los autores masculinos, y al hacer esto, la autora reclama su derecho como mujer escritora a escribir en estos géneros.

 El año pasado, La Generalitat de Catalunya declaró el 2017 el Año Aurora y Prudenci Bertrana (*Any Aurora i Prudenci Bertrana*), con motivo de los 125 y 150 años del nacimiento de Aurora y Prudenci. Los eventos fueron comisionados por Oriol Ponsatí-Murlà, tuvieron lugar en diferentes instituciones y regiones catalanas y se llevaron a cabo distintos eventos culturales como conferencias, conciertos, excursiones en la ciudad de Gerona, actividades didácticas, exposiciones y espectáculos. El acto de clausura del Año Aurora y Prudenci Bertrana se celebró el 23 de marzo de 2018 con el Simposio Internacional *Prudenci i Aurora Bertrana. Entre dos silencis* en el Instituto de Estudios Catalanes en Barcelona[86].

Silvia Roig
BMCC-The City University of New York

---

86   Pueden consultarse los eventos en la página web de La Generalitat de Catalunya http://anybertrana.lletrescatalanes.cat/~anybertrana/

Bibliografía de la introducción.

Abellán, Manuel L. *Censura y creación literaria en España (1939-1976)*, Barcelona: Ediciones Península, 1980.

Arranz, Carmen. «Boundaries of Modernity: Spanish Women Writers at the Turn of the Twentieth Century.» Dis. University of Kentucky, 2010.

Bartrina, Francesca. «La violencia contra les dones a l'obra de Victor Catala i d'Aurora Bertrana.» *Centre d'estudis interdisciplinaris de la dona, Universitat de Vic* (2002): 99–105.

Benito Pérez, Juan. «La censura literaria en los primeros años del franquismo». *Diálogos hispánicos de Amsterdam*. Amsterdam: Radopi, 1987. 27-40.

Berenguer, Ángel. «El teatro y su historia. (Reflexiones metodológicas para el estudio de la creación teatral española durante el siglo XX)». *Las Puertas del Drama* (1999): 4-17.

Bertrana, Aurora. *Ariatea*. Barcelona: Albertí, 1960.

_____. *Camins de somni*. Barcelona: Albertí, 1955.

_____. «El feminisme ha mort. ¡Visca el feminisme!» *Tele-estel* (1969): 1.

_____. *El Marroc sensual i fanàtic*. Barcelona: L'Eixample, 1936.

_____. «El pomell de violes». *Els autors de l'ocell de paper*. Barcelona: Simpar, 1956.

_____. *Entre dos silencis*. Barcelona: Aymà, 1958.

_____. *En el centenari de Prudenci Bertrana*. Barcelona: Rafael Dalmau, 1968.

_____. «Feminitat i feminisme» (ms.) *DUGiFons Especial*. 7 agosto 2013. http://dugifonsespecials.udg.edu/handle/10256.2/6881/browse

_____. *Fracàs*. Barcelona: Alfaguara, 1966.

_____. *La aldea sin hombres* (ms.) DUGiFons Especial. 7 agosto 2013. http://dugifonsespecials.udg.edu/handle/10256.2/6881/browse

_____. *La ciutat dels joves: reportatge fantasia*. Barcelona: Pòrtic, 1971.

_____. *La madrecita de los cerdos* (ms.) DUGiFons Especial. 7 agosto 2013. http://dugifonsespecials.udg.edu/handle/ 10256.2/6881/browse

_____. *La nimfa d'argila*. Barcelona: Albertí, 1959.

_____. *L'inefable Philip* (ms.) DUGiFons Especial. 7 agosto 2013.http://dugifonsespecials.udg.edu/handle/10256.2/ 6881/browse

_____. *Memòries del 1935 fins al retorn a Catalunya*. Barcelona: Pòrtic, 1975.

_____. *Memòries fins al 1935*. Barcelona: Pòrtic, 1973.

_____. *Paradisos oceànics*. Barcelona: Proa, 1930.

_____. *Peikea, princesa caníbal, i altres contes oceànics*. Barcelona: Balagué, 1934.

_____. *Tres presoners*. Barcelona: Albertí, 1957.

_____. *Vent de grop*. Barcelona: Alfaguara, 1967.

_____. *Vertigo de horizontes*. Barcelona: Torrell de Reus, 1952.

Bertrana, Prudenci. *Josafat*. Barcelona: Edicions 62, 1972.

_____. *L'impenitent*. Barcelona: Edicions Dalvau i Jover, 1948.

Bertrana, Prudenci y Aurora Bertrana. *L'illa perduda*. Barcelona: Llibreria Catalònia, 1935.

Blau, David y Erdal Tekin. «The Determinants and Consecuences of Child Care Subsidies for Single Mothers.» *Journal of Population Economics* 20. 4 (2007): 719–741.

Bonnin Socials, Catalina. «Aurora Bertrana. Dues novel.les sobre el mon dels infants: *Camins de somni* i *La nimfa d'argila*». *Revista de lenguas y literaturas catalana, gallega y vasca* (2001): 29–46.

_____. *Aurora Bertrana, l'aventura d'una vida*. Gerona: Diputacion de Gerona, 2003.

_____. «Les cartes d'Aurora Bertrana a Anna Muria i Agusti Bartra.» *Llengua i literatura* 13 (2002): 327–339.

Bou, Enric. «Rodar el mon: a l'entorn dels llibres de viatges.» *Llengua i literatura* (1993): 289–306.

Brownmiller, Susan. «Making Female Bodies the Batterfield». *Mass Rape: The War Against Women in Bosnia Herzegovina*. Lincoln: Nebraska University Press, 1994. 180–182.

Butler, Judith. *Gender Trouble*. New York: Routledge, 1999.

Capmany, Maria Aurelia. *El feminisme a Catalunya*. Barcelona: Nova Terra, 1973

_____. *La dona a Catalunya*. Barcelona: Edicions 62, 1979.

Capmany, Maria Aurelia y Carmen Alcalde. *El feminismo iberico*. Barcelona: Oikos-Tau, 1970.

Carbó, Joaquim. «Unes tisores ben esmolades» Introd. *Les tisores de la censura*. Lérida: Pagès editors, 1995.

Català, Víctor. «De civisme i civilitat.» *Obres completes*. 1689–1705.

Charlon, Anne y Pilar Canal. *La condició de la dona en la narrativa femenina catalana*. Barcelona: Edicions 62, 1990

Delany, Samuel. *Triton*. Barcelona: Ultramar, 1991.

Diez Gutierrez, Ana Maria. «Mujer, educación y trabajo: la engañosa paridad.» *La mujer en la España actual: ¿Evolución o involución?* Barcelona: Icaria, 2004. 99–116.

Duplàa, Cristina. «Ideologia i estètica de la ciutat a l'obra de Montserrat Roig: història de l'avanç espacial de Barcelona i les seves dones.» *DUODA Revista d'estudis feministes* 14 (1998): 51–62.

_____. «Les dones i el pensament conservador català contemporani». *Més enllaà del silenci: les dones a la història de Catalunya*. Ed. Mary Nash. Barcelona: Generalitat de Catalunya CIP, 1988. 173–190.

Firestone, Shulamith. *The Dialectic of Sex: The Case for Feminist Revolution*. New York: Morrow, 1970.

Gabino, Juan Pedro. «In principio erat verbum: el léxico caracterizador de la letraherida o la mujer anda en lenguas.» *La mujer de letras o la «Letraherida»*. Ed. Pura Fernández y Marie-Linda Ortega. Madrid: CSIC, 2008. 18–32.

Gómez, Maribel. *Aurora Bertrana: encís pel desconegut*. Barcelona : Pòrtic, 2003.

González, Anabel, Amalia López, Ana Mendoza e Isabel Urueña. *Los orígenes del feminismo en Espanña*. Madrid: Zero, 1980.

Granell, Glòria, Daniel Montana y Josep Rafart. Ed. *Aurora Bertrana: una dona del segle XX*. Barcelona: Publicacions de l'Abadia de Montserrat; Vilada: Associació Cultural El Vilata del Berguedà; Girona: Departament de Filologia i Filosofia de la Universitat de Girona, 2001.

Guansé, Domenech. Prólogo. *Oviri i sis narracions més*. Barcelona: Editorial Selecta, 1965.

Gubern, Román. «Régimen jurídico y función política de la censura cinematográfica bajo el franquismo». Dis. Universidad Autónoma de Barcelona, 1980.

Iglesias Rodríguez, Gema. «La propaganda política durante la Guerra Civil Española: la España Republicana». Dis. Universidad Complutense de Madrid, 1992.

Johns, Alessa. «Feminism and Utopianism.» *The Cambridge Companion to Utopian Literature*. Ed. Gregory Claeys. New York: Cambridge University Press, 2010. 174–99.

_____. *Women's Utopias of the Eighteenth Century*. Urbana: Illinois UP, 2003.

Julià, Lluïsa. «Maria Antònia Salvà i les seves contemporànies». *Escriptores: de Caterina Albert als nostres dies*. Barcelona: Fundació Lluís Carulla, 2005. 45–67.

Liminayana Vico, Elisabet Virginia. *The Literary Journalism Of Aurora Bertrana: A Voice Of Modernity In Catalonia In The Early Twentieth Century*. Dis. Universidad de Florida, 2014.

Marcillas Piquer, Isabel. «A. Bertrana i F. Mernissi: una doble pers pectiva literaria de la dona musulmana.» *Estudis Transversals: Literatura i Altres Arts en les Cultures Mediterranies Universidad de Alicante. Departamento de Filología Catalana* (2008): 1–22.

_____. «Literatura de viajes en clave femenina: los pre-textos de Aurora Bertrana y otras viajeras europeas.» *Revista de Filología Románica* 29.2 (2012): 215–31.

Martín Marty, Laia. *Aproximació a la imatge literaria de la dona al noucentisme català*. Barcelona: Rafael Dalmau, 1984.

McKenna, Erin. *The Task of Utopia: A Pragmatist and Feminist Perspective*. Maryland: Rowman & Littlefield, 2001.

Montero, Rosa. *Temblor*. Barcelona: Seix Barral, 1990.

More, Thomas. *Utopia*. New Haven: Yale University Press, 1964.

Muñoz Cáliz, Berta. *El teatro crítico español durante el franquismo, visto por sus censores*. Madrid: Fundación Universitaria Española, 2005.

Murgades Barcelo, Josep. «Sobre memòries i dietaris: intent de caracterització d'un gènere.» *Els Marges* 1 (1974): 114–118.

Nash, Mary. «Feminisme català i presa de consciència de les dones.»

Revista Literatures 5 (1997–2008): 1–7.

_____. *Mes enllà del silenci: les dones a la història de Catalunya*. Barcelona: Generalitat de Catalunya CIP, 1988.

_____. *Mujer, familia y trabajo en España (1875–1936)*. Barcelona: Ánthropos, 1983.

_____. «Política, condició social i mobilització femenina: les dones a la Segona República i a la Guerra Civil». *Més enllà del silenci: les dones a la història de Catalunya*. Barcelona: Comissioó interdepertamental de promoció de la dona, 1988. 243–282.

Nelken, Margarita. *La condición social de la mujer en España*. Madrid: CVS, 1975.

Ors, Eugeni d'. *La Ben plantada*. Barcelona: Edicions 62, 1980.

Panyella, Vinyet. «El noucentisme.» Dir. Enric Bou. *Panorama crític de la literatura catalana. Segle XX. Del modernisme a l'avantguarda*. Barcelona: Vicens Vives, 2010. 270 –303.

Pascual, Marta. «Entre dos silencis, entre dos autors: Aurora Bertrana i Joan Sales.» *Revista de Girona* 238 (2006): 34–39.

Payne, Stanley G. *El régimen de Franco (1936-1975)*. Madrid: Alianza Editorial, 1987.

Pedrolo, Manuel de. *Acte de violència*. Barcelona: Edicions 62, 1975.

Pla y Arxé, Ramon. «La brutal complexitat de la guerra». *Opinió* (2006): 1.

Real Mercadal, Neus. *Aurora Bertrana, periodista dels anys vint i trenta*. Girona: CCG i Fundacio Valvi, 2007.

_____. *Dona i literatura de la Catalunya de preguerra*. Barcelona: Publicacions de l'Abadia de Montserrat, 2006.

_____. «Les narradores catalanes del segle XX: una narrativa per a un nou segle». *Escriptores. De Caterina Albert als nostres dies*. Barcelona: Fundació Lluís Carulla, 2005. 348-375.

Resina, Joan Ramón. «Noucentisme». *The Cambridge History of Spanish Literature*. Cambridge: Cambridge University Press, 2004. 532–537.

Riera, Carme. «Aurora Bertrana entre la vida i la literatura.» *Memorials ICD* (1997): 63– 68.

Roig, Sílvia. *Aurora Bertrana. Innovación literaria y subversión de género*. Woodbridge: Tamesis, 2016.

Roldán, Concha. «La escritura robada: literatura filosófica contra las malas costumbres». *La mujer de letras o la «Letra-herida»*. Ed. Pura Fernández y Marie-Linda Ortega. Madrid: CSIC, 2008. 53–74.

Sáez Martínez, Begoña. «Críticos, críticas y criticadas: el discurso crítico ante la mujer de letras». *La mujer de letras o la «Letraherida»*. Ed. Pura Fernández y Marie-Linda Ortega. Madrid: CSIC, 2008. 33–52.

Sargison, Lucy. *Contemporary Feminist Utopianism*. New York: Routledge, 2003.

Seifert, Ruth. «War and Rape: A Preliminary Analysis». *Mass Rape: The War Against Women in Bosnia-Herzegovina*. Lincoln: Nebraska University Press, 1994. 54–72.

«Single Mothers.» Singlemothers.com. 6 de octubre 2018. https://singlemotherguide.com/

Stanley Robinson, Kim. *Pacific Edge*. New York: Tor, 1990.

Torres, Estanislau. *Les tisores de la censura*. Lérida: Pagès editors, 1995.

Torres Mulas, Rafael. *El amor en tiempos de Franco*. Madrid: Anaya, 2002.

Vallverdú Borràs, Marta. *Viatges literaris a la Polinesia: Aurora Bertrana, Josep María de Sagarra*. Barcelona: L'Abadia de Montserrat, 2007.

Van den Hout Lidwina M. «La censura y el caso de Manuel de Pedrolo. Las novelas *perdidas*». *Universidad de Chicago* (2007): 1-21.

Wells, H. G. World Brain. London: Methuen & Co., 1938.

Wittig, Monique. «One is Not Born a Woman». *The Second Wave: A Reader in Feminist Theory*. New York: Routledge, 1997. 265–71.

Xapel.li, Mireia. «Tres entrevistes amb Aurora Bertrana.» *Memorials ICD* (1993–1996): 74–78.

Yates, Alan. *¿Una generació sense novel.la?: La novel.la catalana entre 1900 y 1925*. Barcelona: Edicions 62, 1975.

Obras publicadas y no publicadas de Aurora Bertrana

Bertrana, Aurora. *Ariatea*. Barcelona: Albertí, 1960.

_____. *Camins de somni*. Barcelona: Albertí, 1955.

_____. «De la novela en general y de la autobiografia en particular» (ms.)

_____. «El feminisme ha mort. ¡Visca el feminisme!» *Tele-estel* (1969): 1.

_____. *El Marroc sensual i fanàtic*. Barcelona: L'Eixample, 1936.

_____. «El pomell de violes». *Els autors de l'ocell de paper*. Barcelona: Simpar, 1956.

_____. *Entre dos silencis*. Barcelona: Aymà, 1958.

_____. *En el centenari de Prudenci Bertrana*. Barcelona: Rafael Dalmau, 1968.

_____. «Feminitat i feminisme» (ms.) *DUGiFons Especial*. 6 octubre 2018. http://dugifonsespecials.udg.edu/handle/10256.2/6881/browse

_____. *Fracàs*. Barcelona: Alfaguara, 1966.

_____. «Homenatge Pòstum a Caterina Albert» (ms.) *DUGiFons Especial*. 8 octubre 2018. http://dugifonsespecials.udg.edu/handle/10256.2/6881/browse

_____. *Islas de ensueño*. Barcelona: Ediciones Populares Iberia, 1933.

_____. *La aldea sin hombres* (ms.) *DUGiFons Especial*. 8 octubre 2018. http://dugifonsespecials.udg.edu/handle/10256.2/6881/browse

_____. *La ciutat dels joves: reportatge fantasia*. Barcelona: Pòrtic, 1971.

_____. *La madrecita de los cerdos* (ms.) *DUGiFons Especial*. 8 octubre 2018. http://dugifonsespecials.udg.edu/handle/0256.2/6881/browse

_____. *La nimfa d'argila*. Barcelona: Albertí, 1959.

_____. *L'illa perduda*. Barcelona: Llibreria Catalonia, 1935.

_____. *L'inefable Philip* (ms.) *DUGiFons Especial*. 8 octubre 2018. http://dugifonsespecials.udg.edu/handle/10256.2/6881/browse

_____. *Memòries del 1935 fins al retorn a Catalunya*. Barcelona: Pòrtic, 1975.

_____. *Memòries fins al 1935*. Barcelona: Pòrtic, 1973.

_____. *Paradisos oceànics*. Barcelona: Proa, 1930.

_____. *Paraísos oceánicos: tres años entre los indígenas de la Polinesia*. Barcelona: La Tempestad, 2003.

_____. *Peikea, princesa caníbal, i altres contes oceànics*. Barcelona: Balagué, 1934.

_____. «Prudenci Bertrana en la intimitat». *En el centenari de Prudenci Bertrana*. Barcelona: Editorial Dalmau, 1968.

_____. «Retorn al país» (ms.) *DUGiFons Especial*. 8 octubre 2018. http://dugifonsespecials.udg.edu/handle/10256.2/6881/browse

_____. «Tercera part de les meves memòries» (ms.) *DUGiFons Especial*. 8 octubre 2018. http://dugifonsespecials.udg.edu/handle/10256.2/6881/browse

_____. *Tres presoners*. Barcelona: Albertí, 1957.

_____. *Un idilio caníbal y otras historias de audacia y de exotismo* (ms.) *DUGiFons Especial*. 8 octubre 2018. http://dugifonsespecials.udg.edu/handle/10256.2/6881/browse

_____. *Vent de grop*. Barcelona: Alfaguara, 1967.

_____. *Vertigo de horizontes*. Barcelona: Torrell de Reus, 1952.

LA CIUDAD DE LOS JÓVENES: REPORTAJE FANTASÍA[87]

I. Abandono la «Ciudad de los viejos»

Había escuchado hablar mucho de la «Ciudad de los Jóvenes». Decidí ir a hacer un reportaje. Me animaba la esperanza que un trabajo de esta naturaleza, bien pensado y documentado, interesaría a los lectores del semanario «Ara o mai»[88], donde yo colaboraba habitualmente.

El director, Pere Peret y Pericot, se había entusiasmado con mi idea. Prometía ayudarme económicamente. Haría el esfuerzo que hiciera falta para dar más relieve a mi trabajo periodístico.

Alguien me había advertido que el control policíaco de la frontera de aquel extraordinario país era muy severo. No se permitía la entrada a ningún hombre o mujer que pasara de los cuarenta años. Era una ley inflexible como todas las leyes de aquella joven república.

Yo tengo cuarenta y seis, pero mi aspecto físico es el de un hombre mucho más joven. Apenas aparento cuarenta. Hay, sin embargo, la cuestión del pasaporte, donde, por supuesto, uno puede elegir la fecha de nacimiento. Hará falta falsificarla. La falsificaré. Dicen que en «La Ciudad de los Jóvenes» un hecho así resulta inconcebible. Pero yo todavía habito «La Ciudad de los Viejos» donde, con dinero y cara dura, se obtienen documentos falsos i otras cosas más o menos lícitas.

Pongo hilo a la aguja y el chanchullo todavía resulta más fácil y menos dispendioso de lo que pensaba.

Me miro a menudo en el espejo, y el examen me satisface: cutis fresco y rosado, cabellera abundosa y ningún hilo blanco, ojos brillantes, un poco miope, favorecidos, pero, por las gafas «amor» con cristales verde-claro, dentadura (postiza) impecable, hilera de perlas que mi sonrisa fácil pone a menudo al descubierto. (No sé por qué, siempre que me miro al espejo, sonrío. Lo hago naturalmente, como una especie de amable tic adquirido involuntariamente hojeando las páginas de las revistas gráficas donde todos, jóvenes y viejos, pobres

---

88   Noten el juego de palabras, en español *Ara o mai* se traduce por Ahora o nunca.

y ricos, ministros, generales, obispos, actores, mayorazgas regionales[89], aviadores, huelguistas, sonríen delante del objetivo. Solamente los criminales, los policías y los cadáveres víctimas de accidentes, ponen cara agria.

Opino que me veo muy bien y no puedo detener un cierto halagador sentimiento de posible conquista. Pero de repente recuerdo que, según dicen, en «La Ciudad de los Jóvenes» las conquistas amorosas no son posibles. En la «Ciudad de los Jóvenes» el amor es libre y un hombre viejo —allí, a los cuarenta años ya te consideran viejo— rondando y haciendo ojos tiernos a una moza de dieciséis años, provocaría, si no algo más, la risotada de la gente y, quien sabe si algún conflicto de orden público.

Me tengo que vigilar mucho, lo reconozco. Tengo que ir con pies de plomo. Habituado a las costumbres de «La Ciudad de los Viejos» puedo, impensadamente y lamentablemente, meter la pata, exponerme a un fracaso moral e intelectual, malversar esta ocasión única de situarme aprovechando las circunstancias y quizás ocupar en la redacción «Ara o Mai» el lugar de redactor jefe o de director.

Que Dios y san Cristóbal, que dicen propicios a los grandes viajes, me ayuden en esta difícil y arriesgada empresa.

En la tertulia del «Saló Rosa»[90] —la de los miércoles después de cenar que se forma cerca de la vidriera del paseo de Gracia— todos los compañeros se ríen de mí. No comprenden qué voy a buscar a «La Ciudad de los Jóvenes».

—Los jóvenes de hoy son los viejos de mañana, de la misma manera que los viejos de hoy somos los jóvenes de ayer. – opina el filósofo del grupo, el viejo escritor de comienzos de siglo.

—¿Qué tienen ellos que no tengamos nosotros? –pregunta escéptico, el doctor Torres.

---

89   En la versión original aparece como «pubilles regionals», una expresión catalana muy popular que hace referencia a la heredera o contrapartida femenina del heredero o receptor de la herencia de sexo masculino. Tradicionalmente en Cataluña cuando no había ningún hijo varón, era la hija que heredaba la casa y la fortuna familiar a la muerte del padre. Para más información ver el artículo «Household and Ecocentric Kinship Group in Catalonia» de Abraham Iszaevich.

90   El «Saló Rosa» o Salón Rosa en español, era un lugar situado en el paseo de Gracia de Barcelona en que Bertrana se encontraba para conversar con intelectuales catalanes, casi todos llegados del exilio: el politico catalan Josep Pi i Sunyer (1913–1995), el abogado y militante del POUM Enric Panades (1917–1990), el doctor Balari, etc. Bertrana acudía con regularidad a las tertulias del Salo Rosa en la misma epoca en que escribia la novela *La Ciudad de los Jóvenes* y seguramente la obra podría ser el resultado de las conversaciones que la autora mantuvo con su círculo de amistades.

—Los graves problemas de la humanidad no se resuelven por el solo hecho de tener pocos años. Aunque de jóvenes, claro, siempre los hay de más clarividentes que ciertos viejos, de la misma manera que siempre hay algún viejo más vivaracho y sabiondo que la mayoría de los jóvenes —dice lentamente el patriarca del grupo—. No creo —continúa— que la despreocupación, el empuje, las imprudencias y el egoísmo propios de la juventud, resuelvan aquello que la reflexión, el juicio y la experiencia de los viejos no hayan resuelto.

—Lo que quieren los jóvenes es ser libres —intercala Torres—. Les hace falta deshacerse de nuestra tutela.

—Exacto —digo yo—, pero no solamente para divertirse y vagabundear, ir a la suya y hacer el loco como pensáis vosotros, sino para crear una sociedad nueva, desembarazada de viejas y estúpidas preocupaciones, de falsas morales rancias, de unas leyes caducas y absurdas basadas en principios de la Edad Media sobre la religión y la familia.

En este punto de la conversación estalló la tempestad. Desde el más pacífico al más revolucionario del grupo, casi todos padres de familia y por este hecho más interesados en las cuestiones de la juventud, se ponen a hablar a la vez.

En medio del bullicio más ensordecedor, recojo, por aquí y por allá, unos fragmentos de frase, unas palabras sueltas...

—Ahora todos son anarquistas.

—Lo hacen ver...

—Es moda...

—Es una actitud re...

El patriarca, después de haberse querido hacer entender inútilmente, consigue que Conill de la Conillera, que tiene un vozarrón de trueno, se imponga.

—¡Callaros! Escuchad lo que dice el Patriarca.

Y el Patriarca dice:

—La mayoría de los jóvenes de ahora quieren conseguirlo todo sin ningún esfuerzo. No les habléis de trabajar, de perseverar, de luchar, de esforzarse. A duras penas salidos del cascarón ya quieren alargar los brazos y abastar el Universo.

—No todos, pero —protesta Torres de la Torrassa.

—Claro —acepta el anciano—. Algunos jóvenes, estudian, trabajan, pero la mayoría no quieren seguir ni la disciplina, ni los consejos, ni la sujeción.

—Los viejos les estorbamos –opina tristemente el filósofo.

—Estorbamos, sí –interrumpe Torres de la Torrassa con energía–. Pero no cuando llega la hora de comer, de abrigarse, de calentarse y hasta de divertirse, porque para hacerlo necesitan el dinero «del Papá».

—Oh, ¡claro! Tienen que ir al cine y a los antros del Barrio Gótico y, en el verano, a las playas.

—Dicen que quieren hacer la revolución –se ríe el Conill de la Conillera.

—Por este motivo se dejan crecer la cabellera y la barba.

—Y no se lavan porque hace burgués.

—Se visten con jerséis y ropas algodonadas, cuanto más sucios mejor.

—Oh, eso «ellos». «Ellas», gastan mucho en modistas.

—Si no, se hacen «hippies» y emigran a las Illes del Sol, donde hace buen tiempo para gandulear a pelo.

—El dinero no lo quieren, dicen. El dinero es un objeto menospreciable.

—Lo que no quieren es ganarlo, porque haría falta trabajar, y trabajar ni saben ni quieren.

—Oh, claro. El trabajo denigra. Representa un viejo vicio burgués.

—Pero a la hora de las comidas se dejan caer, como si nada, a casa de los «papás», podridos burgueses que viven confortablemente.

—El «niño» y la «niña» se atiborran, se calientan, beben licores, fuman «emboquillados» de las reservas del padre.

—El gran centro de conspiración anarquista y comunista (no creo que la mayoría vean ninguna diferencia) es el Barrio Gótico. Allí, en uno u otro café de mala muerte, se discute y se critica la putrefacta sociedad burguesa. Se hacen planes para otra: reformada, libre, donde los papás y los abuelos trabajarán y pagarán sin rechistar mientras ellos, los «grandes reformadores», gandulearán de la mañana a la noche.

—También disponen de algún antro donde «muchachas» más o menos «hippies» y barbudos con cabellera hirsuta, practican la pereza, la bebida y el amor libre. De vez en cuando les sale una criatura de sopetón. Suerte de los remaldecidos burgueses, de los viejos, o sea de los abuelos involuntarios de las criaturas. Sienten un cierto enternecimiento por el recién nacido. Se ocupan de él. Lo adoptan poco o mucho...

—Muchos de estos inconformistas toman drogas.

—Y otros explotan el físico. Una manera como otra de «trabajar».

—Todo esto para hacer la guerra a los pobres padres miembros de la sociedad corrupta y decadente que hace falta reformar.

—Sí, pero cuando llega el momento de equiparse, siguen a la «mamá» con un aire disciplinado. La «mamá» no es sino una desdichada burguesa como el «papá». Pero les acompaña al Corte Inglés donde, con el dinero del «papá» les compra todo lo necesario para que se vistan y se abriguen. La pobre «mamá» continúa haciéndose «la loca» con la esperanza de incorporar a los niños y a las niñas en esta podrida sociedad burguesa donde ellos, «los puros», no entrarán nunca.

—Y cuando llega el verano, momento de las grandes evasiones, de las audiciosas aventuras, los «niños», y a veces las «niñas», se dedican a recorrer mundo. A los «papás» se les cae la baba cuando explican a los amigos y a los conocidos que el niño, a veces también la niña, se va por el mundo haciendo autoestop. Alguna vez regresa a los pocos días con hambre o con el corazón agrio, más barbudo y más cabelludo que antes y, a menudo, con algún que otro parásito.

—«Pediculus capitis» –aclara el doctor Torres.

—Parásitos con categoría de extranjeros y por este motivo dignos de un cierto respeto por parte de los padres de aquel que los ha adquirido haciendo autoestop y durmiendo en ciertos antros «hippies».

—Estos «papás», se vanaglorian a veces delante de otros veraneantes, en la piscina o en la playa, de tener un hijo que haciendo autoestop ha llegado hasta Khatmantxú, o el Nepal, o a las islas de la Sonda.

—¡Imaginaros la cantidad de podridos burgueses propietarios de coches y de yates que han tenido que encontrar por el camino para llegar tan lejos sin pagar ni un céntimo!, haciéndoles únicamente el honor de fregar su culo de anarquista o de comunista en los asientos del coche o en el colchón de la cabina.

—Y el «papá» y la «mamá» de este «héroe» (más todavía la «mamá» que el «papá») se funden de orgullo y de júbilo en mostrar a los vecinos y a los compañeros de tertulia la postal que el niño ha enviado desde las Indias donde ha llegado por sus propios medios.

—¿Queréis decir yendo de gorra por todas partes?

—¿Y pues?, ¿qué queréis que hagan? ¡O se trabaja o se vive de gorra!

Cansado de escuchar tantas opiniones contrarias a la mía yo intervengo finalmente.

—Muchachos jóvenes hay de muchos tipos. Muchos estudian, otros trabajan, miles y miles no se dejan crecer ni la cabellera ni la barba.

En un tono ya más calmado el patriarca comenta.

—¿Hasta dónde y hasta cuándo aguantarán el tipo estos barbudos y cabelludos de ahora?

—Hasta que los «podridos» burgueses de los padres se mueran o dejen de mantenerlos –insiste el Conill de la Conillera con su voz de trueno.

—Hasta que ellos mismos ya no sean jóvenes o se conviertan en padres de familia.

—Entonces se afeitarán y se esquilarán. Pero como no habrán estudiado tendrán que hacer de tristes burócratas. Serán funcionarios de la Diputación o del Ayuntamiento, que es otra manera de hacer el vago.

—Para siempre serán unos pelacañas, unos golfos, parásitos incondicionales de la sociedad.

—«Pediculus capitis» –sentencia Torres.

—Y todo seguirá como hasta ahora –suspira el filósofo.

La tertulia del «Saló Rosa» no ha hablado más de los jóvenes barbudos. No porque el tema esté agotado, sino porque alguien ha mostrado un diario de Reus donde se comenta el viaje de un ministro. Se ha armado un nuevo alboroto a propósito de las idas y venidas de los ministros.

—Tan pronto están aquí como en Persia o Norteamérica o en Asia.

—Parecen viajantes de comercio –comenta el patriarca.

—*O esquiladores de perros – berrea el Conill de la Conillera.*[91]

—O cómicos ambulantes –suspira el filósofo.

Me he despedido de mis compañeros de la tertulia del «Saló Rosa». Quién sabe cuándo volveré a verlos. El viaje a «La Ciudad de los Jóvenes» es largo y peligroso.

Que San Cristóbal, según dicen propicio a los grandes viajes, me acompañe y me ilumine.

---

91   Esta frase fue suprimida por la censura.

II. Llego a «La Ciudad de los Jóvenes»

Después de aterrizar en diferentes países, el avión lo ha hecho en su última escala: el aeropuerto de «La Ciudad de los Jóvenes».

Soy el único pasajero. En la aduana, ningún problema. Los policías, dos mozas de lo más apuestas, examinan mis papeles. Me preguntan qué vengo a hacer a «La Ciudad». Les digo que vengo enviado por un gran semanario. En escuchar «Gran semanario», las policías han sonreído con un poco de ironía. Incluyo que me propongo escribir un «gran reportaje». Y esta nueva declaración acentúa la sonrisa un poco impertinente de las chicas. He terminado la frase repitiendo un poco enojado:

—Un gran reportaje de este maravilloso país.

Al oír «maravilloso país» han estallado a reir.

Comenzaba a molestarme seriamente y estaba a punto de pedirles explicaciones sobre este repetido choteo, cuando he recordado que aquellas dos mozas eran policías. Podían impedirme el acceso a «La Ciudad». He procurado disimular mi despecho y pedirles, de la manera más natural, si sabían de un hotel confortable no muy lejos del aeropuerto.

—De confortables lo son todos –ha dicho la que parecía el jefe de la pareja.

—¿Qué entiendes por «lejos»? –quiso inquirir la otra.

—Este lugar me gusta mucho –explico–. Me complacería encontrar estancia en un barrio donde se vea un horizonte tan amplio, unos árboles tan verdes, unos caminos tan bien trazados, como los de aquí.

—Toda «La Ciudad» es igual –dice la policía primera–. Dondequiera encontraréis las mismas características. El paisaje es «fabricado».

Me han alargado un prospecto turístico donde hay la dirección de los hoteles. Me sorprende no encontrar títulos llamativos: «Hotel Palace», «Majestic», «Nacional», «Continental», «Universal», «de Oriente», «de Occidente», «del Norte», «del Mediodía». Y las pensiones tampoco se llaman «El Hogar del Viajero», «La Confortable», «La Familiar», «Pensión Lolita» o «Pensión Consuelo». Simplemente hoteles y pensiones se distinguen los unos de los otros, por un número, igual que las calles. Iré al «Hotel 321» situado en la Avenida 42. Me he decidido por este en vez de otro porque mi primera prometida vivía en el 321 de la calle Desclot de «La Ciudad de los Viejos».

Cojo un mini taxi y doy la dirección al chofer. Empezamos a rodar. No tengo suficientes ojos para admirar las vías por donde pasamos: calles, avenidas, paseos, igualmente amplios, claros, recreativos. Los edificios, todos de la misma altura, relativamente bajos, permanecen separados entre ellos por jardines.

Encima de «La Ciudad» se escucha un ruido especial como de una multitud de aviones. Miro hacia arriba. Veo unos pájaros enormes que vuelan pesadamente por el espacio, tienen unas alas cortas, y una especie de cola larga que parece dar vueltas sobre ella misma. Alzo el brazo para señalarlas al chofer.

—¿Qué son?

—Hombres –dice impasible.

—¿Hombres? –grito asombrado, incrédulo.

—Hombres y mujeres.

Añade:

—Sois forastero, ¿verdad?

—Claro que lo soy. Es la primera vez que contemplo un fenómeno parecido.

Sin abandonar el volante y con la mirada fija en la circulación de la calzada, el chofer explica:

—¿Cómo querrías que las calles estuvieran tan espaciosas y limpias si la gente caminara por ellas, circularan los automóviles o los tranvías?

—No lo había pensado, lo confieso. ¿Y todo el mundo vuela?

—Vuela quien quiere. El precio del aparato individual: unas aletas, una hélice, un motorcillo y un volante guiador; no cuestan ninguna fortuna. Cualquier hombre o mujer que trabaje, y aquí todo el mundo trabaja, puede comprárselo. Es un utensilio muy sencillo, más fácil de poner y quitar que un escafandro o un traje de submarinista, y mucho más útil. Salís de casa por la plataforma adecuada, aterrizáis en la del lugar donde vais. Todas las casas poseen plataformas de aterrizaje.

—Pero, –replico– ¿y si sois propenso al vértigo o al mareo?

—Aquí nadie es propenso ni al mareo ni el vértigo. Además, existe una gran red de ferrocarriles subterráneos urbanos, suburbanos y extraurbanos. Puedes recorrer toda la ciudad e incluso sus alrededores y afueras por debajo de la tierra. Los camiones también circulan bajo tierra. ¿No has notado que no se ve ninguno?

—Oh, ¡sí! Y lo considero un avance extraordinario. ¡Ojalá que en «La Ciudad de los Viejos» hubiera una organización rodada como la vuestra!

Observo desde fuera y ahora entiendo por qué todo está ¡tan limpio, tan espacioso, tan bonito! En «La Ciudad de los Viejos» sólo se ven automóviles: parados, formando interminables hileras a lo largo de las aceras, por el medio de los paseos, subidos en los andenes, enganchados a cualquier pared... Y como una variante del «auto parado», el «auto corriente»: uno detrás del otro, como un tren, y eso en cuatro o cinco hileras bien tupidas; gran estallido de motores y espeso vaho de gasolina.

Ya hace un rato largo que damos vueltas y ahora se ven menos pájaros humanos surcando el espacio. El cielo es azul, brilla un sol espléndido. Las calles y las avenidas son todas iguales: las casas bajas, separadas por jardines, las aceras anchas y limpias.

Pregunto al chofer si siempre hace un tiempo tan bueno. Me responde con una sonrisa condescendiente.

—En «La Ciudad» el tiempo «nos lo hacemos nosotros».

Ante una declaración tan sensacional me quedo atónito y mudo.

El chofer aprovecha mi silencio para añadir:

—Unos días llueve, otros hace sol, según convenga a las plantas. Hoy debe «tocar» sol.

—Pero, ¿«quién» lo administra?

—Los «delegados de la Atmósfera». Ellos lo manejan todo desde el Observatorio Central. Allí fabrican vientos y lluvias, nubes y serenidad, humedad y sequía... Lo distribuyen de la manera que conviene al país.

—¿Y de dónde vienen estos sabios meteorólogos tan extraordinarios?

—De Alemania, naturalmente. Y los telescopios, los polimeteorógrafos y toda la maquinaria de hacer truenos y lluvia llega de Norteamérica[92].

—Pero, ¿qué necesidad tenéis de truenos y relámpagos pudiendo

---

[92] En la versión original aparece como «polimeteorògrafs». Esta palabra no aparece en los diccionarios. Es una invención de la autora.

dominar y condicionar los fenómenos del aire por los caminos que los delegados de la Atmósfera deciden para el bien del país?

—Truenos y relámpagos solo nos los dan dos o tres veces al año. Me parece que para el aniversario de la fundación de «La Ciudad». Y quizás para la muerte de algún sabio.

—¿Hay alguno de estos «Delegados de la Atmósfera» de origen valenciano? –pregunto.

El chofer alza los hombros. Seguramente no ha estado nunca en Valencia ni ha escuchado hablar de Juegos de artificio ni de tracas valencianas. Pienso que si puedo visitar este extraordinario centro que fabrica el buen y el mal tiempo y entrevistar alguno de aquellos sabios que lo dirigen, tendré materia para uno de los capítulos más espectaculares de mi reportaje.

Vuelvo a contemplar ventanilla afuera. El trayecto es largo. «La Ciudad» es inmensa y las calles extensas, con aquellas construcciones bajas y espaciosas que dejan paso a la claridad y al sol.

Hemos llegado al «Hotel 321». Pago el trayecto y al querer dar una «propina» al taxista experimento una nueva sorpresa. La rechaza muy dignamente sin ningún tipo de gestos, pero bien decidido. Asímismo, me resulta más simpático que las mozas policías.

—Buena estancia en «La Ciudad» –me desea al despedirse.

Entro al hotel.

Antes de tener tiempo de dar dos pasos escucho que me dicen:

—Buen día.

Me giro y veo a una persona, el sexo de la cual a primera vista y por la indumentaria que lleva resulta difícil de determinar. No gasta uniforme de ningún tipo, un correcto vestido compuesto de calzón largo y chaqueta bien amoldada. Al visualizar la parte alta de la chaqueta me parece adivinar que es una mujer.

—Buenos días –me abstengo de añadir «señorita»–. Tenéis una habitación libr...

Me interrumpe.

—El número 504. Sígueme.

Entramos en una especie de jaula que no se detiene nunca y es necesario atrapar al vuelo si te da tiempo y si no, esperar la que sigue y no distraerse si no quieres que ésta se te escape también.

Al salir de un tirón, yo ayudado por el empujón de «el» o «la» Relaciones Públicas del hotel, le pregunto:

—¿No me pregunta quién soy?

Sonríe.

—Desde el aeródromo me han anunciado tu llegada. Sé que vienes a hacer un reportaje a «La Ciudad». Tu nombre ya me lo dirás, si quieres.

Introduce una llavecita en la puerta numerada 504. Los movimientos y la voz parecen entre mujer y hombre. Desafortunadamente, no se lo puedo preguntar. Sería una pregunta indiscretísima.

—Si puedo ayudarte en alguna cosa... –dice.

Respondo con vehemencia.

—En mucho me puedes ayudar. Soy de fuera. No conozco a nadie en «La Ciudad». Si alguien me ayuda le estaré muy agradecido.

—No hace falta que lo agradezcas. Lo haremos con mucho gusto. En «La Ciudad de los Jóvenes» hemos superado estas vanidades protocolarias. Te ayudaremos pero no porque escribas un reportaje poniéndonos por las nubes. Que nos alabes o nos critiques da igual.

Sonríe.

—Tampoco lo leeremos.

—¿Por qué? ¿No leéis nunca en «La Ciudad de los Jóvenes»?

—Con la «tele» tenemos suficiente. No pasa nada en el mundo del que la «tele» no nos informe. Disponemos de canales que nos ponen en comunicación con cualquier lugar de la tierra donde haya alguna cosa que nos pueda interesar: terremotos, secuestros, asesinatos, partidos de fútbol, golpes de Estado, teatro, literatura, música...

—¿No tenéis librerías ni bibliotecas en «La Ciudad»?

—Creo que hay algunas. Las mantenemos a modo de curiosidad folclórica. Para instruirnos no nos hacen falta. Todo nos lo proporciona la «tele».

—Pero si quisierais estudiar los clásicos griegos y latinos... Por ejemplo: Séneca, Homero, Sófocles, Ovidio...

—Ignoro quienes son estos individuos. Claro que yo no soy lo que en los países atrasados dicen «una sabia».

(¡Gracias a Dios! En decir que no era «una sabia» ella misma ha definido su sexo.)

Continuo interrogándola.

—Pero, ¿tenéis escuelas, institutos, universidades donde estudiáis matemáticas, ciencias naturales, música, literatura?

—Sí, ¡claro! Ya lo verás. Centros docentes no nos faltan. Asisten bastantes alumnos. Pero todos o casi todos los estudios se hacen a base de proyecciones cinematográficas, radio y televisión.

—¿Tú has estudiado?

Alza los hombros.

—Lo estrictamente necesario para ocupar el lugar que ocupo, es decir el de Relaciones Públicas de un hotel.

—Pero, ¡no eres una ignorante ni una tonta!

Sonríe.

—Soy como todo el mundo. En «La Ciudad» nadie quiere destacar por encima de los otros. Todos somos igualmente útiles y necesarios.

—Bueno, sí; pero las mozas policías y el chofer eran muy diferentes de ti. Me gustaría saber... pero quizás te estorbo...

—¡Estorbarme! No. Mi cargo consiste en recibir a los extranjeros y orientarlos.

—Dime, entonces. ¿Hay más mujeres que hombres en «La Ciudad»?

Sonríe.

—Me parece que somos, más o menos, el mismo número. ¿Por qué?

—He encontrado muchachas policías y aduaneras.

—Y es extraño que no hayas encontrado a una taxista. Hay muchas.

Incluye:

—Aquí las profesiones son indistintamente ejercidas por hombres y mujeres. No hay ningún oficio que presente discriminación a un sexo determinado. Hay hombres niñeros y mujeres transportistas.

—¿También hay mujeres barberas y estibadoras?

—¿Por qué no? En «La Ciudad» hay mujeres forzudas y hombres débiles, como en todas partes. Cada uno de ellos hace lo que más le convenga, según su talento, conocimientos, sensibilidad, fuerzas físicas o preferencias. De todas maneras, pronto no habrá más que un sexo.

—¿Qué me dices?

—Sí. Esperamos llegar al sexo único. De momento ya nos vestimos, calzamos, y nos comportamos igual las mujeres que los hombres, tenemos los mismos derechos, ejercemos idénticas profesiones...

—Pero, ¿anatómicamente, fisiológicamente...? Esto no tiene

arreglo. La diferencia existirá siempre —me atrevo a opinar.

Mueve la cabeza dubitativamente.

—¡Quién sabe! Los científicos encargados de estas investigaciones trabajan obstinadamente en la unificación de los dos sexos. Todos tenemos fe en que llegaremos. Pero, para documentarte sobre este importante asunto, es mejor que vayas a ver al delegado de Higiene Sexual. Él te pondrá al día de todo. Vale la pena.

—¡Oh! ¡Ya lo creo que vale la pena! ¿Me ayudarás a conseguir esta entrevista?

—Te ayudaré.

—¡Gracias!

—En «La Ciudad» te puedes ahorrar esta palabra, falsa y convencional.

—Yo te estoy agradecido –replico.

Encajamos.

—Hasta pronto –dice la Relaciones Públicas del hotel–: Me encontrarás en la primera planta.

—Gra...

Rompe a reír mientras entra en la jaula mecánica que no se para nunca, y desaparece hacia las profundidades del edificio.

III. Delegado de Orden Público

He preguntado a la «Relaciones Públicas» a quién tengo que dirigirme para mantener una entrevista con el ministro de la Gobernación.

—Aquí no hay ministros de ningún tipo –ha respondido con cierto desdén–. Hay departamentos y delegaciones con un director jefe. Los llamamos: «Delegado de Industria», «Delegado de Cultura», «Delegado de Orden Público».

—Tengo que verlos a todos, uno a uno. ¿Es muy difícil?

—Difícil no lo es para nada. Tan solo hace falta, quizás, tener mucha o poca paciencia. Esperar turno.

—¿Y con una buena recomendación?

La «Relaciones Públicas» se ríe.

—Aquí las recomendaciones son inútiles. Ve, simplemente. Te daré las direcciones. Te presentas. Dices que eres un periodista extranjero que quieres hablar con el Delegado, y listos. ¿A qué Delegado quieres entrevistar?

—Primero el Delegado de Orden Público, quizás.

Me da la dirección y me dirijo hacia allí, no a pie. Aquí nadie va a pie porque la ciudad es inmensa. Cojo un cómodo minitaxi.

Me imagino que la mencionada Delegación debe ser una especie de «Gobierno Civil» o «Jefatura Superior de Policía», no exactamente lo uno o lo otro sino una mezcla del uno y del otro. Pienso que la Delegación de Orden Público de «La Ciudad de los Jóvenes» debe tener un parecido con las dependencias oficiales de «La Ciudad de los Viejos»: Guardias grises, armados, aburridos, sospechosos; pasillos oscuros, interminables; ventanas con cristales llenos de telarañas y polvorientos; hedores indefinibles; tenebrosidad y mal humor por todas partes; dificultades y negativas multiplicadas antes de llegar al empleado o a la ventanilla que buscas.

Voy con tanta aprensión y temor que al llegar me da la impresión de que hemos llegado en pocos minutos, que la Delegación está muy cerca del «Hotel 321». Pero el precio del trayecto me demuestra todo lo contrario.

A primera vista, el aspecto del edificio me tranquiliza: limpio, claro, rodeado de jardines. En la fachada, ninguna bandera ni escudo ni emblema alusivo. Al acercarme, la puerta se abre sola de par a par. Entro y los dos batientes se cierran detrás de mí. Me encuentro solo en un amplio vestíbulo. Una saeta dorada señala otra puerta con la palabra «ascensor». Esta puerta también se abre sola y al poner los pies dentro de la jaula, la jaula sube rápidamente. Se detiene. Salgo. Un muchacho, o quizás una muchacha, ¡quién sabe!, se me acerca. Siguiendo las instrucciones de la «Relaciones Públicas» del hotel pregunto.

—¿Puedo ver al Delegado de Orden Público?

—Hoy no –me responde sin vacilar.

Consulta un cuaderno.

—Podrás verle el miércoles a esta misma hora, ¿de acuerdo?

—De acuerdo. ¿Quieres anotar mi nombre?

—No hace falta. Reservo día y hora para un hombre cualquiera. Lo único que debes decirme es cuánto tiempo necesitarás.

—¿El tiempo? El que él quiera concederme. Soy periodista. Vengo de lejos. Quisiera preguntarle muchas cosas.

—Anotaré tiempo indefinido. Ya verá él lo que puede dedicarte.

Me voy sin darle las gracias ni ninguna propina y tampoco no le digo «adiós». Empiezo a comprender que en «La Ciudad de los Jóvenes» no se andan con rodeos. ¡Todos van al grano y listos!

Vuelvo el miércoles y el delegado de orden Público me recibe enseguida.

Lo primero que le pregunto es si en «La Ciudad de los Jóvenes» su encomienda resulta muy difícil.

Alza levemente los hombros, sonríe.

—A veces sí. Generalmente, pero, el trabajo es fácil porque nuestra Constitución se basa en un absoluto respeto a la libertad individual dentro del respeto a la libertad colectiva y al espíritu de justicia en que se basan nuestras leyes.

—A simple vista y en escucharte, el programa parece sencillo, pero a mí, que vengo de «La Ciudad de los Viejos», donde el espíritu de rebeldía y el menosprecio a las leyes está siempre latente, tu definición me parece como una especie de sueño utópico.

—El menosprecio a las leyes es una consecuencia de la arbitrariedad de las mismas leyes. Aquí las leyes están hechas por el pueblo y para el pueblo.

—¿Y no ha habido nunca ningún intento de revolución?

—¿Revolución? –dice el delegado con extrañeza–. La gran revolución ya tuvo lugar al fundar «La Ciudad de los Jóvenes». Hasta ahora no ha habido nada más en el mundo más revolucionario.

—¿Ni a la URSS? –me atrevo a preguntar.

—¡Oh!, los soviéticos son unos burgueses empedernidos comparados con nosotros. Nuestra revolución social y moral no representa un periodo transitorio. Ha sido pensada y discutida por hombres inteligentes y libres y aprobada por el sufragio universal.

—«Sin trampas» –añade aludiendo indirectamente a «La Ciudad de los Viejos», donde la trampa, él lo sabe, surge inmediatamente después de la ley, sobre todo cuando hay votaciones, referéndums y otras farsas políticas.

—Una de las cosas que más me preocupa de vuestra Constitución –opino– es la ley que limita la edad para ejercer las funciones públicas. Aún para visitar este país hace falta un límite de edad que a mí me parece exagerado. ¿Puedes decirme hasta qué edad puede un hombre en «La Ciudad de los Jóvenes» trabajar, viajar, frecuentar la sociedad de otros hombres?

—Yo tengo treinta y cinco años. Hace siete que ejerzo mis funciones de Delegado. Me faltan cinco para retirarme. Mi trabajo es muy pesado, con responsabilidades y estresante. No me sabrá mal dejarlo. Además, hay una larga lista de espera para substituirme. Todo el mundo tiene derecho a un cargo sea del tipo que sea, importante o no. Si nos eternizáramos ocupándolo o nos aferráramos a él obstinadamente como suelen hacer en «La Ciudad de los Viejos», crearíamos odios y rencores, cometeríamos una flagrante injusticia.

—Parece, pero, –me atrevo todavía a explicar– que la experiencia y la práctica tienen, me parece, una cierta importancia en la perfección de un cometido cualquiera.

—¿Y quién no te dice que esta practica y esta experiencia no pueden adquirirse y dar frutos en hombres jóvenes más que en hombres viejos, gastados, a menudo rutinarios, amargados, en algunos casos *encartonados, momificados, divinizados?*[93]

---

93   Las palabras en cursiva fueron censuradas y Bertrana las sustituyó por «sistemátics i rígids», [*sistemáticos y rígidos*].

—Es evidente –acepto– que ciertos personajes harían bien muriéndose o retirándose a tiempo. Pero algunos tal vez son insustituibles.

—Todos son sustituibles. Pero si dejáramos escoger a los interesados no habría ninguno que quisiera ser sustituido. Se aferran al cargo aunque ya no se aguantan de viejos y de chochos.

—¿Vuestras leyes prevén la misma edad límite para todos los cargos?

—El límite extremo son cuarenta años. Para según qué cargos, treinta.

—Pero, ¡si un hombre a los treinta años es todavía una criatura!

—No si ha vivido libremente y racionalmente desde muy joven como se vive en «La Ciudad». Un futbolista, un nadador, un atleta cualquiera, a los treinta años se puede considerar viejo.

—Bien, –salto con impensada combatividad– y de este, «viejo», ¿qué hacéis?

—Si se trata de atletas o, simplemente, deportistas, a los treinta años pasan a la reserva. Hasta los cuarenta años hacen de entrenadores de equipos, de profesores de gimnasia en escuelas o institutos.

—¿Y a los cuarenta años?

—A los cuarenta años les llega la jubilación definitiva. Cobran un sueldo, pero no pueden trabajar en ninguna parte.

—Pero un hombre a los cuarenta años es jovencísimo. Posiblemente aún le quedan cuarenta más para vivir. Hay gente que a los ochenta años todavía está bien de la cabeza, tiene un corazón valiente, las piernas y los brazos en buen estado. Le habréis inutilizado exactamente la mitad de la existencia. ¡Es casi un homicidio!

—Estás equivocado. En lugar de quitarles la mitad de la vida, como tú pretendes, les regalamos cuarenta años de ocio para vivir tranquilos, reposados, sin preocupaciones profesionales. Pueden leer, escribir, pasear, hacer de jardinero, coleccionar objetos...

—Mariposas, caracoles, cajas de cerillas... –digo con ironía.

—Nada de esto es posible en «La Ciudad de los Jóvenes». Cazar mariposas y clavarlas a lo vivo en un cartón, o matar de hambre o de asfixia a cualquier insecto o molusco que uno encuentre en el campo o en el mar viviendo tranquilamente su existencia, aquí está prohibido. En «La Ciudad de los Viejos», no lo ignoro, una criatura caprichosa puede destruir impunemente la vida de los pájaros o de cualquier otra bestia inocente ante la indiferencia, o peor, la aquiescencia de los padres, los cuales no han pensado en inculcar al brivón el respeto que uno debe a cualquier ser viviente incluso a las plantas, que tampoco respetan. En cuanto a coleccionar cajas de cerillas –incluye el Delegado sonriente–, aquí tampoco no es posible.

—¿Por qué?

—¿Todavía no lo has descubierto? Hace ya muchos años que en «La Ciudad» no se usan las cerillas.

—Como no fumo...

—Aquí, uno comunica el fuego con mecheros, atómicos.

—Viviendo en el hotel no descubres nada de eso. Pero dime, si no te estorbo, ¿qué harás cuando te jubiles?

—Me retiraré de la vida pública. Viviré de mi sueldo de jubilado.

—¿En el campo? ¿Solo o en compañía de tu familia?

En escuchar la palabra «familia» el Delegado se ríe discretamente.

—Aquí el concepto «familia», tal como lo entendéis vosotros, no existe. Nadie habla de «familia». Decimos «sociedad» o «compañía».

—Así la mujer propia y los hijos legítimos, ¿qué son?

—En «La Ciudad de los Jóvenes» no hay mujer propia, ni hijos ilegítimos. Nadie se vanagloria de poseer «en propiedad» a una mujer. En cuanto a los hijos, todos son legítimos. Por el solo hecho de nacer adquieren el derecho de legítima ciudadanía.

—¿Y el nombre?

—El del padre o el de la madre, según el caso. Ningún hombre renega su paternidad. Da voluntariamente su nombre al hijo que ha engendrado.

—¿Y si está casado con otra mujer?

—La otra mujer no ignora que el recién nacido, sea de quien sea, entra en el mundo con todos los derechos. Además, la idea de propiedad no se ejerce nunca por encima de un ser humano. Nunca uno dirá: «mi mujer o mi hombre». Yo no puedo decir: «Iremos a vivir al campo con *mi* mujer y *mis* hijos», porque no sé quién será entonces la mujer que me ame y se sienta dispuesta a acompañarme, e igualmente los hijos. Estos hijos, según la edad que tengan, no querrán ir al campo.

—Lo que más me sorprende de vuestra interesantísima explicación es que hayáis desterrado de vuestro vocabulario, los adjetivos posesivos, ¡tan útiles como los consideramos nosotros! Cuando estáis enamorados, porque supongo que os enamoráis como en todo el mundo, ¿no decís a vuestra amada «vida mía», «amor mío», «ratita mía»?

Se ríe.

—No, no, ni ratita ni ratoncito y menos aún «mío» o «mía».

Hay un momento de silencio. Lo aprovecho para preguntar al Delegado.

—Quizás os estorbo.

—No, aunque tengo mucho trabajo. Informarte de lo que te interesa, sabiendo que lo publicarás allí en el viejo país donde todavía creéis en las momias sagradas, es una obligación que cumplo con gusto. Pero muchas de las preguntas que me haces te las respondería con más propiedad y competencia otro delegado. Ves a ver el de «Higiene Sexual» o el de «Religiones».

—Iré, pero antes complétame las respuestas sobre los ancianos.

—¿Qué más quieres saber sobre los viejos?

—Quisiera saber «adónde» los guardáis y ¿por qué os estorban tanto?

—Es evidente que un viejo «estorba». Eso lo sabes tú y todos los tuyos. Un anciano estorba en casa. Se arrastra de un lado a otro, de un asiento a otro asiento. Pasa días en la cama, enfermo. Molesta en la calle porque camina despacio, vacila delante del semáforo, no deja circular a los jóvenes y, si para a un minitaxi, lo hace lentamente, torpemente, interrumpe la circulación. A menudo el chófer tiene que ayudarlo a subir y a bajar... Vive lleno de achaques. Pierde la memoria, la vista y el oído, y todavía se enoja si se lo haces notar.

—Me has pintado una senectud tan negra y despiadada, que aún me extraña como no habéis decidido suprimirlos como en ciertas tribus asiáticas y africanas.

—Ya lo pensamos. Pero en todo el mundo se alzó una gran polvareda. Fuimos tratados de salvajes, y de caníbales por la prensa americana y europea. Nos enviaron Delegaciones de la Santa Sede, de Washington, y hasta un viejo ministro quién sabe lo decaído de «La Ciudad de los Viejos». Entonces decidimos «no suprimir» a los ancianos sino arrinconarlos de manera que no estorbaran y pudieran vivir tranquilos. Disponen de asilos magníficos, jardines, aire puro y grandes espacios para pasear si es que tienen la fuerza necesaria. Pero no pueden salir a la calle, ni mezclarse con la gente joven. ¿Supongo que no has visto a ninguno?

—Efectivamente. Solo he visto a gente joven.

Añado:

—Quisiera saber si estos ancianos son felices.

—Ves a verlos y lo sabrás.

—Y un viejo asilado, uno de estos «ancianos» de cuarenta años, ¿puede vivir con su mujer?

—¿Ya vuelves con los «posesivos»? Si una mujer siente afecto por él, puede juntarse con él. La única condición es que haya llegado a la edad del retiro forzoso, es decir cuarenta años.

—A los cuarenta años, –suspiro–¡uno es tan joven!

—Tú juzgas la cuestión desde tu punto de vista que es el de un viejo. Pregunta a cualquier joven de «La Ciudad de los Viejos» si encuentra justa y ecuánime nuestra medida legislativa. Los viejos quieren mandar a los jóvenes, quieren dominarlos con la «loable intención», según pretenden, de encaminarlos, situarlos. *Esta situación que tanto alabáis y conreáis, es decir: «la familia», es la institución más destructoramente nefasta que existe en vuestras sociedades humanas. «¡La familia! ¡La familia!» decís con una especie de cómica suficiencia*[94]. Y con esto quieren dominar a los hijos, para hacerlos ir por el camino, no el que ellos escojan, sino el que vosotros les imponéis, cargados, nadie lo duda, de sanas y afectuosas intenciones. El hijo es «vuestro», debéis hacer lo que más convenga, pero «lo que le conviene» lo pensáis y lo decidís vosotros, padres. Porque el padre es abogado, o médico o tendero o comerciante de maderas, es necesario que el hijo mayor sea comerciante de maderas, tendero, médico o abogado, y aún tendrá suerte si no habéis decidido hacerlo cura. Uno sacrifica la vocación, los gustos o las inclinaciones, la libertad y la felicidad del muchacho, con la excusa de un paternalismo perfecto. Y cuando el muchacho ya es viejo y ya ni se acuerda de su vocación contrariada ni de las ilusiones perdidas, lo hace pagar, inconscientemente, a sus hijos. Si a él le hicieron la zancadilla, la hora ha llegado de que él se la haga a los otros. El niño será tendero, campesino, comerciante de maderas... como él, como el abuelo. Así, de generación en generación, *mientras exista la vieja institución «familia»*[95]. Cada padre, ayudado por la madre, se dedicará a fastidiar a los hijos, y los hijos lo harán a los nietos y los nietos a los bisnietos. Para los padres de «La Ciudad de los

---

94 Estas frases fueron censuradas y Bertrana las eliminó en la versión catalana publicada en 1971.

95 Las palabras en cursiva también fueron censuradas y eliminadas.

Viejos», un hijo no llega nunca a ser mayor de edad. El padre por un lado, la madre por el otro, los tienen que dominar...

—El amor es exigente –me atrevo a opinar.

—Sí –sigue el Delegado de Orden Público–, el amor es exigente, exclusivo, dominante y finalmente destructor si uno no pone remedio a tiempo. Por eso lo hemos puesto nosotros.

—Y el amor de madre, ¿no lo consideráis natural? –me atrevo a intercalar.

—«Demasiado» natural, «demasiado» instintivo, no suficientemente respetuoso de la personalidad de la víctima, perdonad que lo llame «víctima». Quizás las madres de «La Ciudad de los Jóvenes» también se abandonarían al amor maternal, con derecho a torcer la conciencia moral y religiosa de los hijos. Las leyes, sin embargo, no se lo permiten. A los quince años, muchachos y muchachas, son mayores de edad. Hasta los quince años, los padres excesivamente dominados, tienen el derecho de hacer obedecer a sus hijos. A partir de los quince años, el mozo o la moza son libres. Tienen derecho a escoger el camino que quieren seguir y los padres no pueden oponerse porque la ley ampara a los jóvenes.

—¿Y económicamente también?

—¡Claro! Si los padres no quieren ayudar a los hijos, el Estado les ayuda, les paga los estudios e incluso la manutención, si hace falta.

Suspiro.

—Pero no me negaréis que, ¡el amor entre padres e hijos, entre hermanos y hermanas, entre marido y esposa es una cosa bien bonita!

—El amor es siempre bonito, más que bonito, maravilloso, entre humanos, sean o no sean familia, estén o no estén emparentados entre ellos. *Cuanto más libre, más puro y más bello es el amor, opina autoritariamente el Delegado*[96]. Juzga tú mismo –insiste–. ¿Quién demuestra más amor a un chiquillo, los que lo han engendrado o los que lo han adoptado, si tienen el mismo cuidado los unos que los otros? Por eso siempre me ha hecho reír aquel alarido de las madres de las novelas del novecientos, cuando gritan: «¡Hijo de mis entrañas!» Lo que cuenta en este caso es el posesivo de entrañas. Las entrañas son de ella, por eso el hijo le es hijo. Me parece mucho más prueba de amor el mismo grito aplicado al hijo de otra mujer cualquiera, procedente de unas entrañas cualquiera.

El Delegado sonríe y añade en voz más baja y más suave:

---

96   Las palabras en cursiva fueron censuradas en la versión original y Bertrana las eliminó.

—Me he tragado mucha literatura concebida y publicada en «La Ciudad de los Viejos». Literatura moral, inmoral, doctrinal, ética, eclesiástica, política y de imaginación. No he encontrado nada que contenga un soplo de espíritu de libertad y de respeto a la libertad individual; únicamente, quizás, aunque mal definida y chapucera, la que en ciertos momentos han predicado y no practicado porque eso es más difícil, los anarquistas.

Tras unos segundos de silencio que observo abrumado por las teorías del Delegado de Orden Público, pregunto humildemente.

—Y ladrones, simples mangantes o estafadores, ¿no los tenéis en «La Ciudad de los Jóvenes»?

—No... no... –dice soñador el Delegado–. Nuestro concepto de la propiedad es limitado. Quitar un objeto que en «apariencia» pertenece a otro no significa «robar». El objeto cambia de mano simplemente. Aquel que se lo ha apoderado no es un «ladrón». Nadie puede asegurar que el objeto mencionado fuese «realmente» propiedad de quien lo poseía. ¿Comprendéis el matiz?

—Me parece que no.

El Delegado alza los hombros con asco.

Digo.

—¿Y asesinatos, peleas, actos de violencia?

Sonríe.

—Nada de eso. En «La Ciudad» todo lo que se llega a hacer es discutir y todavía sin gran energía. Disputas, peleas, violaciones y asesinatos son considerados por los habitantes de «La Ciudad de los Jóvenes» como sentimientos y actos dignos de los pueblos salvajes. Si se presenta algún caso suele ser sentido y ejecutado por gente forastera, turistas desorientados, primitivos...

—Y entonces, ¿qué hacéis con esta gentecilla?

—Los acompañamos a la frontera.

—¿Expulsados?

—Sí, expulsados.

—Una pregunta más, por favor.

—Te escucho.

—Vosotros, los Delegados, sois la autoridad suprema del país, ¿verdad?

—Efectivamente. El cargo de Delegado en «La Ciudad de los Jóvenes» equivale al cargo de ministro en «La Ciudad de los Viejos».

—¿Y a vuestros Delegados quién los nombra?

—El pueblo.

—Entendámonos. El pueblo, dices, pero, ¿qué pueblo?

—Todo el pueblo, naturalmente: Mujeres y hombres, jóvenes y viejos, ricos y pobres o, mejor dicho, clase obrera, clase burocrática y clase intelectual o dirigente.

—¿Y qué hace el pueblo para nombraros?

—Vota.

—Entonces, ¿todo el mundo vota?

—¡Claro!

—¿Y no tenéis jefe de Gobierno, un presidente, alguien, en fin, que sea más que los otros, una autoridad suprema?

El Delegado estalla una buena carcajada.

—No lo necesitamos para nada. Aquel que tiene conocimientos y vocación de Delegado, se presenta a las elecciones. Hace algún parlamento por la radio y por la tele, el pueblo lo escucha, lo juzga, y lo vota o no lo vota. El aspirante sale o no sale elegido. Si sale, procura hacer el trabajo de la mejor manera posible. Si no sale, se resigna. No hacemos como los habitantes de algunas repúblicas de la América latina que para elegir presidente falsifican los votos, los obtienen con sobornos o con amenazas, arman una revolución, se matan a tiros por las calles, secuestran a diplomáticos, asaltan colegios electorales, asesinan aspirantes a la Presidencia. Nada de eso pasa aquí, donde casi siempre el Delegado es reelegido porque se ha esforzado en hacer su trabajo únicamente al servicio de los ciudadanos y los ciudadanos prefieren más conservar a aquel que ya conocen que probar uno nuevo.

—¿Pero tenéis elecciones de vez en cuando?

—Cada cuatro años. Y no solamente para elegir delegados sino comisarios, inspectores, directores de empresas, diplomáticos, encargados de relaciones públicas, profesión que consideramos de gran importancia.

—Y lo es –acepto, pensando en la muchacha del hotel.

El Delegado continúa.

—En «La Ciudad de los Jóvenes» no hay caciques. Aquí nadie manda ni ejerce una influencia decisiva por encima del pueblo. Un personaje dictatorial como los hay incluso en algunas de las naciones más avanzadas de Europa, y por no hablar de las de América latina, aquí no sería soportado.

Doy las gracias al Delegado de Orden Público. Le estrecho la mano, regreso al «Hotel 321», donde tengo que tomar dos aspirinas de mi reserva; «ellos» ya no toman aspirina porque consideran la aspirina un producto pasado de moda y desacreditado.

Me meto en la cama, la cual afortunadamente «todavía» es una cama, y trato de digerir entre la vigilia y el sueño la entrevista que he tenido con el Delegado de Orden Público.

¡Uf!

IV. Delegado Eclesiástico

Me presento con una cierta aprensión. En primer lugar debido a este título tan solemne: «Delegado Eclesiástico». Después de haber escuchado al Delegado de Orden Público, no comprendo qué papel puede representar en este país un «Delegado» de religiones. No menos embarazosa resulta mi condición de católico, naturalmente escéptico al espíritu y a las leyes básicas de otras religiones. Un católico practicante, convencido como yo, ¿qué puede descubrir en un ministro de manga ancha como debe serlo cualquiera en esta peregrina «Ciudad de los Jóvenes»? ¿Cómo puede aconsejar y guiar eficazmente a los cristianos, a los judíos, a los mahometanos, a los budistas, a los fetichistas, a los politeístas, suponiendo que en «La Ciudad de los Jóvenes» haya una cierta tendencia a practicar una religión cualquiera?

Pero a los pocos minutos de contacto intelectual con el Delegado, me siento bien cómodo, bien sereno i..., ¿por qué no confesarlo?, me resulta tan interesante y divertido como el más jovial de los compañeros de la tertulia del «Saló Rosa». ¡Como si lo conociera de toda la vida!

Es más joven que yo, ¡por supuesto!, todo el mundo aquí es más joven que yo. Los de mi generación, por las buenas o por las malas, ya hacen de jubilados, ya no circulan por los lugares públicos, ya no molestan a la ambiciosa juventud que «quiere» –y aquí «puede»– arrinconarnos y ocupar los lugares importantes y mandar y disponer y ser dueña del mundo; como también lo querría ser en nuestro país, donde todavía se tiene que molestar mientras los de mi generación aguantan los mandatos del Estado, de la Sociedad, de la Iglesia.

Lo que me maravilla del «Delegado Eclesiástico» es su afirmación que en «La Ciudad de los Jóvenes» los ciudadanos practican libremente todas las religiones.

—Entonces –le medio pregunto–, ¿«La Ciudad» debe estar poblada de iglesias, de templos, de capillas?

—Esta pregunta demuestra que te has paseado poco.

—Sí, lo confieso, soy un recién llegado.

—Si visitas el país con calma, descubrirás, sinagogas, mezquitas, pagodas, templos anglicanos y metodistas, iglesias católicas...

—Y el Gobierno –pregunto–, ¿no practica oficialmente ninguna de estas religiones?

—¡Eso sería impensable! –exclama el Delegado–. En «La Ciudad de los Jóvenes» la Iglesia y el Estado son independientes el uno del otro. ¡Es un país libre el nuestro! –comenta con cierto orgullo. Y pregunta a continución:

—Pero, ¿no habéis promulgado una ley vosotros, en «La Ciudad de los Viejos», donde se permite, también, practicar la libertad de cultos?

—Confieso que no he prestado atención. Nuestro país es tan totalmente y fervorosamente católico que esta libertad de cultos de la que me hablas, no es socialmente perceptible. Todo el mundo va a misa, a la Cuarenta Horas, al Rosario. Todos se encuentran a la salida de las misas, sobre todo las tardías, las que se dan hacia el mediodía, todo el mundo comenta tal o tal predicador, naturalmente católico. Nadie os confiesa que es protestante, judío o mahometano, budista o politeísta, teósofo o mormón. Supongo que los hay, claro, los debe haber, aunque pocos, pero lo esconden como avergonzados.

—Esto quiere decir –opina el «Delegado Eclesiástico»– que en «La Ciudad de los Viejos» no hay una auténtica libertad de consciencia.

—Quizás sí –comento–. El país, es tan tradicionalmente, tan socialmente, tan arraigadamente católico que ninguna otra religión se puede expansionar. En cualquier acto de la vida social, incluso el más sencillo, uno mezcla, quizás inconscientemente, la religión católica. Todos los periódicos, los programas de televisión y de radio, dedican una buena parte de sus espacios a cuestiones religiosas: procesiones, peregrinajes, romerías, agrupaciones, visitas diocesanas, comuniones y confirmaciones solemnes de hijos de personajes, uniones matrimoniales, nombramientos de obispos, Santos del día, horarios de misa...

—¡Basta! ¡Basta! –me interrumpe el Delegado–. Pareces un sacristán recitando la lección parroquial a un forastero.

—Más te diré –insiste–, ninguna familia burguesa como es debido envía a los hijos a las Escuelas del Estado. Monjas y Curas ostentan la exclusiva de la Enseñanza docente «bien vista». Hacer instruir a los hijos en colegios de monjas o de frailes es una de las pruebas más firmes de la distinción de una cierta clase social dirigente y respetada. Los padres creen con toda la buena fe, que la enseñanza laica es imperfecta. Y cuando digo laica no pienses que aludo a centros docentes donde no se enseñe ni se practique la religión. Al decir «laica» quiero decir con maestros de profesión no religiosa, puramente universitaria, es decir, que no son curas o monjas. Allí no existe ninguna escuela ni colegio donde no se rece diversas veces al día, donde las clases no sean precedidas por un Crucifijo o una imagen de la Madre de Dios o de un Santo.

—En «La Ciudad de los Viejos» –sigo explicando al Delegado– todo el mundo es católico ferviente. Quien no lo es lo hace ver. No scr católico sería como ir desnudo por la calle. Ningún ministro ni militar de relieve visita ninguna ciudad ni preside ningún acto público sin antes asistir a una misa solemne. No inaugura ningún pantano, ningún puente, ninguna autopista, ningún campo de fútbol, o matadero urbano donde falte un obispo metropolitano, diocesano, auxiliar o «in partibus» para bendecirlos.

De repente me doy cuenta que sólo hablo yo.

—Amigo «Delegado» –intercalo–, he venido a hacerte una entrevista y ahora me doy cuenta que la entrevista me la haces tú a mí.

Se ríe.

—Todo lo que me comentas resulta interesante. No desconozco este importantísimo y especialísimo espíritu social de «La Ciudad de los Viejos». Es tan diametralmente opuesto al nuestro que, en oírte, me siento más alentado a combatir cualquier inclinación o debilidad del mismo tipo que las vuestras. Una de las normas fundamentales de nuestra vida social es la naturalidad. Hacemos una guerra implacable a la comedia. Vuestra teatralidad, sentimental, moral y religiosa nos estremece. Ningún esfuerzo resulta exagerado para evitarla.

—Así –pregunto desolado–, ¿no crees en la sinceridad de nuestra fe?

—En general, no. En particular, y según en qué casos aislados, admito que la fe, la moral, el amor y la familia, los cultiváis con un espíritu puro y auténtico. Pero creo también que sois un pueblo esencialmente comediante, exageradamente teatral. Todo o casi todo lo que hacéis, todos o casi todos los que lo practicáis, es de cara a la galería. Yo, como «Delegado Eclesiástico», he de velar por la pureza de las religiones, de cualquiera de las religiones que uno practica en «La Ciudad de los Jóvenes». No hay ninguna que sea ni falsa ni mala. Ninguna que aconseje la maldad ni la violencia ni la mentira. Ningún dios o profeta incita a matar, ni a traicionar, ni a levantar falsos testimonios. En el fondo, la ética es la misma en todas las religiones. Aquel quien comete una falta, no va solamente contra la suya, sino contra cualquiera de las otras.

—Pero, los católicos –pregunto–, ¿son bautizados, confirmados, hacen la primera comunión, se casan por la iglesia y reciben la extremaunción al morir?

—Naturalmente, pero sin ningún tipo de ostentación. Los que creen en los sacramentos prescinden de la exhibición de vestidos, música, moquetas, flores, banquetes y fotógrafos.

—Y los entierros de grandes personajes, ¿tampoco siguen el ceremonial público: presidencia oficial y familiar, despedida de duelo, envío de coronas, discursos delante de la fosa?

—En «La Ciudad de los Jóvenes» no hay grandes personajes. Nosotros, los «Delegados», representamos el máximo de «personaje» del país. Cuando nos morimos, generalmente ya hace tiempo que no ejercemos el cargo. Ya no somos del mundo de los vivos. Nos morimos en silencio y nos incineran en silencio.

—¡Oh!, en nuestro país –exclamo–, el sepelio de un personaje resulta siempre un acto social solemnemente lucido y... ¿por qué no confesarlo?, un motivo de encontrar amigos y conocidos, fisgonear poco o mucho, a propósito de casos y cosas absolutamente extrañas al difunto. El pobre difunto sirve de pretexto para reunir amistades, enterarse de ciertas noticias... orientarse sobre ciertos negocios...

—Mi opinión –añado con un cierto acaloramiento– es que vosotros sois un pueblo que ha desterrado la poesía.

—La «poesía funeraria» –comenta el «Delegado», riéndose.

—Todo tipo de poesía –replico–. Y todo tipo de pompas, de aparato fastuoso.

—Conozco el aparato funerario que acompaña al muerto en «La Ciudad de los Viejos» –explica el Delegado–. A condición, claro, que el muerto sea un muerto «de categoría». Porque los ciudadanos obscuros –continua– pasan del mundo de los vivos al mundo de los muertos rodeados de la misma sombra y silencio que han presidido su pobre existencia.

—No os descuidéis nunca –incluye– de representar vuestra pequeña o gran comedia. Para vosotros el mundo es un inmenso escenario en el cual ora representáis el papel de espectadores, ora el de actores.

—No creas que «siempre» hacemos comedia. A menudo sentimos lo que decimos y lo que hacemos. Somos un pueblo mediterráneo, propenso a la extraversión natural. Un nacimiento, un matrimonio, una muerte, representan acontecimientos importantes en la vida de un pueblo. Los celebramos o los lamentamos en común de una manera ruidosa y ostentosa como conviene a nuestro temperamento.

—Nosotros luchamos contra las expansiones sentimentales que consideramos propias de pueblos primitivos i, por encima de todo, nos esforzamos a librarnos de cualquier acto de la vida, sobre todo social, todo lo que sea poco sincero y nada auténtico. En pocas palabras: «no hacemos comedia».

—Nosotros tampoco hacemos comedia –protesto con patriótica energía pero sin gran convicción.

El «Delegado» se hecha a reír.

—Sin comentar otra cosa que la muerte –dice–. Siempre, no puedes negármelo, la acompañáis de una teatralidad adecuada a la categoría del difunto. Dejamos de lado a los difuntos más pobres, los cuales, quizás por la gracia de Dios, son los únicos que se libran de exteriorizaciones públicas. Si leéis una esquela mortuoria, siempre encontraréis la afirmación que el muerto ha sido consolado con los santos sacramentos, incluso si ha muerto ahogado, o en un accidente ferroviario, en las entrañas de una mina, víctima de un suicidio o en un manicomio. La familia sabe que no es cierto, los padres y amigos íntimos también lo saben, el forense, el de las Pompas Fúnebres, igualmente, y nadie protesta, todos se convierten en cómplices de la mentira. No vaciléis a mofaros de los mandamientos de Dios y de un hecho tan solemne como la muerte. El caso es, y por encima de todo, guardar las apariencias. ¿Qué diría la gente si se enterara o sospechara que el difunto ha dejado este mundo sin los auxilios de la Iglesia? No pensáis que lo que realmente y únicamente importa es Dios y la comunión auténtica del que ha dejado esta vida. Y esto no es cuestión nuestra, ni de quien lee la esquela, sino de aquellos dos: del traspasado y de Dios. Los hombres no podemos ni debemos interpretar, ni suponer, y menos describir aquellos minutos o aquellos segundos que el moribundo dedica a Dios en el secreto de su agonía. Si no hemos sido testigos del solemnísimo acto de la extremaunción de un enfermo, lo menos que podemos hacer es callar frente a este doble misterio: Dios y la muerte.

—Es una mentira que no hace daño a nadie —me atrevo a afirmar.

—¡Error! ¡Error profundísimo! Hace daño a la misma religión en la que, a fuerza de engaños y falsedades cada día creéis menos vosotros mismos. Ya los curas jóvenes, los conscientes, se impacientan por una gran y profunda reforma del catolicismo imperante. Ellos tienen que luchar no solamente contra los viejos obispos obstinados y sistemáticos, sino contra el pueblo ciego y rutinario que no admite las reformas esenciales. ¿No veis que el viejo sistema es una ruina a punto de hundirse?

Replico:

—¿Quieres decir que vosotros habéis construido una ética a prueba de toda contingencia?

—Lo intentamos. En todo caso no queremos mantener una venda delante de los ojos como lo hacéis vosotros. Os empeñáis a defender y a estimular el celibato de los curas, y los curas hacen cola para casarse. No queréis acceder a la ley del divorcio y cada día hay más parejas que prescinden de la ley, se separan y se vuelven a juntar libremente gracias a vuestra obstinación de mantenerlos atados el uno al otro. No consentís el matrimonio de los sacerdotes, como si ellos no fueran suficiente hombres para casarse o no casarse según la propia conciencia, y cada día hay menos vocación religiosa y más parejas desventuradas, «no divorciadas» por la ley. Es decir que en nombre de la moral y de la religión, empujáis a los curas a colgar el hábito y a los malcasados a desaparaejarse y reaparejarse extralegalmente.

—Sí –replico–. Pero no olvides que somos un país católico, que nuestro Estado es también católico y que para un ciudadano correcto y como es debido este programa vuestro resulta más que libre, libertario e incluso libertino.

El «Delegado» alza los hombros, sonríe.

—No tengo temperamento ni vocación de misionero. No trato de convencer y menos de afiliar un extranjero a nuestra sociedad política y moral. Las leyes y costumbres de nuestro pueblo obedecen a criterios avanzados, perfectamente compatibles, a mi entender, con la más estricta de las éticas matrimoniales y sacerdotales.

Poco convencido, pero prudente, decido no insistir en inútiles y siempre enojosas discusiones de este tipo.

Abandono la Delegación de Asuntos Eclesiásticos, preocupado y malhumorado, sin saber si lo que me preocupa y me pone de mal humor es el exceso de modernismo de los «Jóvenes» o el exceso de caducidad de los «Viejos».

V. Delegado de Bellas Artes y Bellas Letras

Voy más decidido e ilusionado que hacia cualquier otro Delegado de «La Ciudad de los Jóvenes». Las Bellas Artes y, sobre todo, las Bellas Letras, a mí me parecen representar una de las actividades eventualmente más significativas de la sensibilidad y la cultura de un pueblo.

He empezado por preguntar al «Delegado» si había mucha afición a la música en «La Ciudad de los Jóvenes».

—Oh, sí –me ha respondido–. Mucha gente vive de la música en nuestra ciudad.

—¿Cuántos conservatorios, academias, escuelas de música posee «La Ciudad»?

—Quizás lo encontrarás extraño. Ninguno. Ya hace mucho tiempo, había Escuelas, Academias y Conservatorios y, poco a poco, fueron cerrando porque no iba nadie. Los aspirantes a músico habían descubierto, y no digo habíamos, porque cuando nací yo todos esos viejos sistemas habían sido desterrados, que escuelas de música no nos hacían falta.

Debo hacer cara de tonto, porque el «Delegado» sonríe compasivamente y explica.

—¿Por qué pasar años y años de infancia, juventud e incluso de madurez, aprendiendo solfeo, harmonía, composición, contrapunto y fuga, y después olvidarlo todo en querer componer música moderna o hacer el triste papel de un desafortunado y criticable autor de música cursi, rutinaria y pesada? Ritmos complicados y sincopados, «atonismos», «cromatismos» y «dodecafonismos» opuestos a las viejas y severas reglas de la métrica, de la melodía, de la armonía y del ritmo clásico han impuestos nuevas leyes a la música. Para componerla no hace falta estudiar. Además, ahora y aquí, nadie dispone de suficiente tiempo para pasar años y años en un Conservatorio, teniendo que comer cada día y sin ganar dinero, todo para aprender cosas inútiles que por fuerza tienes que olvidar si quieres que tu música tenga unas mínimas probabilidades de éxito. Resulta mucho más inteligente hacerse con un instrumento: guitarra u órgano eléctrico, y acoplarlo a cualquier tipo de utensilio doméstico; rascar o pellizcar las cuerdas, golpear las teclas, dar porrazos o chocar cubiertas y tapadoras metálicas hasta que salga un ruido u otro adecuadamente rimado... Y, no lo dudes, amigo, «siempre» sale una cosa u otra, «siempre» hay gente que se anima y lo aplaude. Entonces el..., con tu permiso lo llamaré «Músico», empieza a hacerse pagar, sobre todo si también canta; se acompaña o acompaña a otro cantante. No puedes imaginarte el dinero que algunos ganan sin haber estudiado nunca ningún instrumento ni saber solfeo.

—Pero, ¿no tenéis ninguna orquesta, ningún orfeón famoso, dignos de ser escuchados por los expertos?

—Las orquestas famosas y las grandes masas corales, así como algún solista extranjero conocido, los escuchamos en discos, por televisión y por radio. Tenemos televisores y aparatos auditivos de una gran potencia y de una gran perfección. Incluso se percibe el jadeo del artista y los latidos de su corazón.

—¿Pero aquí también debéis tener algún cantante famoso, hombre o mujer, alguien dotado de una voz extraordinaria y de una sensibilidad especial?

—Ignoro lo que quieres decir exactamente con eso de la «sensibilidad especial». En cuanto a tener «buena voz», hace tiempo que descubrimos que para cantar no nos hacía falta. Micrófonos y amplificadores de sonido convierten la voz débil o inexistente en un «vozarrón» vibrante y atrompetado capaz de hacerse escuchar a un quilómetro de lejos.

—Desengáñate –añade el «Delegado» con una cierta suficiencia–, ninguna voz humana al natural puede competir con estos aparatos modernos transmisores y amplificadores tan perfectos. Antes, y todavía en ciertos países atrasados, uno hablaba de voces maravillosas, de métodos para colocar la voz, para amplificarla. Los aspirantes a cantantes hacían ejercicios de vocalización y otras futilidades y garambainas por el estilo, cuando con un buen micrófono hay suficiente aunque tengáis voz de sapo o de rana.

—Ya veis, –completa el «Delegado»– que no hablo de los asuntos de la música como un ignorante. He pasado una larga temporada en el Conservatorio de París. Pero todo lo que aprendí no me ha servido de nada. Hasta hoy, que hablo con el habitante de un viejo país arraigado a las tradiciones, no había tenido que estrujarme la memoria para encontrar aquellos términos olvidados y, aquí, perfectamente inútiles.

—¿No estás convencido? —me pide en un tono amablemente compasivo el «Delegado».

—No lo sé, no lo sé...

—La gente ha aprendido a vivir, amigo mío. Antes (eso lo descubrí en Francia) un violinista, un chelista, un pianista o un cantante, pasaba (quizás todavía los pasa) diez o doce años de su vida estudiando. Y a costa de dinero o privaciones, de constancia y de torturas, llegaba exactamente al mismo lugar donde nuestros jóvenes, los cuales no han dedicado ni tiempo, ni dinero, ni energías, ni voluntad.

—¿Y el público los escucha y los aplaude?

—¡Claro! El público se entusiasma, aplaude, grita con todas sus fuerzas... Las muchachas sufren crisis de histeria y el cantante tiene que salir del auditorio, escoltado por la policía, a menudo dentro de un coche blindado adornado de fusiles ametralladores.

—Confieso que un éxito semejante, en nuestro país no se produce mas que en ocasiones rarísimas y todavía a condición que el protagonista sea un futbolista o un «torero».

—Eso aquí es materia corriente y no te pienses que se trate de gente extraordinaria, sino de muchachos y muchachas que no han estudiado solfeo y tienen voz de regadora, lo que no les priva de ganar fortunas. Con la ventaja que ni un fracaso ni la decadencia constituye ninguna tragedia para ellos. Si la, digamos música, no les sale bien, se ponen a hacer otra cosa.

—¿Qué, por ejemplo?

—¡Qué sé yo! Relaciones Públicas, chóferes de taxi, agentes de ventas, viajantes de comercio.

—Y la letra —pregunto—, la letra de las canciones, ¿bien debe hacerla un poeta?

El delegado alza los hombros con visible menosprecio a los poetas.

—La letra se la inventan con frecuencia ellos mismos. Una de las canciones que ha conseguido más éxito últimamente es la que dice:

> Se nos ha fundido la bombilla
> de la electricidad
> adiós bombilla, bombilla

de la electricidad, electricidad, electricidad…

Me quedo medio abatido frente a la muestra de inspiración poética de los letra-heridos de «La Ciudad de los Jóvenes». Pero mi conciencia profesional me devuelve a la realidad. Pregunto:

—Y… dime, por favor. ¿Los jóvenes del país aspirantes a artistas, también se dejan crecer la cabellera y la barba, prueba evidente de la superioridad personal en el mundo del arte?

—¡Ah, no! Aquí nadie cultiva la estética «pilosa». Más bien lo contrario. La gran prueba de superioridad natural voluntaria consiste en depilarse todo tipo de lugares de la anatomía. Los más atrevidos y las más atrevidas (porque también hay mujeres que siguen esta moda) se afeitan el cráneo al zero. ¿No te has fijado?

—Sí, he visto alguno de estos cráneos pelados, pero me imaginaba que la mesura obedecía más bien a un caso de enfermedad.

Y después de una pausa incluyo:

—Ahora, si te parece, entremos en el círculo apasionado de las «Letras». Supongo que en «La Ciudad de los Jóvenes» cultiváis la literatura.

El gesto apático del «Delegado» me alarma. Declara lentamente y con un tono monótono.

—Generalmente, el público no lee.

—¡Que no lee! –exclamo.

—Contempla y escucha la «Tele», pero no lee libros.

—Alguien me ha dicho que en «La Ciudad de los Jóvenes» no hay librerías.

—Sí, hay alguna que conservamos a título de curiosidad folclórica.

—Entonces, ¿tampoco hay editores ni escritores profesionales?

—Hay «guionistas» de la «Tele» y de la «Radio».

—Y los del cine, naturalmente –comento.

—Aquí el «cine» ha sido destronado por la «televisión».

—¡Cómo! ¿No vais al cine?

—Los viejos de cuarenta y cincuenta años lo hacen en sus asilos, pero los jóvenes prefieren la «Tele». Tenemos «pantallas» domésticas casi tan grandes como las del Cine Público. Los nuevos aparatos proyectan imágenes de grandaria natural. Estas imágenes nos procuran la sensación de vivir en nuestra casa, sin más trabajo que darle a un botón, todos los dramas reales o imaginarios hablados y cantados del mundo: comedias, novelas, conciertos, acontecimientos, reportajes…

—Pero celebráis algún concurso literario, ¿no? Háblame de los concursos literarios. Es un tema social apasionador.

El «Delegado» alza los hombros, mueve la cabeza. Sonríe.

—En otros tiempos –explica–, y todo lo que ahora te diré yo no lo he vivido personalmente, lo he leído en las crónicas de los archivos oficiales de «La Ciudad»; los editores y algunas entidades culturales organizaban competiciones literarias, daban premios en metálico... Había disputas para ganarlos. La gente, y no digo «los escritores» porque la mayoría no lo eran, escribían novelas simplemente para embolsarse el dinero de los premios. La crónica oficial dice que seguramente si no hubiera habido premios, tampoco no habría habido escritores, lo que quiere decir que, según la opinión del cronista, los concursos no estimulaban la «inspiración literaria» sino la «ambición pecuniaria». «Los que la sienten de verdad, la inspiración, no necesitan ser estimulados por ninguna corriente exterior», sigue la crónica. «Escriben porque no saben no hacerlo». Y añade: «Había una tendencia muy loable a premiar preferentemente la juventud. Práctica hoy en desuso ya que los escritores que pasan de los cuarenta años han perdido el derecho a presentarse a concurso y a cualquier otro tipo de competición».

—Los concursos literarios de otros tiempos –continúa el Delegado–, cuando el público todavía leía e incluso se apasionaba por la literatura, procuraban grandes controversias y férreas críticas y discusiones. Pocos, salvo el que ganaba, claro, estaban de acuerdo con la decisión del jurado. Quizás, hasta cierto punto, no les faltaba razón. Algunos de estos jurados soportaban el peso de una dictadura secreta, una especie de «Ku-Klux-Klan» dentro de las letras del país. Y esta dictadura secreta daba nacimiento a otras dictaduras menores; pequeños «Ku-Klux-Klans» muy fastidiosos para los escritores que no querían «kukluxklanizarse». El líder de la organización secreta era un hombre siniestro. Se metía en todas partes, lo manipulaba todo. Distribuía los premios entre sus amigos, admiradores y discípulos. Parecía como si no se pudiera equivocar nunca. Le llamaban: «El Espíritu Santo de las Letras». De Letras entendía, según parece, pero su forma de ser suficiente y dictatorial, lo hacía impopular. De una manera u otra, públicamente o secretamente, este personaje manipulaba los miembros del jurado de los premios y estos (quiero decir: los premios) iban siempre a manos de sus protegidos o a manos de los protegidos de sus protegidos. Y cada día había más premios y cada día menos escritores; escritores de verdad, se entiende. La literatura, en general, pasaba una fuerte crisis. El público renunciaba a comprar las obras premiadas, «convencido» que el premio era imprescindiblemente una prueba infalible de mediocridad y fastidiamiento. Entonces estalló la primera revuelta literaria, precursora de la gran revolución general. Un grupo de jóvenes muy premiados, pero no tan a menudo como ellos habrían querido (pretendían ser premiados antes de escribir la obra que presentaban al concurso), empezaron a armar jaleo. Iniciaron una lucha a muerte contra la pureza del lenguaje, la sintaxis y la ortografía. Habían acordado «ir a la suya», prescindir de todas las reglas gramaticales existentes, crear un lenguaje nuevo, libre y anárquico, basado en la ley del «mínimo esfuerzo», inspirado en el sagrado resoplo de la pereza «Sólo los dioses» –pretendían los revolucionarios del lenguaje– «han renegado y triunfado bajo la inspiración de la pereza». El lenguaje y la sintaxis estaban en peligro. La ortografía, menos, porque unos mártires anónimos, en el secreto de unos escondrijos editoriales, corregían, corregían, corregían como máquinas, lo que los revolucionarios escribían, es decir, lo que les pasaba por la cabeza y tal como les pasaba. Pero poco tiempo después estallaba la revolución social en todo el país, la guerra de los Jóvenes contra los Viejos. Los Jóvenes la ganamos y «La Ciudad de los Jóvenes» fue fundada; la nueva sociedad, estructurada. Ahora mandamos los «Jóvenes». Los viejos de más de cuarenta años vegetan en sus confortables asilos, bien alimentados, bien tratados pero inactivos, inofensivos. Allí son libres de organizar Juegos Florales[97], conciertos de órgano e incluso concursos literarios si les pasa por la cabeza. La única cosa que no pueden hacer es intervenir en los acontecimientos públicos.

97   En el texto se refiere a Los juegos florales en Cataluña. Se trata de un certamen literario que premia composiciones poéticas. Se leen poemas durante la fiesta y se hace difusión. Los juegos florales en Cataluña y en Valencia tienen su origen en los premios de la «Académie des Jeux floraux en Toulouse» en Francia, en el año 1323. Entonces se llamaban «Juegos de la Gaya Ciencia» ('Alegre' Ciencia era el nombre dado a la poesía). A estas fiestas también concurrían trovadores y poetas de la Corona de Aragón. Tras varias tentativas, en 1393, por deseo del rey Juan I de Aragón, el «Consistorio de la Gaya Ciencia» se instauró en Barcelona y se mantuvo hasta finales del siglo XV bajo el mando de los monarcas aragoneses. En Barcelona se volvieron a instaurar el primer domingo de mayo de 1859 gracias a las iniciativas de Antoni Bofarull y de Víctor Balaguer, con el lema «Patria, Fides, Amor», en alusión a los tres premios ordinarios: la Flor Natural o premio de honor, que se otorgaba a la mejor poesía amorosa, la Englantina de oro a la mejor poesía patriótica y la Viola d'or i argent, al mejor poema religioso. Había también otros premios ordinarios. El ganador de tres premios ordinarios era investido con el título de «Mestre en Gai Saber».

—Y vosotros, ¿no organizáis también algún concurso literario?

—Sí, pero ahora son muy diferentes de los de la antigüedad. Hay premios pero no hay jurados. El Kukluxklanismo está muerto.

—¿Cómo? ¿No hay jurado? ¿Entonces, quién decide?

—La suerte. A cada novela, recopilación de cuentos o comedia presentadas les corresponde un número. En una bolsa, ponen tantas bolas numeradas como obras presentadas. Se hace venir a un chiquillo, si puede ser un débil mental, mejor. El muchacho pone la mano en la bolsa y delante de los concursantes y del numeroso público reunido, saca una de las bolas numeradas, el número de la cual corresponde a uno de los trabajos presentados. ¡Mira si es sencillo!

—¿Y los escritores están de acuerdo? –Pregunto.

—¡A ver! Por este procedimiento no puede haber trampa. Ya no hay «Espíritus Santos» ni «Santas Catarinas de Siena»[98], listillos y entrometidos que intervengan. Es la suerte, únicamente y estrictamente la suerte, que decide. Los «no premiados» quedan, ¡está claro!, decepcionados, pero no protestan porque saben que no ha habido ningún tipo de favoritismo ni injusticia. La novela o la comedia se proyecta en la «Tele» y todos, adinerados o no, la pueden seguir. En «La ciudad de los Jóvenes» apenas existen diferencias sociales. No hay eso que vosotros llamáis «ricos» y «pobres». «Tele», «Radio», teléfono, cuarto de baño, electrodomésticos, los tiene todo el mundo.

—Perdona que abuse de tu tiempo –digo.

—Disponga –dice amablemente el «Delegado».

—Todavía unas preguntas sobre los dibujantes, pintores, y escultores de «La Ciudad». ¿Organizáis exposiciones?

—Naturalmente. Puedes ver algunas si tienes ganas y tiempo libre. Nuestros artistas se distinguen por la independencia de su escuela. Más bien dicho, por la ausencia absoluta de cualquier escuela.

—¿Abstractos? –pregunto.

—No en el sentido que se ha dado a esta palabra aplicándola erróneamente a una tendencia o a una fórmula renovadora del arte pictórico.

—¿Inconformistas? ¿Anárquicos?

---

98 Ambas expresiones coloquiales en catalán se utilizan popularmente para indicar el poder de un/a persona para influenciar a los demás. En la obra Bertrana utiliza «Los Espíritus Santos» y «Santas Catarinas» para hacer referencia a los miembros del jurado mencionados anteriormente en el texto que ejercían su influencia para manipular los resultados de los concursos literarios.

—Inconformistas y, por lo tanto, anárquicos, sí.

—¿No hay ninguno de figurativo?

—El último que hubo murió del disgusto de haber expuesto sus telas, y eso que sólo pintaba monstruos. El día de la inauguración irrumpió una manifestación. Hubo mucho ruido.

—¿Le silbaron?

—¡Oh, no! Aquí silbar equivale a aprobar, celebrar y animar. Pataleaban, rompían sillas, gritaban: «¡Fuera!» «¡Fuera!» «¡Fuera los «figurativos», los «burgueses del arte», los «academicistas»!».

—¿Se suicidó?

—No superó el fracaso. Murió de melancolía.

—Y... –pregunto con voz atemorizada–. ¿Tampoco tenéis Academias de Bellas Artes?

Se ríe.

—No asistiría nadie. Hace tiempo que los artistas han descubierto la absoluta inutilidad de un aprendizaje. Proporciones, perspectivas, delineación, trazado, ordenamiento y difuminación de objetos y figuras son considerados como música celestial. Para pintar un ojo en el medio de la frente, un hombre con tres o cuatro brazos, una máquina con alas o un ángel motorizado no hace falta ir a una academia. Además, si ya nadie dibuja ni pinta pájaros, ni árboles, ni casas, ni barcos, ni hombres, ni mujeres, ni bestias, sería ridículo querer aprender lo que no pensáis ni queréis reproducir nunca. La pintura que ha tenido más éxito últimamente es un cuadro de tres metros por dos de grandaria. Tenía por título «La nada». El autor había comprado algunas botellas de tinta china y las había esparcido por encima de la tela. El día de la inauguración había empujones para contemplarla y los entendidos (tenían que ser muy entendidos en el tema, ¡naturalmente!) descubrieron toda una serie de figuras simbólicas relacionadas con la mentira, la injusticia, la calumnia, la enfermedad, la fatalidad, la muerte y la «nada».

Después de esta entrevista tuve que permanecer un par de días en cama. Me hacía falta recuperar fuerzas físicas y morales para enfrentarme con el Delegado de Higiene Sexual y el de Orientación Profesional.

VI. Tienda de Órganos Humanos Artificiales

Pare distraerme de la tarea agotadora de entrevistar a delegados, he aceptado la invitación de la «Relaciones Públicas» del hotel. Quiere acompañarme a visitar una tienda donde se venden órganos humanos artificiales al por menor. Yo no me fío de esta especie de comercio, temo que sea una «bola» propagandística estilo americano, destinada a atrapar a forasteros ingenuos. Pero la muchacha ha insistido asegurándome que vale la pena. Sobre todo para un periodista. Que yo sea periodista, dicho sea de paso, le hace quien sabe la gracia. En «La Ciudad de los Jóvenes» no los hay y la «Relaciones Públicas» se extraña que en «La Ciudad de los Viejos» publiquemos periódicos y revistas. Ellos ya hace tiempo, desde la célebre revolución que fundó el nuevo Estado de los «Jóvenes», todo tipo de publicaciones han quedado suprimidas.

La «Tele» y la «Radio» les informan de todo lo que pasa por el mundo, de Levante a Ponente, de Norte a Sur y más allá de nuestro planeta.

La «Relaciones Públicas» me ha dejado de una pieza al comentarme el precio de las alubias en «Venus» donde los soviéticos han fundado una colonia para lunáticos.

Pero volvamos a nuestro tema: la tienda de órganos humanos artificiales donde la amable muchacha me acompaña. Nos recibe una dependienta con blusa blanca. La Relaciones Públicas le explica que no queremos comparar nada, únicamente examinar aquella cantidad de corazones, estómagos, matrices, vejigas y hasta cerebros, que se exhiben en las vitrinas.

El espectáculo, al menos para mí, resulta espeluznante.

La «Relaciones Públicas» pide al ortopedista que quiera favorecer mi labor informativa con algunas explicaciones.

—Lo haré con mucho gusto –responde amablemente la muchacha de la blusa blanca.

Se gira hacia mí.

—Mira, por favor.

Corre la puerta de cristal de uno de los escaparates y, con un gesto ligero y elegante, coge un corazón y me lo muestra.

—No es propiamente de plástico –dice–, es de una materia más noble, más elástica y porosa, aunque muy resistente. Se llama «plastinina». ¡Toca!

Alargo la mano abierta. La ortopedista me deposita el corazón. Es ligerísimo. Pero todo yo me estremizo. El brazo derecho me tiembla. Devuelvo el corazón a la dependienta.

Se ríe.

—Parece que tener un corazón en la mano, aunque sea artificial, ¡te conmueve! ¡Eres un romántico!

—Más que conmoverme, me estremiza. Quizás sí que soy un romántico, como tu dices, pero más que romántico lo que soy es un individuo sensible, un tierno. La idea de que uno destina este objeto a substituir a un corazón de verdad, a recibir y a expulsar la sangre de un ser humano, a palpitar y, finalmente, a retardar, a pararse, a provocar la fatal e inmediata muerte a quien sirve de motor, me impresiona profundamente.

Dejamos el corazón y pasamos a los riñones. La ortopedista coge unos dedos ligeros y hábiles.

—No es de la misma materia que el corazón. No creo que esta diferencia te interese directamente ya que no se trata de adquirir sino simplemente de satisfacer tu curiosidad profesional.

—¡Evidentemente! No es necesario que te esfuerces a describirme la composición de la materia básica del objeto sino el funcionamiento. Lo que me interesa es conocer hasta qué punto resultan útiles a la humanidad estos órganos artificiales. ¿Son capaces de substituir los verdaderos, es decir, aquellos que constituyen una pieza importante en el maravilloso conjunto de la maquinaria humana, tan perfecta y equilibrada mientras todo funciona bien y tan desequilibrada y lamentable cuando una de estas piezas se deteriora?

—Hoy en día uno puede casi asegurar que estas importantísimas piezas artificiales del cuerpo humano funcionan a la perfección casi tan bien como las auténticas o mejor, si las auténticas están más o menos taradas.

—Nosotros –digo–, en nuestra antigua «Ciudad de los Viejos» también tenemos cirujanos que trasplantan algún corazón y algún riñón, pero el éxito, sobre todo cuando se trata del corazón, es muy poco probable. La operación sale bien pero el enfermo se suele morir al cabo de poco tiempo, a veces, a las pocas horas de haber estado intervenido.

—Vuestro comercio de órganos humanos artificiales –continúo– me ha interesado mucho. Aún podría decir que me ha impresionado. En nuestro país no existe nada comparable si no es la venta al detalle de fajas ortopédicas, bragueros, medias de caucho, aparatos auditivos, termómetros... Órganos humanos artificiales no los he visto nunca a la disposición del público. Y ahora, dime, por favor, ¿se venden bastante estos aparatos?

—Menos que pañuelos de bolsillo y paquetes de algodón hidrófilo, pero sí, se venden.

—¿Y la gente se presenta y pide: «Querría un estómago o una vejiga artificial»?

—Perdón. No dicen: «querría un estómago artificial», dicen: «querría un estómago».

—Bien. Supongamos que pidan un corazón, un riñón, una matriz. ¿Les aconsejáis, les guiáis?

—Naturalmente. Incluso indicamos al cliente el cirujano especializado en la colocación del órgano que adquiere. El cliente entra en una clínica, le quitan el órgano y le colocan el nuevo.

—Así tan simplemente: «le colocan», dices, como si se tratara de una peluca o de una dentadura postiza.

—¡Exacto!

—Pero reemplazar un órgano resulta un poco más complicado que reemplazar una cabellera o unos dientes. Es más difícil, más peligroso, más dispendioso.

—Yo no he dicho que resulte fácil ni barato. Pero se practica corrientemente. Hay cirujanos especializados. No hacen nada más que reemplazar órganos.

—¿Y salen bien?

—Generalmente, tienen éxito. Se puede presentar una complicación inesperada, claro, pero las probabilidades de fracaso son mínimas. La trasplantación de órganos se hace corrientemente con éxito. Uno o dos casos de trasplantación fallida, es decir, con consecuencias posteriores de defunción del operado, equivaldría al final de la carrera del cirujano.

—En «La Ciudad de los Viejos» –comento–, cuando un cirujano

célebre fracasa en una intervención quirúrgica nadie habla de ello. Igual que con otros asuntos más o menos fracasados. Nosotros solo hablamos de los éxitos. Los fracasos, uno no los comenta nunca públicamente, sólo cuando pasan en «Las Ciudades» vecinas. Entonces no solamente los divulgamos sino que los exageramos. De manera que al leer «nuestros» periódicos el lector tenga la sensación que las cosas malas pasan solamente en casa de los otros. En nuestra casa no pasa nunca nada que no sea bueno. ¡Todo va bien!

—Así, pues –dice la ortopedista con una sonrisa compasiva–, en «La Ciudad de los Viejos», ¿todavía salen periódicos?

—¡Claro! ¿Y aquí no?

—¿Has visto alguno por casualidad?

—Confieso que desde que estoy en «La Ciudad de los Jóvenes», no me he acordado ni que en el mundo existieran.

—A nosotros nos pasa lo mismo. Estamos al corriente de todo lo que pasa por el mundo, pero nadie lee. Todas las noticias del universo, contando las de los dos o tres planetas en vía de desarrollo, nos son transmitidas por la «Tele». No existe nada en el mundo, desengáñate, que la «Tele» no lo pueda servir a domicilio. Noticias, música, obras de teatro, agradables o terroríficas, ciencia, emoción... Lo único que todavía falla es el «teleperfume» o el «telehedor». Todavía no podemos oler el perfume de una rosa a tres o cuatro mil quilómetros de distancia, ni el hedor de las aguas del Ganges o de cualquier «canaletto» veneciano. Pero ya hay especialistas que lo estudian. Se dice que no tardaremos a gozar del «teleolor». Percibiremos el olor fuerte de los ajos provenzales mezclado con la inspirada palabra de un poeta tarasconés[99], y la suavísima frangancia de los cabellos de Elizabeth Taylor o de cualquier «Miss Europa», postureando o carantoñeando delante del objetivo en el otro lado del hemisferio.

La visita a la tienda de órganos humanos artificiales ha sido interesantísima. A cada experiencia nueva que tengo en «La Ciudad de los Jóvenes» comprendo el enorme atraso de «La Ciudad de los Viejos» donde hay ciudadanos que no tienen televisor, leen periódicos, y algunos, los más viejos de los viejos, claro está, todavía leen libros.

---

99   En el texto original Bertrana escribe «tarasconès». En esta versión se ha adaptado dicho gentilicio a lo que podría ser una traducción al español, aunque no se ha encontrado la traducción de esta palabra al español. Tan solo se ha encontrado el término en francés «tarasconnais» el cual se refiere a los habitantes del Tarascon d'Arièja, en los Pirineos franceses junto a la orilla del río Ariège.

VII. Delegado de Instrucción Pública y Educación Nacional

He dedicado uno de estos días a visitar al Delegado de Instrucción Pública, el cual me ha recibido con la misma cordialidad que todos los otros.

Naturalmente, voy de sorpresa en sorpresa, de descubrimiento sensacional en descubrimiento sensacional.

Las ideas sobre la educación de los hijos es para mí un auténtico caso de extrañeza. A ratos me parece razonable y equilibrada, a otros ratos me causa un sentimiento de revuelta. Escucho palabras que no parecen salir de un cerebro normal sino del de un pobre desequilibrado e incluso de un hombre tarado, especie de perverso y diabólico destructor de las raíces más básicas y antiguas de la moral, no solamente de la moral cristiana, que es la nuestra, la de «La Ciudad de los Viejos», sino la del mundo entero cuando este mundo tiene la pretensión de decirse civilizado.

He venido de tierras lejanas para hacer una encuesta y he de explicar con pelos y señales, tanto si me duele como si me complace, lo que he visto y escuchado en «La Ciudad de los Jóvenes».

Empezaré por la impresión que me ha causado el despacho del «Delegado» donde no veo ni un solo libro, ni una sola revista pedagógica, ningún opúsculo, folleto o prospecto. En pocas palabras: nada impreso ni copiado a máquina, ni manuscrito.

La mesa del despacho del Delegado, se ve cubierta por toda una serie de teléfonos y aparatos, el uso de los cuales me es desconocido. Me parece adivinar que se ven algunos micro-televisores, magnetófonos y otros accesorios destinados a ver y a escuchar a distancia; quien sabe si lo que pasa en las aulas universitarias donde los alumnos estudian.

El Delegado me explica que sin moverse del despacho puede inspeccionar todos los centros docentes de «La Ciudad de los Jóvenes» donde las lecciones no las dan profesores sino aparatos de radio y televisión.

Pregunto si los catedráticos se reúnen en un lugar especial, como en una Universidad Central, desde donde, por medio de transmisiones radiadas o televisadas, los alumnos reciben la enseñanza.

—Casi nunca –explica el «Delegado»–. Generalmente, las lecciones están impresas en discos o cintas magnetofónicas. Uno los hace funcionar des de una estación emisora consagrada únicamente a los centros docentes.

—¿Y los alumnos aprenden? –pregunto.

—Claro que aprenden –dice el «Delegado», muy extrañado de la pregunta–. Si no quisieran aprender no irían.

—¿Toman notas?

—Sí, escuchan, toman notas. Después estudian en casa y al cabo de unos meses pasan un examen.

—¿Los examina un catedrático?

—Los examina un tribunal compuesto de cerebros electrónicos.

—Pero, –exclamo alarmado– un cerebro electrónico es susceptible de una falla.

—También lo es el cerebro humano. Además, los cerebros electrónicos examinadores, son cuatro o cinco. Todos a la misma vez no pueden fallar. Vuestros examinadores de carne y hueso tienen a menudo unas fallidas tremendas. Cogen manía a un alumno y no le aprueban, no por falta de conocimientos teóricos del examinado sino por antipatía personal, por diferencia de ideas políticas, o por simple y puro deseo de hace la zancadilla. Porque el cerebro y el sistema nervioso de un hombre (uno no se sabe por qué motivos) a veces funciona normalmente y otras anormalmente. Y cuando el funcionamiento anormal ocurre durante un examen, el pobre alumno, por sabio que sea, por bien preparado que esté, sale del examen con una mala nota.

—Este tribunal electrónico tan perfecto, ¿los examina a menudo a los alumnos?

—Tres veces al año, hasta el final de la carrera.

—Y el título de abogado, médico o ingeniero, ¿también lo concede el tribunal de cerebros electrónicos?

—¡Naturalmente!

El Delegado añade con una sonrisa compasiva:

—No pareces convencido.

—Perdona. Mi pobre cerebro «no» mecánico, sino simplemente humano, encuentra ciertas dificultades a comprender, incluso a imaginar, todo este enorme asunto de la Instrucción Pública conducido por sabios y perfectos ingenios, acoplados, coordinados y funcionando con la suficiente perfección para instruir a todo un pueblo y ponerlo en condiciones teóricas de gobernar culturalmente y prácticamente una nación.

—Trata de comprenderlo y tendrás una idea de mi trabajo.

—¡Oh!, ¡tu trabajo me parece como muy superior al de una inteligencia corriente! ¿Y no dispones de ayudantes?

—Sí, cuento con la ayuda de un secretario general capaz de substituirme en el momento que haga falta. Por otro lado, yo ya tengo más de treinta y cinco años. Me quedan pocos de vida activa. Uno piensa ya en aquel que tomará mi puesto al llegar yo a los cuarenta años. Hay dos o tres perfectamente capaces de hacerlo. De momento me secundan.

—Querría saber –insisto–, y perdona si me hago un poco pesado, si el resultado pedagógico de vuestro sistema y la manera como lo lleváis a cabo os satisface plenamente.

—Nos satisface bastante, pero también vemos algún defecto de detalle a modificar. En todo caso, pero, no se trata de substituir los ingenios emisores y receptores ni los cerebros electrónicos por hombres. Los alumnos aprenden más y mejor en las aulas donde el elemento humano ha estado reemplazado por la «Tele» o la «Radio».

El Delegado me mira con una cierta ironía. Sonríe.

—Pienso –le explico– que en física, en química y en cirugía no os podéis fiar del todo de la pantalla y del magnetófono; es necesario que los alumnos lo practiquen con sus propias manos.

—Efectivamente. La época de prácticas físicas, químicas y, sobre todo, la de intervenciones quirúrgicas representan la etapa final de la carrera y te diré que en los hospitales, los futuros doctores en medicina pasan una larga estancia. En todo momento vigilados por los titulares[100].

—Vuestro sistema de Universidades –comento– me hace pensar en los conflictos de estudiantes, tan corrientes en nuestra época. Sin haber catedráticos debe haber menos conflictos.

—Efectivamente, la ausencia de maestros de carne y hueso y la ausencia absoluta de policías armados evita muchas disputas. Los estudiantes de todo el mundo consideran al maestro y al policía como un adversario latente y endémico. El hombre tiene el instinto de la pelea.

---

100   Titulares, se refiere a los profesores con el título necesario para ejercer la profesión.

A la civilización más perfecta, más refinada, no le falta este instinto ancestral. De la antigüedad hasta nuestros días, los hombres han gue-rreado entre ellos y para hacerlo siempre han encontrado un motivo u otro. Si sólo recibieran aquellos que sienten necesidad de pelea uno no se tendría que oponer. El mal es que a menudo involucran, por las buenas o por las malas, a aquellos que aman sinceramente la paz, a quien le dan una arma para que mate si no quiere que le maten a él.

—Pero en «La Ciudad de los Jóvenes» –comento– no tenéis guerras ni revoluciones, incluso los estudiantes son pacíficos.

—No lo creas. Al suprimir a los catedráticos y a la policía armada dimos un gran paso, pero no podemos evitar que de vez en cuando los universitarios armen jaleo. El motivo suele ser una discusión de prin-cipios entre los más y los menos avanzados. Se pelean ellos contra ellos.

—¿Con armas?

El Delegado se echa a reír.

—En todo el país no encontrarás ni una sola arma. Se tienen que pelear con los puños o a golpes de libros.

—¿No hay armas? –pregunto tan sorprendido que la pregunta me sale trémula y ronca–. ¿No hay armas en todo el país? ¿Y, entonces, el ejército?

—No hay ejército en «La Ciudad de los Jóvenes». ¿Lo ignorabas?

—Admito que no haya un ejército regular, ¿pero bien debéis tener una milicia nacional como en Suiza? Y en Suiza cada ciudadano tiene el armamento y el uniforme en casa a punto para lanzarse a la calle si la seguridad de la nación lo exige.

—Aquí tampoco tenemos milicia y, por consiguiente, tampoco ar-mamento.

—¿Pero nadie tiene? ¿Ni la policía?

—Ya te he dicho que no hay policía. Hay guardias urbanos y de tráfico, objeto de lujo, ya que la circulación pedestre y rodada sigue las reglas sin la intervención de los guardias. Con todo, estos funcionarios son útiles a los extranjeros, les orientan y les guían a través de «La Ciudad». Además, constituyen una nota simpática. Casi todos son mu-jeres; amables, cordiales, siempre disponibles a servir al público.

—Si son mujeres u hombres yo no lo sé distinguir.

El Delegado se ríe, pero yo sigo.

—Gracias a esta manía que tiene la juventud de aparentar un sexo único, vestirse, calzarse, peinarse, caminar, y gesticular uniformemente; yo no sé nunca si estoy frente a una moza o un mozo, pero, si me lo permites, insistiré sobre la cuestión del armamento. No me harás creer que en algún lugar del país no hay un depósito de armas y municiones, cañones, ametralladoras, fusiles, bombas de mano y de avión..., todo lo que hace falta para defender el territorio de una posible invasión extranjera.

Inesperadamente el Delegado confiesa.

—También podría ser. En todo caso yo no tengo el más mínimo indicio.

—¿Entonces quién?, ¿quién te parece que puede tener algún indicio respecto al Armamento Nacional?

—Quizás un «Delegado de Espionaje» o de «Contraespionaje».

Se ríe expansivamente.

—No olvides que mi «Delegación» es la de Instrucción y Educación públicas.

—Perdona. Todavía no me has dado ningún detalle sobre la Educación. ¡Y tanto que me interesa!

—Nadie lo diría viéndote tan entusiasmado hablando de armamento.

Hago ver que no me doy cuenta de la indirecta.

—Me gustaría mucho saber si en vuestras escuelas se preocupan de educar a los niños.

El Delegado alza los hombros.

—Me parece que más bien son los padres quienes educan a los hijos en colaboración, claro está, con los maestros de escuela. Pero no olvides que únicamente en educación infantil se mantiene un contacto directo con maestros de carne y huesos. La enseñanza secundaria ya la hacemos a base de televisores y de magnetófonos. Lo que quiere decir que la criatura tiene poca relación personal con el maestro y éste no puede ejercer una larga y constante influencia encima suyo. Los padres, sí. Los padres educan a los hijos hasta los diez o doce años. No olvides tampoco que aquí la mayoría de edad es a los quince años tanto para los chicos como para las chicas.

—No puedo comprender –replico– que consideréis a un individuo, macho o hembra, mayor de edad a los quince años.

Sonríe.

—Lo que moralmente y socialmente no ha aprendido a los quince años es difícil que lo aprenda más tarde. Una muchacha o un muchacho mal educado o ineducado después de esta edad ya no tiene arreglo. Podrás instruirlo, eso sí, pero no educarlo.

—En «La Ciudad de los Viejos» –suspiro– poca, poquísima gente se preocupa de la educación moral y social de las criaturas. Suben a empujones a los autobuses y a los vagones de «metro», se sientan los primeros, no se levantan nunca para dejar el lugar a una persona mayor. Y la madre o la abuela que les acompaña, no solamente no les regaña sino que les motiva a obrar así. Los pequeños saltan, gritan, se pelean en cualquier reunión de familia y los padres se lo toleran. Balcones y ventanas son consideradas, y esto no solamente los pequeños sino los grandes, como un conducto más directo para lanzar aquello que les molesta o que menosprecian, como si las aberturas hubieran estado creadas, no para recibir el aire y la luz, sino para tirar la basura. Una mujer con una o dos criaturas constituye una plaga, si das con ellos en un vagón de ferrocarril o en un autocar durante una excursión. Las criaturas comen, beben, hacen «pipí», agarran berrinches en medio del más grande respeto de los adultos, los cuales tratándose de un mocoso lo encuentran todo perfectamente tolerable, incluso entretenido. Una madre con uno o dos bribones tiene el derecho de fastidiar a todos los pasajeros de un autocar o de un vagón de tren y también de un establecimiento público, sobre todo los sábados y domingos por la tarde. Los pequeños suben y bajan por las sillas, las arrastran. Van de una mesa a la otra. La madre o la abuela les grita, ellos no hacen caso; la madre o la abuela se pone de pie, corre, los estira de la mano regañándolos. Los briones protestan, lloran… Las conversaciones de los clientes quedan interrumpidas. Y todo el mundo lo aguanta, porque las criaturas son sagradas en nuestro país.

—Lo que me dices es propio de todos los pueblos primitivos –observa el «Delegado»–. En las «Fiji» y en las «Samoa», donde hice un viaje de investigación, pasa exactamente lo mismo que en tu país. El chiquillo es el ídolo, sea quien sea y venga de donde venga. No por respeto a la personalidad infantil, ya que el respeto se puede combinar con la educación, sino por una especie de superstición idólatra. El chiquillo es «intocable». Es necesario dejarlo obrar libremente como quiera y los adultos se tienen que someter.

—Exactamente –reconozco–, así es en «La Ciudad de los Viejos». ¿Y en «La Ciudad de los Jóvenes»?

—En «La Ciudad de los Jóvenes», las criaturas «no circulan».

Viejos y niños viven a parte. Allí donde hay gente mayor no verás nunca gente menuda. Hay jardines para criaturas, parques, hoteles de veraneo, lugares de recreo, de recuperación, exclusivamente para ellos. No les falta ningún elemento necesario a la salud, a la alegría, al desarrollo cultural. Lo pueden hacer todo menos dar la lata a los adultos. Esta medida, aunque no directamente educativa, contribuye a la educación social. Ellos, los niños, poco a poco, se dan cuenta que estorban, que las expansiones infantiles tienen un límite y unos lugares determinados para expansionarse. En cuanto a la educación moral, la base es el respeto mutuo. Saben que somos un país libre pero no ignoran que la base de esta libertad es respetar la libertad de los demás. Tirar los desperdicios y los tallos de col por la ventana o por la galería, como dices que hace mucha gente en «La Ciudad de los Viejos» representa una falta absoluta de educación cívica y moral. El espacio donde cae aquello que les molesta pertenece, al menos temporalmente o casualmente, a otro ciudadano, el cual ve su derecho y su libertad contravenidos por un vecino irrespetuoso y mal educado.

—Lo mismo puedo decirte –continua el «Delegado»– de lo que me has contado sobre los empujones, los golpes de rodillas y de codos de los chiquillos en entrar a los autómnibus o en el vagón del «metro» sin respetar la tanda y tomando por asalto los asientos libres mientras las personas de edad se quedan de pie. En «La Ciudad de los Jóvenes», como ya te he dicho, el hecho no es materialmente posible porque las criaturas no circulan por el mundo de los adultos. Vuestro caso, tal y como tu lo reconoces, es una prueba evidente de incultura ciudadana, es decir, falta de educación cívica.

—La educación cívica –reconozco tristemente– no existe en «La Ciudad de los Viejos», donde, por otro lado, uno da a menudo con ciudadanos llenos de buena voluntad y de sentimientos generosos. Los sentimientos, buenos y malos –continúo–, sirven de motor a casi todas las acciones ciudadanas y particulares, en nuestro país.

—Es también lo que ocurre en todos los pueblos primitivos –comenta el «Delegado»–. Con los mismos convicción y deleite, practican la abnegación y el canibalismo.

Después de una breve pausa en el diálogo, pregunto.

—Siguiendo vuestras normas educativas, dime si sois partidarios de no esconder ninguna de las verdades básicas de la vida a vuestras criaturas.

—¿Qué entiendes por «verdades básicas de la vida»?

—¿A qué edad creéis oportuno descubrirles el origen de la existencia humana?

—Lo más pronto posible –me responde sin vacilar–. A la primera pregunta del niño atraído por el misterio de la procreación. Nosotros no creemos en la inocencia, no la fomentamos precisamente porque no la creemos. Los niños, con rarísimas excepciones a parte, descubren pronto el mecanismo del origen de la vida, ya sea porque han observado a las bestias o porque un compañero más enterado les pone al corriente. En algunos casos, por una ley de pudor instintivo, el niño disimula delante de los padres, y los padres, a veces también por pudor o por negligencia, pero generalmente porque creen que la inocencia equivale a una cualidad moral (y no digo que no lo fuera si uno la pudiera conservar toda la vida), no se preocupan como hace falta y cuando hace falta, de poner a los niños al corriente de este hecho trascendente.

—Una explicación de este tipo no resulta fácil –comento.

—Acepto que no lo es –dice el «Delegado»–. Pero por difícil, e incluso penosa que resulte, es necesario estudiarla antes de darla y darla cuando el niño empieza a sospechar la verdad. Son los padres quienes deben aclarar el hecho antes que no lo hagan los compañeros o un extraño. Y esta explicación debe ir acompañada de una gran simplicidad y naturalidad, no medio encubierta, imperfecta y vergonzante como si se tratara de un deshonor o de una tara congénita.

—Nosotros en «La Ciudad de los Jóvenes», tratamos las cuestiones sexuales sin misterio, francamente, abiertamente, con toda claridad y con las palabras justas o apropiadas. El deseo sexual (no empleo la palabra «amor» porque expresa un sentimiento mucho más elevado y noble que el simple deseo) es considerado para nosotros como el impulso más normal, respetable, o, si quieres, más trascendente del mundo, pues la existencia de la humanidad depende de él. De este deseo sexual que vosotros, en «La Ciudad de los Viejos», consideráis como un entretenimiento vergonzoso, como una indecencia si no va acompañado del permiso de la Iglesia y del Estado y todavía a condición de procrear, lo tenemos por un acto simple y natural. Para vosotros, la moral única del acto sexual consiste en «fabricar criaturas». Cuantas más fabricáis mejor, porque así lo manda la Santa Iglesia.

En la Ciudad de los Jóvenes, reina una libertad sexual absoluta. Forni-

camos con la misma naturalidad que ejecutamos las otras necesidades corporales.

—Nosotros también –suelto yo–, pero le ponemos ciertas formas.

—¡Hipocresía! –exclama el «Delegado», y añade.

—Perdona mi franqueza.

Sigue:

—Vosotros, gracias a vuestra vieja moral clerical consideráis el acoplamiento sexual fuera del matrimonio como una falta. Nosotros, no. Vosotros queréis satisfacer el deseo sexual dentro o fuera de la legalidad a condición de cubrir las apariencias. Os esmeráis a legalizar o a disimular vuestra concupiscencia carnal o bien adquiriendo el derecho de practicarla con el permiso y beneplácito de la sociedad inmoral pero moralista, indiferente pero devota, o fornicáis a escondidas. Queréis dirigir y controlar el deseo sexual justificándolo por el hecho de la obligación de procrear que es una idea falsa de este apetito porque, en substancia, la procreación tiene que ser considerada como «una consecuencia» fatal del hecho y no «el objeto» del hecho. Esta, digamos, ética del apetito carnal inventada por la Iglesia Romana, nosotros no la seguimos ni la modificamos. Simplemente: «la ignoramos». El deseo existe, a veces moderado y controlable, a veces impetuoso y difícil de dominar según el individuo y las circunstancias. Es una fuerza humana poderosa. No nos avergonzamos. Nos aparejamos legalmente o fornicamos alegremente. Y digo «fornicar» por emplear vuestro lenguaje, es decir el de los clericales porque en nuestro vocabulario el verbo fornicar no existe. Vuestros moralistas predican la pureza y la castidad mientras por otro lado empujan a los jóvenes al matrimonio sin prever las desavenencias y los dramas que los amenazan. Y una vez casados (cuantos más mejor y cuando más pronto mejor) todo es pedir «si esperan una criatura». El caso es que nazcan muchas criaturas, que el mundo se llene de criaturas, que la tierra se vuelva estrecha para contener la gran población que la habita. En cuanto a pensar si estas criaturas pasarán hambre, si tendrán frío, si vivirán en lugares confortables o en barracas o cuevas, si serán asistidos sanitariamente, culturalmente, ¿quién piensa? La fornicación es un pecado, la juventud tiene apetito carnal. Entonces, casémoslos. Después que se reproduzcan en serie. La Iglesia los bendecirá, el Estado los felicitará. Quién sabe si incluso les hará la caridad de algunos doblones o una libreta en la Caja de Ahorros[101].

---

101   En este fragmento censurado, el término «doblones» se refiere a dinero. El *doblón* fue la moneda utilizada en España entre 1497 y mediados del siglo XIX. Los doblones eran de oro y tuvieron diferente valor según las épocas.

—Todo esto que me dices es suficientemente terrible como para hacer que la cabeza me de vueltas.

—¿Terrible? –se ríe–. Tu encuesta tendría muy poco valor si yo y los otros delegados tratásemos de engañarte.

Me da unos golpecitos a la espalda.

—Tú escribe, aconseja y después continua practicando la vieja moral de tu viejo pueblo. Ríete de nosotros y de los indígenas de las islas Fiji.

VIII. Delegado de Orientación Profesional

Visito al Delegado de Orientación Profesional, en su Gabinete Psicométrico instalado en un elegante edificio consagrado exclusivamente a esta actividad.

El Delegado me recibe amablemente. Le explico el motivo de mi visita.

—Sí –dice–, ya me han prevenido que vendría un reportero extranjero procedente de tierras lejanas, interesado por nuestra moderna constitución y nuestro sistema de vida, ético y estético.

—Amigo Delegado –objeto–, la amabilidad, la sencillez y la franqueza de los habitantes de vuestra nación, casi me avergüenza. Yo quisiera corresponder a esta amabilidad y franqueza, que tanto agradezco, con una admiración incondicional hacia vosotros. Pero no la puedo sentir y no la quiero fingir. Vosotros estáis muy por encima, o muy por debajo, de nuestro viejo sistema de cumplidos y halagos. Prefiero corresponder con la misma lealtad y la misma franqueza.

—Efectivamente –dice el Delegado–, los halagos y cumplidos no nos causan ningún efecto. Yo aprecio tu sinceridad y con la misma contestaré a tus preguntas.

—Supongo –digo– que hasta el último día, quien sabe si hasta la última hora o el último minuto de mi estancia en «La Ciudad de los Jóvenes», experimentaré la misma sorpresa que ya experimenté desde la primera observación a las dos muchachas aduaneras y poco después a la no menos sorprendente visión de los hombres voladores que iban y venían por el espacio aéreo de vuestro singular país.

—Antes de empezar tu encuesta –me invita el Delgado– da una vueltecilla por mi gabinete. Examina los objetos que lo pueblan y deja correr tu imaginación como lo hacen los que se examinan.

El gabinete del Delegado de Orientación Profesional, presenta un aspecto inusitado. A primera vista os hace pensar en un vasto trastero ocupado por una serie de utensilios inútiles, heterogéneos, contradictorios y desorientadores.

A la segunda y a la tercera ojeada (probablemente a través de una serie de ojeadas consecutivas) vuestra desorientación aumenta.

Encima de una gran mesa, entre un peine usado y una lámpara de petróleo, hay un frutero lleno de fruta fresca y olorosa.

Más allá se ve un lecho cubierto de aterciopelados cojines y todavía más allá una cómoda donde se destaca un despertador, un par de zapatos, un termómetro y un barómetro, objetos de tocador, instrumentos de cirugía, una dentadura postiza...

En los muebles auxiliares y en diferentes estanterías, se pueden contemplar pelucas, juegos de cartas, monedas de plata y de cobre de diferentes países.

En un ángulo, observáis instrumentos de música antiguos: un clavicémbalo, una viola de gamba, una lira y su plectro.

Sobre una mesita de noche hay un taxímetro, un misal, un reloj de pulsera..., unos guantes de dama...

En otro lugar, toda una serie de herramientas destinadas a la agricultura: un rastrillo, una azada i también una hacha.

En observar esta caótica mezcla de objetos, uno no puede más que comparar el gabinete psiquiátrico con un almacén de artilugios teatrales destinados a abastecer de accesorios a un director de escena.

En fin, ¿por qué seguir? El Delegado me acompaña como un buen guía de museo. Se detiene conmigo delante de cada curiosidad nueva, pero no dice nada y yo tampoco.

Para tratar de comprender el sutilísimo mecanismo de este cerebro privilegiado, descubriendo el alma de los individuos a través de las reacciones personales producidas por la visión de aquellos objetos tan variados y contradictorios, mi ser hace un gran e inútil esfuerzo. Toda mi esperanza se basa en las explicaciones que confío que me dará el delegado.

La visita es larga y minuciosa.

De repente descubro un loro en una jaula dorada. Al acercarme, el pájaro toma una postura desafiadora. Me daña con la mirada fría de sus ojos rojizos. Me dirige la palabra en una lengua enrevesada que no creo que nadie comprenda. Solamente en el tono, se descubre la calidad insultante de las palabras que no entiendo.

—Supongo que habla en sánscrito[102] –comento.

—En hebreo –corrige el Delegado.

---

102 Se refiere a la antigua lengua indoeuropea de los brahmanes.

—Perdona. He dicho «sánscrito» como podía haber dicho arameo. No tengo la pretensión de conocer ninguna lengua erudita. Tu loro es un sabio.

—No, simplemente un auxiliar más o menos mecánico para ayudarme en la difícil y escabrosa tarea de adivinar las facultades mentales y sensoriales de los futuros forjadores de nuestra sociedad.

Comento anonadado.

—Que un loro insultante..., porque ¿supongo que insulta?...

—No te equivocas, insulta.

—... en lengua hebraica, te pueda ayudar a descubrir la psicología de un muchacho o una muchacha y aplicarle la psicoterapia apropiada, es difícil que yo lo comprenda.

Se ríe.

—Si te lo explico lo comprenderás. Todos, y cada uno en particular, de los caminos que sigo, por extravagante que a primera vista parezcan, contribuyen al descubrimiento, al estudio y a la orientación de una mente más o menos normal. Si se trata de un caso psicopatológico o psiconeurótico, entonces recurro a un psiquiatra, porque ya no se trata simplemente de orientación profesional, sino que hace falta someter al examinado a tratamiento psicoterapéutico antes de repetir el examen que le pondrá en condiciones de escoger una profesión por medio de mis orientaciones.

Al terminar su breve discurso, el Delegado me examina con aquel mismo gesto que ya he descubierto en otros delegados del país al ver la expresión estúpida que debo mostrar ante las leyes sociales, los métodos y las costumbres de «La Ciudad de los Jóvenes». No quiero que me tome por más retardado de lo que soy.

—En «La Ciudad de los Viejos» –le explico– también tenemos Institutos de Orientación Profesional. Nos hacen quién sabe las preguntas. Tenemos que explicar lo que representa un dibujo o una figura recortada en un trozo de papel. Tenemos que interpretar y comparar, definir y analizar palabras abstractas. Tenemos que articular frases desarticuladas y completar ritmos incompletos o dispersos. Tenemos que definir el valor de la vida y de la muerte, más o menos filosóficamente y demostrar otras nociones generales del concepto elemental del alma.

Se ríe con condescendiente ironía.

—Todo lo que me dices es de otras épocas. Mi método es más directo, menos teórico pero más práctico. No se basa en exámenes caligráficos, artísticos o psicológicos que ponen nervioso al examinado y lo sacan de su estado normal haciéndolo caer en una especie de excitación contraproducente. Tampoco no pido antecedentes patológicos ni psicopáticos hereditarios. Simplemente, le dejo pasear arriba y abajo en mi gabinete-museo. El examinado olvida que pasa un examen porque, de todo lo que ve, un objeto u otro le interesa. Yo le acompaño, me detengo donde él se detiene. No digo nunca nada que pueda influenciar en su ánimo, en su preferencia, en el concepto que se va formando de lo que ve. Si hace preguntas, yo le respondo de una manera simple, desinteresada, acompañante, antipedagógica, destinada a «no influenciar» nada su opinión. El examinado, de vez en cuando, hace alguna observación casi involuntaria que a mí me sirve de guía para llegar a la finalidad querida, es decir, a descubrir sus gustos, sus facultades y a poder determinar finalmente, casi de una manera absoluta, la ocupación que le hace falta, a qué carrera debe dedicarse, qué especialidad de las Bellas Artes o de la Ciencia ha de cultivar. Después de la visita a mi gabinete de «cachivaches», cuanto más detenida mejor (quienes lo hacen deprisa y sin interés suelen ser gente inútil, de los que la sociedad no puede esperar gran cosa), yo hago que se siente en mi mesa-despacho, le ofrezco cigarrillos, goma de mascar, a veces, una copita de licor y... conversamos. Generalmente, el examinado ha olvidado que está pasando un examen del cual depende su porvenir. Entablamos una conversación lo más banal posible.

—¿De qué habláis? —me atrevo a preguntar.

—De cualquier cosa: de música de jazz, de fútbol, de cocina china, de viajes interplanetarios... Naturalmente, yo no pierdo el tiempo. Observo el tono de voz de mi interlocutor, el brillo de sus ojos, la frecuencia y duración de su sonrisa, el movimiento o la inmovilidad de sus manos... Las reacciones negativas son tan útiles como las positivas en un examen.

En un cierto momento entra al estudio uno de mis ayudantes. Deja encima de la mesa unas hojas de papel mecanografiadas y me pide que las revise. Yo finjo interesarme por el papeleo. Paso suficiente rato para que el otro se olvide de mí. Para distraerse de su inactividad mental se libera a una nueva repasada visual de mi gabinete de «cachivaches». Detiene su mirada aquí y allá más o menos rato según el interés que cada objeto le despierte. Y es en la durada y la intensidad demostradas por esta mirada donde yo baso el principio de mis deducciones psicoanalíticas. Naturalmente, no soy infalible, pero ya cuento con una base. Completo el examen con la llamada telefónica fingida que mi ayudante me hará desde su despacho.

—Veo, –me atrevo a comentar– que vosotros, los «Jóvenes», también recorréis a ciertos trucos ingeniosos para conseguir unos efectos determinados, con el cual queda demostrado que no estáis muy lejos de nosotros, los «Viejos».

—Hay leyes humanas comunes indestructibles, universales. Esta pequeña comedia queda justificada por un buen resultado, útil a la mayor expansión y bienestar de la comunidad de los «Jóvenes».

—Perdona que haya osado interrumpir la interesantísima descripción de tus procedimientos psicoanalíticos para llegar a una buena orientación profesional.

—Esto prueba tu interés hacia nuestra moderna sociedad y me da la esperanza de unas crónicas no solamente dignas de la curiosidad de los «Viejos» sino, quien sabe si de ciertas modificaciones de aquellos sistemas caducos e incluso de una nueva estructuración de vuestras leyes comunes.

—Pero continúa, por favor –le ruego.

—Te decía que el examen de los objetos esparcidos por la habitación y el interés más o menos vivo y prolongado que pone el examinado es casi una certeza de sus inclinaciones profesionales. Si la mirada se le detiene con insistencia y degenera en nerviosismo en el reloj de péndulo que ves colgado en la pared, es casi seguro que no podrá seguir ninguna carrera intelectual o artística. Será, eso sí, un buen viajante de comercio o un agente de ventas. Si se fija con complacencia en aquel ramo de rosas frescas y olorosas y no muestra ningún interés hacia el barómetro o el termómetro ni tampoco por ninguna de las herramientas de carpintero, agricultor o pintor de paredes, es seguro que podrá ser guionista de televisión o de radio o quizás comparsa en una compañía de teatro...

—Yo me habría imaginado que iba para poeta –comento.

—Quizás sí, pero la poesía no es ninguna profesión.

—Y si se complace en la visión de la hacha, ¿no irá para asesino?

—¡Anda hombre! –se ríe el Delegado psicométrico–, el que se fija demasiado en la hacha, con tantos y tantos objetos interesantes que podrían atraer su mirada, quiere decir, simplemente, que no será bueno más que para ser leñador, picador o pelador de alcornoques. En cuanto a quien se fija con una especie de mirada amorosa en la viola de gamba o en la lira...

—Músico –interrumpo, terriblemente interesado por el juego de adivinanzas.

—Astrónomo –asegura el Delegado–. Astrónomo o archivista.

Comprendo que no he nacido para colaborar con un psicólogo de esta categoría, pero el juego de las deducciones me apasiona hasta el punto que me pasaría las horas hablando con este Delegado, el más divertido y gracioso de todos los delegados de «La Ciudad de los Jóvenes».

Él sigue con sus explicaciones.

—Una de las experiencias más interesantes es la que se produce a veces delante de la jaula del loro. Muchos ni se detienen. Otros, muy pocos, lo hacen con curiosidad y complacencia. La bestia suelta su insultante peroración blasfematoria. Si el examinado se aparta con enfado, casi puedes asegurar que irá para místico, se hará misionero o vicario de cualquier religión. Si le escucha y sonríe ya puedes poner la mano en el fuego que será abogado, cómico o diplomático, y si por una de las más extraordinarias casualidades le entiende y le responde, entonces ya sé que mi examinado es apto para ocupar cargos intelectuales y políticos de gran responsabilidad.

—Otro de los trucos de los que me valgo para psicoanalizar a mis clientes es, como ya te he dicho, la falsa llamada telefónica. Mientras hablo por teléfono observo de reojo lo que hace el examinado. Uno supone que el hablador es mi comunicante. Yo me limito a decir: Sí... sí... sí... sí..., bien... bien..., quizás..., quién sabe..., no..., sí... sí..., no... no..., etc. Esto puede durar todo el rato que a mí me convenga para observar a mi cliente. Yo mantengo los párpados casi cerrados. Él procura pasar el rato mientras espera que yo termine de hablar. Se mueve un poco en la silla, limpia una mota de tabaco que mancha mi mesa, termina la copita de licor que le he servido, suspira, gira la cabeza y la mirada se le detiene aquí y allá, a veces con indiferencia, otras con renovado interés. Todo son detalles aprovechables para el observador profesional. Alguna vez se cansa de estar sentado y se pone de pie, da unos pasos indecisos. Se acerca y se separa de los objetos que va examinando y reexaminando. A veces se apodera rápidamente de algún objeto y con gran habilidad lo hace desaparecer en uno de sus bolsillos.

No me puedo resistir a interrumpir.

—Será un prestidigitador o un mangante –exclamo.

—No –replica el Delegado–; será un banquero.

No quiero continuar la descripción de esta entrevista porque me temo que los lectores de «Ara o Mai» pensarán que exagero o que invento o, lo que sería todavía peor, que la censura de «La Ciudad de los Viejos» interfiera o modifique mi texto el cual es un purísimo reflejo de la más estricta realidad.

IX. Delegado de Educación Física y Deportes

El Delegado de Educación Física y Deportes es un hombre de aspecto atlético, sano, alegre, optimista, acogedor, como todos los otros delegados. Parece un boxeador o un campeón de lucha greco-romana, jubilado. Y digo jubilado basándome en la mentalidad de «La Ciudad de los Jóvenes», que a los cuarenta años considera un hombre ya viejo y, tratándose de deportes, antes de los treinta ya los retira.

Para este hombre, verdadero apóstol de la cultura física, nada existe en el mundo fuera de las actividades físico-culturales del país.

De antuvio ya me lanza un breve discurso propagandístico, talmente como si yo fuera a verle, no con la intención de hacerle una entrevista informativa sino para orientarme sobre la eficacidad del desarollamiento de los músculos o la relajación del espíritu con la práctica de los deportes.

—Has hecho santamente –dice– en venir a verme y entrevistarme. Si realmente quieres hacerte una idea de las capacidades globales de nuestros ciudadanos, hombres y mujeres, no puedes prescindir de conocer lo que la cultura física representa en nuestra moderna sociedad.

Inicia una corta pausa que aprovecho para decir también la mía.

—En «La Ciudad de los Viejos» también practicamos los deportes.

Habría querido hacerle una más o menos detallada descripción de nuestros magníficos estadios, campos de fútbol, con los centenares de miles de personas que se reúnen los días de competiciones importantes, de la escalofriante cifra de millones que uno gana o pierde, según las ocasiones, de los programas de radio y televisión especialmente consagrados a los partidos de campeonato de la liga futbolística de primera división, etc.

Pero el Delgado vuelve a coger el hilo de su discurso.

—El deporte –predica con voz de trueno–, más que juego o ejercicio corporal, como lo definen limitadamente los diccionarios, es la expansión de la mente humana, el conducto de salida del mal humor. Procura el equilibrio imprescindible entre el cuerpo y el espíritu.

Nuestras criaturas lo practican des de los primeros años de la vida, apenas dejan de utilizar pañales. Se entregan a pruebas de agilidad, de destreza y de fuerza. Adquieren prontitud, intrepidez, tenacidad; cualidades no solamente necesarias al cuerpo y al espíritu, sino imprescindibles a la preparación cívica de nuestros jóvenes en su futura lucha por la vida.

—¿Y las chicas? –pregunto–, ¿también practican el deporte igual que los chicos?

—¡Pues claro, hombre de Dios! En nuestro país los chicos no hacen nada que no hagan las chicas. Desde los primeros años de la vida, niños y niñas viven mezclados, estudian mezclados, practican deportes mezclados, se divierten mezclados...

—En «La Ciudad de los Viejos» eso no sería posible –comento.

—¿Por qué? –pregunta el Delegado con expresión de extrañeza.

—No lo sé –vacilo–. Quizás por falta de costumbre. Quién sabe si por exceso de temperamento... o por prejuicios de orden moral... y...

—Inmoral –corrige el Delegado.

—... y clerical –completo–. En «La Ciudad de los Viejos», la vieja Iglesia y los viejos seguidores de esta vieja Iglesia no creen en la eficacidad de la Escuela Mixta.

—¿Qué relación tienen la moral y la religión con la Escuela Mixta? –pregunta sinceramente extrañado el Delegado.

—No te lo puedo decir –me excuso–. Mi profesión es la de periodista, no la de pedagogo.

Se ríe.

—Yo tampoco soy pedagogo, pero tengo hecha mi opinión. Tú también podrías tener la tuya.

—No la tengo –me cierro.

—Quizás también resulta inmoral exponer la propia opinión –lanza el Delegado, como un buen jugador de tenis lanza la pelota allá donde el adversario no la espera.

—Si me lo permites –interrumpo–, te haré algunas preguntas encaminadas a redondear mi encuesta.

—Dime.

—¿Qué deportes practicáis en «La Ciudad de los Jóvenes»?

—Todos –me responde sin vacilar.

—¿Pero cuál preferentemente?

—Ninguno –afirma.

—En «La Ciudad de los Viejos» –explico para animarlo a dar detalles– lo que más nos apasiona es el fútbol.

—Aquí –declara el Delegado–, el fútbol, ha pasado de moda.

—¿Cómo? –exclamo sorprendido–, ¡un juego tan popular, tan divertido, tan apasionador!

—Preferimos el atletismo. El atletismo con todas sus variantes, sin olvidar la natación, que algunos no cuentan dentro del atletismo, y es igualmente uno de los ejercicios físicos más útiles al perfeccionamiento del cuerpo humano.

—El atletismo –continúa el Delegado–, no solamente embellece el cuerpo y forma y ensalza el espíritu sino que requiere individuos, hombres y mujeres, que muestren gran agilidad, fuerza, vigor y, por tanto, hermosura estética. Nuestros atletas son verdaderas esculturas vivientes.

—El atletismo –continúa el Delegado–, mejora, perfecciona, ennoblece la raza. Algunas generaciones de atletas constituyen la garantía de una calidad racial superior.

—¿No te has fijado? –pregunta–. Bajo los simples jerséis y los calzones de nailon o de tergal, se adivinan cuerpos jóvenes y bellos, dignos de ser modelados e inmortalizados por un Praxiteles[103] o un Fidias[104]... Y esta perfección la deben al conreo no interrumpido de nuestra cultura física y práctica del atletismo, cultivados obstinadamente desde la infancia, desde la Escuela Elemental, y continuando hasta la madurez.

—Pero –replico–, además del atletismo bien deben jugar a tenis, a pelota de mano o a pala, a fútbol... Bien debéis practicar el excursionismo, el patinaje, el remo...

Alza desdeñosamente los hombros.

—Efectivamente. Uno practica todos estos deportes en «La Ciudad de los Jóvenes» sin dejar de lado el ciclismo que, dicho sea de paso, es un deporte de viejos en nuestro país. También lo son la natación y el remo, que los jubilados de cuarenta años para arriba practican a puerta cerrada en los magníficos Asilos Nacionales.

---

103 Praxiteles de Atenas (395 a. C. - 330 a. C.) fue un escultor clásico muy importante del siglo IV a. C. Mediante su obra la escultura griega evolucionó del clasicismo hacia una anticipación del manierismo, al acentuar el sensualismo en sus esculturas.

104 Fidias (500 a. C. – 431 a. C.) fue el más famoso de los escultores de la Antigua Grecia. Vivió en la época de Pericles, su principal protector, quien le encargó la dirección de su gran proyecto de la reconstrucción de la Acrópolis de Atenas. Fidias forma parte de la etapa conocida como «primer clasicismo griego».

—Pero, deportes de masas, como espectáculo público y popular, ¿no tenéis ninguno?

—Ya te lo he dicho. El atletismo. El atletismo en todos sus diversos aspectos: carreras, ejercicios en la barra, musculatura y equilibrio, salto de altura y de extensión, lanzamiento del disco, ejercicios de arco...

—Pero, ¿y el fútbol? —grito casi ahogándome de sorpresa y de desilusión al ver que parece no hacer caso de esta grandiosa, emocionante y apasionadora manifestación popular en todo el mundo.

—Ah —hace negligentemente el Delegado—, el fútbol y el rugby son juegos de bárbaros.

Me quedo tan y tan sorprendido de sus inesperadas palabras que tardo un rato en recuperarme. Finalmente puedo expresar lo que pienso.

—En nuestro país y en toda Europa, en toda América e incluso en Asia, en África, y en Oceanía, el fútbol es el deporte del pueblo por excelencia. Uno de los más apasionadores con el rugby y también el juego de baloncesto, balonmano, polo acuático...

—En otras épocas, bien lejanas de la nuestra, en «La Ciudad de los Jóvenes», que entonces tenía otro nombre, el fútbol también era el espectáculo más popular. Las crónicas oficiales, que uno puede encontrar en los archivos de «La Ciudad», hablan extensamente de aquella época. Dedican más de un capítulo a los juegos de pelota, especialmente al fútbol y al rugby. Estas crónicas se refieren a la época que precedió la gran revolución del país. Revolución que trastocó la vida entera. Leyendo estas crónicas, comprendéis la decadencia fatal de un pueblo salvado por el coraje de sus propios hijos: los «Jóvenes», héroes de la revolución y creadores del nuevo Estado del que disfrutamos. En dicha época (la que precedió y provocó la gran revuelta de los «Jóvenes» quiero decir) la inmortalidad y el relajamiento de las costumbres con abusos de todo tipo señoreaban el país en la alta y la baja sociedad. Todo estaba corrompido o se corrompía por momentos. Lo que justifica, en parte, el alzamiento de los «Jóvenes» contra los «Viejos».

—Pero, ¿qué relación tiene esta exposición retórica de vuestra pasada decadencia con el fútbol?

—El fútbol y sus fatales consecuencias corruptoras, fue uno de los motivos justificadores del gran alzamiento social revolucionario de entonces.

El Delegado deja de hablar un momento, me mira fijamente y se ríe, cosa que me hace suponer que ya vuelvo a hacer aquella cara de idiota que hago a menudo al escuchar las declaraciones inesperadas de los delegados, dirigentes de este país extraordinario.

—Lo que te contaré –dice amablemente mi interlocutor–, no lo he vivido personalmente. Lo he leído y re-leído, estudiado, considerado y meditado. Me ha servido de experiencia y guía para planear y organizar mi Delegación, teniendo muy en cuenta lo que afirman aquellas crónicas.

Le ofrezco un cigarrillo. Lo acepta. Se lo enciendo y enciendo el mío. Escucho.

—Era la época de la gran expansión del fútbol en este país. De todos los juegos deportivos, el fútbol era el más importante. Centenares de miles de personas acudían a ver los partidos, sobre todo los que jugaban los equipos de primera división a pesar de que los aparatos de Radio y Televisión servían el espectáculo a domicilio, con silbidos y gritos y todo.

»Los ciudadanos se lo tomaban con tan apasionante fervor que resultaban auténticos dramas de familia. Desgraciado el hogar donde el marido era partidario de un club y la esposa de otro o el hermano grande de los "azules" y el pequeño de los "rojos", o el padre de los "negros" y el muchacho de los "blancos". ¡Cuántas separaciones, divorcios, disensiones amistosas, rupturas de compromisos matrimoniales y riñas, disputas, peleas, por culpa del fútbol!

»Los días que había partido de campeonato, toda la vida de "La Ciudad" quedaba paralizada: teatros, cines, conciertos, reuniones de familia o de amigos, celebraciones de cumpleaños... Sólo enterraban a los muertos y todavía deprisa y corriendo porque los empleados de Pompas Fúnebres también eran miembros de este o de aquel otro club y no "podían" faltar al partido. Aquel día no había comidas familiares porque nadie sabía a qué hora tenía que salir o podría volver a casa, ni si podría volver aquel mismo día o el día siguiente. El campo donde se celebraba el partido estaba situado a algunos quilómetros lejos del centro y todos los medios de transporte, públicos y particulares, iban y venían en monstruosa cola, "todos" hacia el mismo lugar y, unas horas después, "todos" nuevamente hacia el centro de "La Ciudad" en un retorno difícil, penoso, incierto, a menudo dramático. Los taxis y los autómnibus eran asaltados por una multitud de gente escandalosa y agresiva; querer subir era tan peligroso como formar parte de una batalla. Muchos de los heridos que eran asistidos en los hospitales (suponiendo que los médicos de guardia no estuvieran también en el partido de fútbol) lo eran por haber querido subir a un taxi o aun autómnibus. Centenares de miles de personas que no podían, por falta de salud o de empeño, ir al campo de fútbol, se instalaban delante del televisor y ya no se acordaban de comer ni de beber ni de otras necesidades corporales hasta al final de la primera parte del partido. Si durante esta primera parte, o la segunda, algún desesperado llamaba a la puerto o al teléfono nadie respondía, nadie se movía del asiento. Todos los habitantes de "La Ciudad", viejos y jóvenes, hombres, mujeres y criaturas, permanecían pendientes del fútbol. Solamente los muertos y los agonizantes se libraban de esta fiebre. Todos los lugares no relacionados con el fútbol quedaban desiertos y silenciosos, parecía un día de duelo nacional en «La Ciudad». En los cafés donde no había televisor no se veía ni un alma. Por las calles tampoco no pasaba nadie. Si algún paseante esporádico iba con paso de sonámbulo por una calle solitaria, era con un pequeño transistor pegado a la oreja para escuchar las incidencias del partido. Las ambulancias teledirigidas no paraban de transportar muertos y heridos porque de muertos y heridos no solamente los había entre los jugadores sino que después de los partidos se armaban terribles peleas campales entre los partidarios de uno u otro club contendiente. De estas batallas de espectadores, los más suertudos salían con un ojo morado, la nariz partida, una pierna o dos o tres costillas rotas. Un "referee"[105] parcial fue asesinado en el mismo campo donde jugaban, un partido entre dos clubs, antiguos rivales.

»De vez en cuando se producían auténticas catástrofes en los campo de fútbol. No se sabía por qué una tribuna se hundía y muchos espectadores se morían aplastados; un portal de salida no se abría en el momento que verdaderas avalanchas humanas se precipitaban, una falsa alarma, un grito que nadie no sabía de donde venía, eran a menudo la causa de insensatas carreras hacia la salida. En el espacio calculado para dejar paso a diez o doce personas en fila caminando sin prisas, se precipitaban centenares y miles. Se aplastaban los unos a los otros

---

105   «Referee» es un préstamo lingüístico del inglés y del francés que se utiliza para hacer referencia a la persona autorizada a arbitrar un juego o un partido. En español «árbitro».

y el que se caía al suelo, ya no se levantaba nunca más, moría pisoteado por aquella multitud de gente enloquecida.

»Pero estos dramas, a pesar de haber un gran número de muertos y heridos, resultaban un juego de niños comparados con lo que podríamos llamar la «faceta secreta» del asunto; y al decir «secreta» quiero decir, por supuesto, poco conocida por el público. Algunos hacían ciertos negocios con el fútbol, gracias al aficionamiento exagerado de las masas ciudadanas hacia este deporte y a la desmesurada, casi patológica, pasión que le dedicaban.

»El pueblo, naturalmente, no tenía nada que ver con este chanchullo futbolístico. Los culpables de la mencionada corrupción se encontraban entre los mismos jugadores y directivos de los clubs. Los jugadores eran todos profesionales. Jugaban, no por amor al deporte que practicaban o a la pueril vanidad de llegar a campeones de la Liga, sino para embolsarse dinero y más dinero, a menudo millones.

»Cobraban un sueldo fabuloso, mucho más importante que el que recibía el director de una fábrica o un ministro (en aquella época todavía había ministros en "La Ciudad de los Jóvenes"). Además, también obtenían un tanto por ciento del "taquillaje" y la recaudación de este «taquillaje" procuraba a menudo al Club propietario del Campo, de seis a diez millones en moneda local por partido. Los jugadores que ganaban el partido cobraban también fuertes primas y este hecho provocó otro suceso aún más escandaloso: el club rival pagaba "primas" todavía más cuantiosas a los jugadores si estos perdían. "Perder" era una manera comodísima de ganar dinero. El futbolista, que ya cobraba un buen sueldo cada mes, el día del partido tomaba un aire apático y débil. No hacía ningún esfuerzo por empujar la pelota o por marcar a ningún jugador del Club rival. Se paseaba por el campo con los brazos caídos, las piernas perezosas, la mirada distraída. A los espectadores, socios del club, les hervía la sangre al ver la lentitud y la indiferencia del juego de uno de sus ídolos. No se podían explicar aquella actitud. Cegados por la idolatría, reaccionaban pasivamente. Volvían a casa decepcionados, abatidos, sin romper ningún hueso al traidor y diciendo pestes contra el "referee" y algún juez de línea, a los cuales atribuían la derrota.

»Los directivos de los Clubs, lo mismo los unos que los otros, compraban y vendían jugadores como quien vende un becerro o una partida de madera. Cuando un Club pobre poseía un buen jugador, lo traspasaban a un Club rico no sin hacer algún negocio sucio por debajo de la mesa: el Club pobre, con la ausencia del buen jugador, perdía más partidos que antes pero tenía un poco más de dinero.

»Resultado: no ganaba el Club que jugaba mejor, sino aquel que poseía más caudal. Porque ya nadie defendía los colores del Club sino la "caja" del Club. Y la eterna cuestión del rico dominando al pobre y del pobre sometido al rico, base de las grandes injusticias sociales, se expansionaba dentro de los Clubs de fútbol todavía más agudamente que en el comercio, los talleres y las fábricas.

»Cuando un Club de primera división iba a jugar al extranjero y ganaba, la alegría y el enloquecimiento de los ciudadanos era tan grande y tan general que durante tres o cuatro días nadie trabajaba. Primero hacía falta escuchar la radio y mirar la tele. Nadie se podía dedicar a otra tarea. Al conocer la victoria del equipo nacional, todo el mundo se lanzaba a la calle, exhalaba gritos de alegría y de fervoroso patriotismo. Amigos y desconocidos se estrechaban las manos, se abrazaban y se invitaban a fumar y a beber. En el trabajo, nadie pensaba. Los cafés estaban llenos de gente que comentaba el acontecimiento, que se preparaba a recibir a los vencedores. La llegada era apoteósica. La población entera de "La Ciudad" se trasladaba al aeropuerto, con música, banderas desplegadas, pancartas alusivas, coronas de laurel e inmensos ramos de rosas. He dicho "música", más bien tendría que decir "músicos", porque uno no puede honradamente hablar de "música" al tratarse de un conjunto de bandas que tocaban todas a la vez sin concertarse ni interpretando la misma composición, sino sonando en una absoluta independencia para ver quién haría más ruido. Estaba la "Municipal", formada por instrumentos de viento y de percusión. Ella sola, capaz de hacerse escuchar a dos quilómetros de distancia. Estaba la de los bomberos, todos entusiastas aficionados al fútbol y futbolistas ellos mismos. Se componía de cornetas y platillos. Estaba la de los ferroviarios, igualmente aficionada al fútbol y también jugadores de ocasión. Esta banda la componían únicamente, tambores, bombo, tambora y tamborines. En fin, amigo reportero, imagínate por un momento el cacofónico conjunto de estas bandas todas sonando con entusiasmo mientras una parte del público entonaba el himno del fútbol, no en harmoniosa disciplina de conjunto sino cada uno por su lado, mezclando vivas al Club vencedor, a la práctica del deporte, al capitán del equipo, al entrenador, al presidente y a la junta directiva.»

El Delegado exhala un suspiro, se seca el rostro con el pañuelo. Me mira como esperando a que yo comprenda el por qué de la decadencia del fútbol en aquel país modernísimo, renovado y purificado por la gran revolución social llevada a cabo por los «Jóvenes».

—Y ahora, ¿todo aquel dramático chanchullo corruptivo y toda aquella desmesurada afición de las masas se han terminado? –pregunto.

—Así es. Ahora el profesionalismo de los futbolistas está prohibido. Sólo hay aficionados. Gracias a esta medida reina un cierto entusiasmo perfectamente normal y sano, tanto en los jugadores como en los espectadores. Ya no existen los apasionamientos y las tragedias. La Radio y la Tele no transmiten ningún partido. El público, antes influido por estas dos fuerzas forjadoras y conductoras de la opinión ciudadana, no influyen en el espíritu de los televidentes ni de los radio oyentes, los cuales, en opinar por ellos mismos, mantienen el espíritu mucho más libre y se dividen en aficionados a uno u otro deporte. Las grandes y terribles concentraciones futbolísticas de antes, las cuales degeneraban a menudo en furiosas manadas de lobos, han desaparecido. Apenas existen Clubs rivales, ni estadios de fútbol.

—Pero cada domingo...

Me interrumpe.

—Sí, cada domingo y cada día de la semana, si echas de menos el fútbol o cualquier otro juego deportivo, puedes acudir a más de un centro y entretenerte, si no con las piernas y los brazos (para eso eres demasiado viejo), al menos con los ojos. Verás a nuestros adolescentes practicar todo tipo de juegos al aire libre.

—Y algún campo donde las chicas jueguen también al fútbol, ¿no lo tenéis? –pregunto.

—Pero, ¡hombre de Dios! Aquí las chicas juegan a fútbol mezcladas con los chicos. Los equipos son mixtos. Se componen indistintamente de hombres y mujeres.

Con gran desconcierto, que se debe reflejar en el tono de mi voz y en la expresión de mi rostro, opino:

—La fuerza y la resistencia física de una mujer es, generalmente, inferior a la de un hombre.

—Las que se meten es porque se ven capaces. Hombres aquí, como en todas partes, los hay mucho más débiles y mucho menos resistentes que ciertas mujeres. Los físicamente débiles, hombres y mujeres, escogen otra ley de deportes. Los futbolistas, machos o hembras, son gente de músculos y pulmones, gente de empuje y espíritu fuerte, un poco bárbaros, como ya te he dicho.

Me despido del «Delegado de Educación Física y Deportes» más desorientado todavía que cuando he entrado.

Supongo que para comprender «La Ciudad de los Jóvenes» uno tiene que haber nacido ahí. Se tiene que haber educado ahí. A mí, este espíritu renovador libre de todo tipo de prejuicios, me cuesta de comprender.

X. Delegado de Higiene Sexual

También he obtenido fácilmente una entrevista con este importante personaje.

El Delegado de Higiene Sexual es doctor en medicina general. Tiene a sus órdenes ayudantes especializados en cardiología, pediatría, neurología, urología, psiquiatría, ginecología, osteología...

Es, naturalmente, un hombre joven. Se muestra amable, comprensivo y tolerante, entusiasta de «La Ciudad de los Jóvenes», de su modernísima y bien estudiada constitución, de sus leyes y decretos secundarios que, según él, ofrecen un margen vastísimo a cualquier aspiración social y naturalmente humanas.

Él, el primero, como Delegado de la sexualidad del país, habla con una soltura absoluta de cualquier concepto moral, como si su situación le colocara en un lugar especialísimo, más allá del bien y del mal, por encima de cualquier principio ético y estético, antiguo o moderno, forjador y seguidor de conciencias alienas.

Esta extensa conversación que he mantenido con el Delegado de Higiene Sexual, siendo, como soy, un habitante de «La Ciudad de los Viejos», donde todo el mundo, a todas horas y con cualquier pretexto, se hace pasar, tanto si va bien como si no, por un ciudadano honorable, resulta un plato quizás demasiado fuerte, difícil de tragar y de digerir.

Como mi reportaje va dirigido a los lectores de la publicación más avanzada de ideas de aquel país, espero que no escandalizaré a nadie al escribir cómo se organiza socialmente la sexualidad en «La Ciudad de los Jóvenes».

En primer lugar he preguntado al Delegado qué hay de la gran pretensión de algunos a llegar al «sexo único». Hasta qué punto avanzan en esa extraordinaria investigación los sabios encargados de la gestación anatómico-fisiológica que ha de trastocar hasta los cimientos la vida entera de la humanidad.

El Delegado sonríe.

—No creo que resulte una tarea fácil ni creo que tampoco

podamos asegurar un éxito rotundo del experimento aunque contamos con los más eminentes investigadores, fisiólogos y biólogos del mundo. Pero «Los Jóvenes», sobre todo las chicas, se han entusiasmado tanto con esta idea del «sexo único» que no podemos, lógicamente, defraudarlos. Les decimos la verdad: «Se está trabajando en ello». Pero obtener la realización del hermafroditismo total, general y constitucional, tal como lo querría la juventud (no sé por qué, te lo confieso,) es una especie de ilusión utópica.

—Si he de ser franco —me confía el Delegado—, no acabo de comprender esta obstinación del «sexo único». Si se trata de libertad, nuestras mujeres no pueden gozar más de la que gozan. Tienen acceso a todos los oficios, profesiones y cargos. Las leyes las favorecen en todo. Las funciones puramente maternales, es decir, la gestación del feto y el parto, han estado simplificadas e incluso «suprimidas» en algunos casos mediante el útero artificial, todavía poco utilizado pero ya de eficacia probada.

»Los chicos, que también arden en deseos y esperan con ansia la consecución del hermafroditismo integral, pueden actuar libremente como si fueran mujeres: hacer de niñeras, de floristas, de maniquí «asexuado», es decir, exhibir vestidos, sombreros y pelucas de hombre o de mujer indistintamente.

»En cuanto a la indumentaria corriente (ya lo debes haber notado), los hombres y las mujeres usan las mismas prendas: pantalones, abrigos, camisas, jerséis, pañuelos para el cuello, boinas, zurrón o cartera de cuero...

»La gran mayoría de las chicas ambicionan igualar al hombre «en todo» y un cierto sector de la adolescencia masculina también querrían ser más parecidos a la mujer. Esta ambición compartida nos ha obligado a traer sabios de todo el mundo, especializados en la investigación del «sexo único», es decir: el hermafroditismo integral, anatómicamente y fisiológicamente perfecto. Querrían que el hombre (el cual dejaría de serlo para convertirse en hermafrodita) pudiera engendrar un hijo, llevarlo en la matriz durante el periodo de gestación y, finalmente, parirlo. Todo este proceso, según ellos, no tendría que ser obligatorio, sino facultativo. Cada componente de una pareja tendría que poder escoger quién de los dos haría el papel de madre.

—Confieso —me atrevo a opinar— que no veo la utilidad de este «ser único» con doble sexo, cuando una de las fruiciones más grandes de la vida la constituye la atracción del sexo contrario, la unión de los dos sexos y el acoplamiento de dos seres tan bien definidos que se complementan tan maravillosamente bien.

—Pienso como tú —confiesa el Delegado—. Ahora que ya hemos llegado a conseguir la posibilidad de hacer el amor sin ningún peligro de engendrar y a la vez podemos procrear sin necesidad de hacer el amor, tener hijos sin la intervención directa del padre e incluso con la mínima intervención de la madre, con el uso del útero artificial o mecánico, todavía no están satisfechos.

—Pero, ¿se practica en «La Ciudad de los Jóvenes» la inseminación humana artificial y se utiliza el útero mecánico?

—En realidad, muy poco. Todavía no hemos conseguido prescindir de la colaboración directa o indirecta del hombre y de la mujer. Para obtener una criatura humana, nos hace falta el semen paterno y los óvulos maternos. En esto no hemos avanzado mucho. Ni los alemanes, ni los americanos, ni los japoneses no lo han conseguido. Pero en «La Ciudad de los Jóvenes» todo queda bien previsto, estudiado, y legalizado de manera que la cuestión sexual no representa ningún problema ni para la mujer, ni para el hombre. Los hombres y las mujeres, en general, a pesar de la uniformidad de la indumentaria y el disparatado deseo de llegar al «sexo único», continúan sintiendo la atracción poderosa el uno del otro. Lo que hemos tenido que vigilar por encima de todo, no es como se harían más criaturas, sino como se limitaría la natalidad excesiva. En «La Ciudad de los Jóvenes» ninguna pareja, unida o no por ley, puede tener más de dos hijos, aun si cambia de cónyuge. Está formalmente y rigurosamente prohibido.

—¡Pero eso es monstruoso! —No me puedo resistir a exclamar.

—Lo que es realmente monstruoso —contesta con calma el Delegado— es tener más de los «necesarios». Poblar excesivamente el mundo. Crear problemas insolubles como los que presenta el exceso de población en lugares generalmente pobres y salvajes de África o en los «no salvajes» pero míseros de las Indias o de la China, destinados fatalmente a morir de hambre o a ser utilizados como carne de cañón para gente mucho más lista de otros países a quienes interesa vender armamento, extraer petróleo o metales, construir bases estratégicas en determinadas regiones. Para conseguirlo, estas poderosas naciones, provocan conflictos bélicos entre pueblos de manera que así utilizan el exceso de humanidad para dichos fines.

El Delegado me mira fijamente a los ojos.

—¿Qué preferirías más, no engendrar un hijo o que te lo matara el hambre o la guerra?

—Pero todos los hijos –opino– no tienen que morir fatalmente ni servir de carne de cañón.

—Los nuestros, en todo caso, no se exponen a estos peligros. El riguroso control de la natalidad nacional les asegura una vida libre, holgada y pacífica.

—En «La Ciudad de los Viejos» –resplico– hablar de control de natalidad es peor que hablar del Diablo. Nadie os querría escuchar. El control de la natalidad es una cuestión «intocable», escandalosa e inmoral, de la que sólo hablan los libertinos, los revolucionarios extremistas, los ateos, y otra gentuza. Cuantos más hijos tenéis, más honorable sois. Casi me atrevo a afirmar que la patente de honorabilidad de una pareja, la constituye el número de hijos. Si traéis al mundo una multitud de criaturas y lo redondeáis yendo a misa los domingos y recitando el rosario todas las noches de manera que se enteren los vecinos, vuestra buena reputación queda asegurada. *Casi puedo afirmar que esta buena reputación os permitirá hacer negocios dudosos, mantener a una «fulana», exprimir a vuestros empleados, si los tenéis*[106].

—Perdona –dice con calma el Delegado– A ti te ha hecho falta hacer un gran viaje para orientarte y orientar a tus lectores sobre la vida y las costumbres de «La Ciudad de los Jóvenes». A mi no me ha hecho falta moverme de aquí para conocer ciertos detalles de «La Ciudad de los Viejos». Poseo un aparato de radio y un televisor que me permiten estar al corriente de los dramas de las familias pobres y numerosas de otros lejanos países. Una de vuestras emisoras de radio expone cada sábado las desdichas más sorprendentes de la pobre gente. Lo hace con la loable intención de obtener auxilios del público destinados a aliviar las miserias de los desventurados. Y el público de «La Ciudad de los Viejos», lo reconozco, tiene un corazón generoso y siempre responde a las demandas radiofónicas de la gentil locutora. Pero la generosidad de la gente humilde, que es la que acude cada semana a la ventanilla de la radio con una limosna, no puede resolver ni tan solo mejorar una ínfima parte de la trágica situación de las familias pobres y numerosas. Cada semana hay un caso o unos casos nuevos, más dolorosos, más estremecedores que los de la semana

---

106   Las frases en cursiva fueron surprimidas por la censura.

pasada. Los más terribles se producen en invierno. El padre no tiene trabajo, la madre está enferma y los siete, ocho, o a menudo nueve hijos se mueren de hambre y de frío. La gente acude, les lleva mantas, alimentos. Pero el padre continua sin trabajo, la madre enferma, y al cabo de poco tiempo la tragedia vuelve a actualizarse. Las siete u ocho y hasta nueve criaturas, vuelven fatalmente a tener hambre y frío. Unas latas de conservas y dos o tres mantas no han resuelto el problema porque es un problema de primera magnitud y los tres o cuatrocientos ciudadanos que dan limosnas no pueden resolverlo.

El Delegado suspira.

—¿No sería más sencillo que no hicieran tantas criaturas? Si sólo tuvieran dos, a pesar de la falta de trabajo del padre, a pesar de la enfermedad de la madre, cinco o seis criaturas, las que no habrían nacido, se ahorrarían de pasar hambre y frío y más tarde de maldecir a la sociedad, que lo observa con pasividad e indiferencia. ¿Qué podéis esperar de ello? —prosigue el Delegado—, ¿de unas criaturas que han pasado hambre y frío toda su infancia, que han visto al padre desempleado y a la madre enferma? Yo sólo me atrevería a esperar que se hicieran ladrones o estafadores de profesión o anarquistas de acción.

—Todos estos razonamientos suyos, allí no tienen validez —suspiro—. Tener muchos hijos es un título de gloria en cualquier clase social. La Iglesia bendice a aquellos que tienen muchas criaturas. El Estado les da premios, a todos no, claro, porque se arruinaría. Los periódicos hablan de ello y la foto de la numerosa familia feliz se exhibe en primera página de las revistas gráficas. Vosotros castigáis a las parejas que traen al mundo más de dos hijos; nosotros, todo lo contrario, les admiramos, les alabamos, les bendecimos, les glorificamos. Las familias numerosas son los pilares de la sociedad cristiana. Son las garantías del equilibrio moral de un pueblo.

—Todo lo que me dices —pregunta sonriente el Delegado—, ¿lo piensas o lo recitas como una lección aprendida? Conmigo no hace falta que te esfuerces —continúa en un tono alegre—. En otros tiempos, afortunadamente caducos y olvidados, cuando «La Ciudad de los Jóvenes» era todavía una «Ciudad de los Viejos» como la vuestra, se seguían los mismos sistemas, poco más o menos, con un programa social y moral como el que tú me recitas.

—Te puedo bien asegurar —insisto— que un padre de muchos hijos cuenta con la comprensión e indulgencia de sus conciudadanos: «Es muy buen hombre», dice la gente, «tiene seis o siete hijos». A un padre cargado de chiquillos uno le perdona muchas cosas: que le quite el trabajo a un colega, que lo haga mal, que cobre un tanto por ciento ilegal: «Tiene tantos hijos», dice la gente con indulgencia y a base de excusa. *Pero por encima de todo es la Iglesia la que se opone al límite de la natalidad* [107]. *Y nosotros, los habitantes de «La Ciudad de los Viejos», queremos estar de acuerdo con la Iglesia. Jesús dijo: «Creced y multiplicaros»* [108].

El Delegado replica:

—Uno multiplicado por uno hace dos.[109] Ya nos hemos multiplicado. Ya hemos hecho nuestra cristiana obligación creadora y multiplicadora y no hemos contribuido a esparcir posibles desgraciados por el mundo. Si Jesús dijo: «Creced y multiplicaros» no dijo por cuantos nos teníamos que multiplicar.

—Pero –me atrevo a insistir–, si la juventud se atrae, se entrega al comercio sexual, como supongo que lo practica libremente en «La Ciudad de los Jóvenes» y concibe a un bribón...

—Nadie te dice que no lo conciba. Incluso puede repetir la jugada, ya que cada pareja tiene derecho a dos hijos.

—Pero entonces el amor ya no es libre, es un amor «controlado», «vigilado», sometido a píldoras o ...

El Delegado me interrumpe.

—Las píldoras anticonceptivas están prohibidas en «La Ciudad de los Jóvenes». Hemos estudiado y analizado detenidamente este producto. Hemos llegado a la conclusión que es nocivo para la salud de la madre y para la del hijo, en caso que, a pesar de todo, la criatura se empeñe en venir, como ocurre algunas veces.

—Entonces –pregunto–, ¿cómo os lo hacéis para no tener más que dos, o ninguno, si lo preferís?

—Las chicas desde que se convierten en mujeres, es decir, cuando ya pueden concebir un hijo, pasan obligatoriamente por la casa del ginecólogo.

---

107 La frase en cursiva fue suprimida por la censura.
108 Esta oración, desde «Y nosotros» hasta «multiplicaros», también fue censurada pero Bertrana la mantuvo.
109 En el texto original Bertrana escribió: «—Un multiplicat per u fa dos». En catalán la palabra «un» se refiere a una persona «uno» o al artículo indeterminado/indefinido «un». La palabra «u» en catalán se refiere a la unidad numérica, el número «uno». Las palabras catalanas «un», referida a persona, y «u» referida al número 1 en español se traducen igual, con la palabra «uno». Esto dificulta la comprensión del mensaje que quiso darle la autora. En el texto el significado del primer «uno» se refiere a persona o individuo y el segundo «uno» a la unidad numérica 1.

—¿Obligatoriamente, dices?

—Sí, la ley lo manda. Los padres mismos la acompañan. *El gine-cólogo le coloca un ingenioso y ligero pesario en la vagina con el cual la mu-chacha ya puede hacer libremente el amor segura de no tener hijos.*

—*¿Y no falla nunca este ingenioso pesario?*

—*Si no se lo hace quitar no puede fallar. Obstruye el camino de los es-permatozoides. Los cuales sucumben en la carrera inútil de la procreación fallida.*

—*¿Y si la pareja quiere tener hijos?*

—*La mujer vuelve a pasar por casa del ginecólogo y hace que le quiten el instrumento. Es bien sencillo como ves*[110].

—El amor es libre, ¿no es así, «en La Ciudad»?

—Absolutamente libre.

—Así, ¿nadie se debe casar?

—Sí, algunas parejas se casan porque desean legalizar su unión. Constituir un hogar de tipo sólido.

—¿Matrimonio civil, supongo?

—No siempre.

—¿Se casan católicamente?

—Escogen la religión que quieren. En «La Ciudad de los Jóvenes» practican la absoluta libertad de cultos.

—Pero, ¿no hay muchos más católicos que protestantes, mahometanos o judíos?

—No te lo puedo decir. Esta información te la dará el Delegado Eclesiástico.

—Ya fui a verle, pero no pensé en hacerle ciertas preguntas. Por ejemplo, él mismo, el Delegado Eclesiástico, ¿qué es?, ¿protestante?, ¿católico?, ¿judío?, ¿mahometano?

—Él, públicamente no es nada. Es decir, socialmente no pertenece a ninguna religión determinada. Este hecho le permite juzgar y aconsejar de una manera imparcial todos los casos que se presentan, tanto si los demandantes son judíos como cristianos o mahometanos. Pienso que en el fondo todas las religiones siguen la misma moral.

—Confieso que esta auténtica libertad de cultos me parece un buen ejemplo a seguir. Pero en «La Ciudad de los Viejos», la libertad de cultos y la libertad sexual no son aplicables.

---

110 El texto en cursiva fue censurado y Bertrana no lo incluyó en la versión publicada en 1971.

—¿Por qué? –pregunta sorprendido el Delegado.

—¿Por qué? Ni yo mismo sabría explicármelo. Somos tan enraizadamente católicos, apostólicos y romanos, tan profundamente intransigentes, que a veces nos han calificado de: «más papistas que el Papa». Y es verdad. A menudo el mismo Santo Padre se muestra más liberal que nosotros en materias religiosas o de culto. El ecumenismo nos va ancho[111]. Hacemos esfuerzos para ajustar nuestra comprensión e incluso nuestra conciencia. Pero nuestra actitud hacia la gente de otras religiones no es cordial ni fraternal. Siempre nos parece que les tenemos que perdonar que no sean católicos e incluso este «perdón» se lo concedemos con restricciones. *En cuanto a la libertad sexual, no creo que sea nunca francamente aceptada. En todo caso, tolerada y nunca jamás discutida*[112].

—Entonces, ¿no se puede ni hablar? –pregunta riéndose el Delegado.

—Todos consideramos que es preferible no hablar de ello. Una conversación como esta que tú y yo mantenemos ahora, no sería posible entre gente corriente, moral y religiosa (que son la mayoría en nuestro país). Si lo intentáramos no obtendríamos ninguna respuesta e incluso es posible que alguno de los interlocutores se levantara de la silla y se fuera antes de expresar cualquier opinión referente a la cuestión sexual. Vivimos cargados de moral y de moralismo y, en este aspecto, los seglares todavía van más allá que los mismos curas. De curas, los hay progresistas y mucha gente les tiene tirria. Les consideran inmorales y poco ortodoxos. En una palabra: «anticlericales». La clerecía, en general, ha perdido mucho prestigio desde que algunos curas quieren hacer progresar al pueblo.

»Estos curas dichos progresistas tratan de implantar una moral nueva más viva, más humana, más de acuerdo con el tiempo presente. Pero poca gente les escucha. Tienen pereza de salir de los viejos moldes, más cómodos que la nueva actitud moral y cristiana de cara al prójimo.

»La mayoría, sobre todo los que hemos conseguido una cierta edad y en particular las viejas beatas, no estamos nada dispuestos a «progresar». Nos avenimos más con las viejas formas sociales que predi-

---

111   El «ecumenismo» es el movimiento que promueve la unidad de todas las iglesias cristianas.

112   Estas dos últimas frases fueron censuradas pero Bertrana las mantuvo.

camos (no he dicho practicamos) cada vez que la ocasión se presenta. En «La Ciudad de los Viejos», aunque te parezca mentira, el retrogradismo es el que armoniza más con nuestra idiosincrasia racial. Esta viejísima y solidísima moral de puertas hacia afuera, este horror de afrontar eso que tú llamarías «realidad», es lo que nos hace fuertes delante de la vida.

»Si fuerais a «La Ciudad de los Viejos» y tratases de predicar y recomendar o defender cualquiera de las leyes y decretos que rigen «La Ciudad de los Jóvenes», te harías apedrear y expulsar del país.

—Así, en «La Ciudad de los Viejos», ¿vivís todavía como en la Edad Media?

—No digo que la vivamos, aunque, quien sabe lo que pasaba en realidad, de puertas hacia dentro, en las familias de la Edad Media, es decir, lo que no cuentan las crónicas. En «La Ciudad de los Viejos» las leyes morales también son viejas pero nosotros nos espabilamos. Practicamos en gran escala eso de «hecha la ley hecha la trampa». Lo que no podemos sufrir de ninguna manera son las leyes que se inmiscuyen en nuestros asuntos personales. *En «La Ciudad de los Viejos» no se puede hablar y menos legislar sobre el amor libre, sobre el control de la natalidad, sobre el aborto legal, sobre el divorcio, sobre el celibato de los curas o sobre la virginidad dudosa de una muchacha casadera*[113].

—Pero, ¿todavía hacéis caso de la virginidad de las muchachas, en «La Ciudad de los Viejos»? —exclama medio horrorizado y medio chistoso el Delegado.

—Sí, en «La Ciudad de los Viejos» una virginidad todavía se cotiza. No creo que haya muchos chicos casaderos que prescindan de este requisito al menos en las familias llamadas «como es debido».

El Delegado se hecha reír. Pero yo continúo mi discurso patrióticopropagandístico.

—Pocos hombres, al casarse, renunciarían a este acto tan viril: «Tomar posesión de la mujer», tener la certitud que no ha estado tocada por otro hombre. Todos tenemos la pretensión de haberla «hecho nuestra» el primero: el único que la ha desflorado.

El Delegado explica con simplicidad.

—Aquí *vírgenes, no hay ninguna. Desde el momento en que el ginecólogo les coloca el «pesario» en la vagina, ya quedan desfloradas*[114].

---

113   Desde «En *La Ciudad de los Viejos* no se puede hablar» hasta «muchacha casadera» fue censurado por la Censura pero Bertrana mantuvo intacto todo el párrafo.

114   El texto en cursiva fue censurado, pero Bertrana mantuvo el diálogo completo.

Nadie habla de la virginidad en el sentido semisagrado social o poético que lo hacéis vosotros. En «La Ciudad de los Jóvenes» un muchacho que se encontrara en un caso de virginidad a resolver más bien renunciaría a hacerlo o lo haría con repugnancia. *No creo que en todo el país haya ninguna muchacha de quince años, virgen, ni ningún muchacho que haya desflorado a una muchacha*[115].

—Todo lo que me dices resultaría inconcebible en «La Ciudad de los Viejos». No sé cómo poner-me a escribir la crónica. Hasta temo que no me la dejen publicar. En nuestro país nadie trata estas cuestiones sexuales. Solamente entre médicos y amigos íntimos. Por el contrario, uno se complace hablando de la familia socialmente y eclesiásticamente constituida. Uno aboga casi unánimemente por la continuidad de este entendimiento entre padres e hijos el cual, a menudo, no existe mas que en la conversación. *En general no encontráis a nadie que pretenda criticar la abundancia de hijos ni la indisolubilidad del matrimonio, ni aceptar la idea del aborto legal, ni poner en tela de juicio el celibato de los sacerdotes*[116]. El intelecto natural y político del país acepta estas convenciones tradicionales moralistas como actos de fe. Los viejos curas las predican, los ciudadanos, respetables por sus altos cargos y abundancia de moneda, las propagan en sus círculos y entre amigos de la misma categoría social, las viejas beatas, moralistas por naturaleza, hacen eco con una convicción de vírgenes fuertes y los demás no nos atrevemos a contradecir la opinión general. Nos asociamos con nuestro silencio a la vieja moral que tu calificas de desusada y anacrónica y que a nosotros nos va como el anillo al dedo.

—Pero, ¿cómo puedes decir que os va como el anillo al dedo si tú mismo confiesas que «no os atrevéis» a contradecir la opinión general?

—Nos va bien porque a la moral nosotros la tratamos como si fuéramos «toreadores». La moral es el toro, nosotros la capeamos, le plantamos «banderillas» y, finalmente, le damos la «estocada» definitiva. La moral queda por el «arrastre» y nosotros salimos, a veces «en hombros», y otras veces por la puerta de atrás, huyendo.

—Perdona –dice el Delegado–, de todo este juego de palabras no he captado el sentido. ¿Me lo quieres explicar en un lenguaje corriente, menos metafórico?

---

115   Toda esta última frase en cursiva fue censurada pero Bertrana la mantuvo.
116   Desde «En general» hasta «el celibato de los sacerdotes» fue censurado pero Bertrana mantuvo el texto.

—Te lo diré más claro. A nosotros no nos complace nada esta seriedad vuestra. Lo queréis legislar todo, el amor, la fe, la familia, el trabajo, el arte. A nosotros, los habitantes de «La Ciudad de los Viejos», nada en el mundo nos da más miedo que las leyes, los reglamentos, las normas, sean las que sean, vengan de donde vengan y se dirijan a quien se dirijan.

Allí el amor no es legalmente libre pero en las grandes ciudades todos o casi todos lo practican libremente. Aquí el ginecólogo pone pesarios en la vagina de las muchachas de trece años y estas saben que pueden hacer libremente el amor sin peligro de concebir. Allí las muchachas con temperamento, desafían el peligro y también hacen el amor a escondidas de los padres y de la sociedad. Unas toman pastillas, otras se distraen y conciben. De estas algunas se hacen abortar, las otras se casan a toda prisa con el pretendido padre de la criatura, algunas, se quedan madres solteras sin que el hecho provoque terribles dramas ni familiares ni sociales, porque la gente, en general es humana y empieza a aceptar la idea que estas cosas tienen que pasar. Todos prefieren hacer la vista gorda antes que legislar y dar publicidad a los asuntos íntimos. En cuanto al divorcio nadie o casi nadie quiere escuchar hablar de ello. Nada más que tratéis de mencionarlo en la conversación, levantaréis una gran polvareda. Todos o casi todos evocarán el sacramento inviolable del matrimonio, los deberes hacia los hijos, el mal ejemplo que les daríais separándoos... [117]

El Delegado interrumpe.

—¿Es un buen ejemplo las desavenencias, las disputas, las búsquedas de compensaciones amorosas fuera del hogar, que los hijos descubren fácilmente?

—No, claro que no. Todos lo lamentamos. Pero sin amor ni comprensión la vida no es posible. *El amor se toma allí donde se encuentra* [118]. Vivimos en casa con la esposa y los hijos para dar satisfacción a la sociedad. Los vecinos y la portera nos ven juntos. Las apariencias quedan salvadas. Las apariencias representan un importantísimo rol en nuestro país. Aunque el matrimonio sea un infierno, lo aguantamos para que los otros crean que es un cielo o al menos un purgatorio. Tenemos nuestra vieja divisa: «Pecado escondido es medio perdonado». Algunos matrimonios desavenidos se separan

---

117 Todo este párrafo en cursiva fue suprimido por la Censura.
118 La censura marcó esta oración para que fuera eliminada del texto, pero Bertrana la mantuvo.

prescindiendo de la ley que no les permite divorciarse. Se juntan libremente con otro o con otra, forman una nueva familia ilegal, tienen hijos ilegales, viven ilegalmente felices.

—¡Qué inmoralidad! –exclama el Delegado.

Y añade:

—Todos estos enredos podrían evitarse con la ley del divorcio. Si tú mismo confiesas que a pesar de la ley y en contra de la ley, os divorciáis, ¿por qué diablo no la promulgáis?

—Nuestra opinión es que la ley no haría la cosa más o menos moral. Sólo la haría más fácil.

—¿Y por qué no queréis que sea fácil?

—¡No lo sé! Quizás para hacerla más apetecible. Quién sabe si para permitir a todos aquellos que no se han separado, el goce de creerse superiores a los otros en una especie de vanidad de orden moral-social.

Mientras el Delegado mueve la cabeza y alza los hombros yo le digo:

—Otra pregunta, por favor.

—Te escucho –acepta el Delegado, siempre amable.

—Me han dicho que en «La Ciudad de los Jóvenes» la cuestión de tener un hijo macho o hembra a voluntad de los padres es un asunto resuelto.

—No creo que el hecho sea solamente posible en nuestro país. Tengo entendido que actualmente es cosa corriente en todos los países civilizados del mundo.

—No es tan corriente, amigo Delegado. Se habla de ello. Se escribe el resultado de las investigaciones científicas. Algunos médicos dan el hecho como indiscutible. Incluso aconsejan a las parejas que están hartas de tener hijos del mismo sexo que prueben los procedimientos por ellos inventados. Procedimientos legales, claro, y siempre dentro de la máxima ortodoxia cristiana. Ellos aseguran que no puede fallar. Pero yo no conozco a nadie que me haya confesado practicarlo y haber salido bien.

—Aquí –asegura el Delegado–, ya no se trata solamente de «probar» y «acertar» sino de «querer». El asunto ha estado suficientemente investigado, estudiado, ensayado, practicado y demostrado. Al conocer las causas orgánicas que determinan la fecundación de un óvulo por un espermatozoide que lleva el cromosoma macho y el que lo lleva hembra, se han llamado especialistas biólogos, los cuales después de haber observado y determinado las evoluciones del organismo femenino antes, durante, y después del ciclo menstrual, han podido deducir el por qué y cómo se determina el sexo del embrión antes de convertirse en feto. Una vez positivamente y absolutamente enterados de las causas orgánicas que determinan el sexo de la criatura, los especialistas (en este caso no solamente biólogos sino químicos) se han librado a férreas investigaciones bioquímicas, para encontrar unas sales o unos ácidos que combatan los ácidos o las sales contenidas en el organismo fecundable femenino durante el período fértil de la mujer. De estas investigaciones, concienzudamente ensayadas y repetidamente comprobadas, los especialistas han elaborado y lanzado al mercado unos productos farmacéuticos destinados a las parejas que deseen escoger el sexo del hijo. Con la misma simplicidad y naturalidad que van a un centro de específicos a comprar aspirina o vitamina C, van a adquirir este producto que les asegura de una manera infalible, que serán padres de una niña o de un niño a voluntad.

—El nombre de la especialidad no lo recuerdo –añade el Delegado–, pero si te interesa conocerlo y hasta si quieres adquirir algún frasco para ofrecerlo a algún amigo tuyo de «La Ciudad de los Viejos», entra a cualquier farmacia y pídelo. No hace falta que susurres la demanda ni que esperes discretamente que un farmacéutico varón te despache. Cualquier mujer, farmacéutica o no, empleada en la casa, te lo venderá o te pondrá al corriente del nombre del producto.

—Me dejas de piedra –confieso–. No pensaba que estuvierais tan avanzados.

Sonríe.

—Llegaste a «La Ciudad de los Jóvenes» con una ley de prejuicio. Espero que al irte habrás ratificado la mala opinión que de nosotros tenías.

Protesto con calor.

—No sirvo a ninguna ley de prejuicio. A veces, no siempre os comprendo, pero siempre os admiro.

—¡Gracias! En cuanto al asunto de la progenitura, me he descuidado de decirte que no solamente puedes adquirir en la farmacia el sexo de tu bebé sino que puedes escogerlo rubio o moreno, alto o bajo, muy o medianamente inteligente, práctico o idealista, soñador, activo...

—¡Basta! ¡Basta! –grito–. ¿No pretendas hacerme creer que todas las cualidades que desearías para tu descendiente y que has enumerado ahora, uno puede adquirirlas en la farmacia, cerradas en un frasco de cristal o de plástico, pagando una cierta cantidad de moneda?

Sonríe.

—Sí, si, lo pretendo y te lo puedo probar cuando quieras.

—No, gracias. Prefiero hacerte más preguntas.

—Haz las que quieras.

—Ahora una pregunta escabrosa.

Sonríe.

—Escucho la pregunta escabrosa.

—Se trata de los homosexuales. ¿Los hay en «La Ciudad de los Jóvenes»?

—Los hay, pero no muchos. *Y te diré por qué. Una de las causas más frecuentes de la homosexualidad es la represión sexual y aquí la represión sexual no existe. La juventud se acopla pronto y libremente, así que siente la necesidad. Esta libertad priva a muchos jóvenes de librarse a derivativos antinaturales.*

—*¿Y a pesar de esto los hay, aunque no muchos según dices? ¿Cómo reacciona la Suprema Autoridad sexual en estos casos?*

El Delegado de Higiene sexual sonríe.

—*La Autoridad «no» reacciona.*

—*¿Cómo? ¿No los detenéis? ¿No los encarceláis? ¿No los encerráis en sanatorios o correccionales?*

—*Cuando un hombre llega a su mayoría de edad, la cual, como ya te he dicho, es a los quince años, puede hacer lo que quiera con su sexo mientras no provoque ningún escándalo. El escándalo es igualmente perseguido cuando los autores son hombres y mujeres. Si la aberración sexual queda escondida no tenemos ningún derecho a perseguirla. Para hacerlo tendríamos que basarnos en delaciones, espionajes y otros procedimientos policíacos que agravarían más el asunto. En algunos casos el homosexualismo obedece a una deformación física, a una costumbre adquirida en la infancia. En estos casos, si los padres se dan cuenta pueden recorrer a establecimientos médicos especializados. Si el homosexual ya es adulto y esconde su vicio de manera que evite cualquier escándalo, entonces ya no podemos poner remedio y es mejor tolerarlo como se hace en el resto del mundo*[119].

---

119   Esta discusión sobre la homosexualidad, desde «Y te diré por qué», fue censurada, pero

»No me interesa saber si los hay en vuestro país –continua el Delegado–. Creo que esta plaga existe en los países civilizados, en los medio civilizados, e incluso en las regiones más o menos salvajes. He viajado por Europa, América, Asia y África Septentrional. He podido observar que en todas partes los había. Y en todo lugar y en toda sociedad he podido ver que, por gusto o por la fuerza, se les toleraba. Porque, simplemente, ningún Gobierno ni ningún policía no puede perseguir aquello que no ve. Solo puede perseguir el hecho evidente. Y esto es lo que se practica en todo el mundo civilizado. Lo demás, ¿cómo queréis perseguirlo? Os podéis preocupar por ello y eso, allí como aquí, estudiar la cuestión, mirar de descubrir las causas, ayudar algún caso determinado y esporádico... En resumen: nada de carácter general y menos oficial.

Las declaraciones del Delegado de Higiene Sexual me han impresionado y perturbado.

Salgo de aquel despacho con la cabeza gacha y lleno de ideas contradictorias.

Bertrana la mantuvo intacta en la versión publicada en 1971. Seguramente porque en el texto se asocia la homosexualidad a una deformación, a una enfermedad y a una «plaga». Esta era la visión general que se tenía del homosexulismo durante la época y estas ideas eran apoyadas por la ciencia, la Iglesia y el Régimen. Por lo que no representaban un gran peligro publicarlas aunque fuera un tema prohibido.

XI. El Hogar del Amor Pasajero

Antes de salir de «La Ciudad de los Viejos», camino hacia mi gran
aventura periodística, prometí solemnemente a Pere Peret y Pericot,
muy estimado amigo y director del semanario «Ara o Mai», que no
le escondería nada de las observaciones y los acontecimientos que ilus-
trasen mi viaje. Y no solamente por confidencia al compañero sino
por el deber de informar a nuestros lectores. Se lo prometí y lo
cumplo.

Esta última crónica de mi visita a «La Ciudad de los Jóvenes», podemos considerarla como una deuda pagada al amigo (si Pere decide
no publicarla), o como un reportaje más de mi ilustradora estancia en
aquel lejano y sorprendente país, si la publica. ¿Reportaje? ¿Confidencia? ¡Qué más da!

Dialéctica a parte, el fondo de la cuestión es que aquel o aquellos
que la lean, privadamente o públicamente se formen una idea lo más
exacta posible a la verdad. Y al escribir el término «verdad» he estado
a punto de hacerlo en mayúsculas para dar más fuerza y más auten-
ticidad a los hechos. Hechos que escribo (ya creo haberlo dicho) con
espíritu confidencial como si lo hiciera susurrando al oído de un
amigo íntimo.

Comienzo por el principio.

Descansaba en el gran recibidor del Hotel 321. Estaba sentado en
una mesita donde había un vaso vacío. En el vaso había habido
whisky, y ahora el whisky, ya estaba dentro de mí. De momento, el
licor me había procurado una especie de alentador optimismo. Me parecía que ya había entrevistado todo tipo de Delegados. Mis notas eran
abundantes, verídicas, redactadas en forma de capítulos, y cada uno
de estos capítulos introducido por un título adecuado. Todo a punto
de publicación, y yo, el autor, señoreado por una ley de lasitud dichosa
como aquel que llega felizmente al término de una empresa laboriosa
con la sensación de haber hecho su deber.

Sí, pero una oleada de tristeza me invadía súbitamente. Me sentía solo, terriblemente solo, en este país tan joven, tan próspero, tan educado y amable y, sobre todo, tan libre y avanzado, en el que, sin embargo, no había nadie que me amara, nadie que me escuchara si yo necesitaba desahogarme. Posiblemente, aquellos que han llegado a un grado tan alto de prosperidad y de cultura han perdido la preciosa cualidad de comprender y amar, cualidades propias de los países menos prósperos y cultos.

Aquí la educación y la gracia, propiedades adquiridas «no» sentidas, substituyen los sentimientos. El buen humor y el optimismo, auténticos o simulados, representan el rol de la amistad. Quién sabe si también del amor. Estas reflexiones, más bien melancólicas, me han hecho poner la frente en la palma de la mano y el codo encima de la mesa. Mi actitud nostálgica ha llamado la atención de la Relaciones Públicas (perdonad que la mencione por la profesión, no le conozco ningún otro nombre). La muchacha ha venido hacia mí, me ha preguntado:

—¿No te encuentras bien?

—Sí –le he respondido poniéndome de pie–. Lo único que me falta es una compañía amable. Alguien que se interese por mí, que comparta mi alegría y mis dudas, que se entusiasme un momento en aquello que a mí me entusiasma y dude conmigo de aquello que yo dudo.

—Y quizás, –dice la Relaciones Públicas un poco burleta–, que te pase el brazo alrededor del cuello y te de un «besito».

—Exacto –acepto–. Me falta «alguien» que me abrace y me bese, que se ría si yo río y que llore si yo lloro, aunque no sea más que por un rato.

—Yo te puedo proporcionar este «alguien».

El corazón me ha dado un salto (perdonad que nombre este órgano aparentemente consagrado en la literatura para expresar sentimientos nobles y elevados).

—¡Qué dices! –he exclamado–. ¿Aquí? ¿Cómo? ¿Cuándo?

Y he añadido cautelosamente:

—¿Cuánto?

La Relaciones Públicas se reía. Yo me excusava.

—Perdona que piense en el precio. Supongo que este elemento precioso se paga con dinero.

—No te equivocas. Resulta bastante caro, pero también lo vale.

Añade con toda naturalidad.

—En «La Ciudad de los Jóvenes» hay una casa donde se reúne la gente enamoradiza faltada de afecto. Se llama «El Hogar del Amor Pasajero». Los extranjeros son los únicos que acuden.

—*¿Y por qué únicamente los extranjeros?*

—*A la gente del país no le hace falta un lugar determinado para aparearse. El amor es libre. Cuando queremos nos apareamos, y de lugares propios para expansionarnos no nos faltan. «El Hogar del Amor Pasajero» ha sido creado por el Estado para los extranjeros solitarios y melancólicos. Es tu caso*[120.] Si quieres te acompaño yo misma.

—¿Tú?

Un mal pensamiento ha herido mi imaginación. Pero se desvanece enseguida ante la sonrisa franca de la muchacha.

—Sí, yo. No serás el primer extranjero que acompaño.

—Pero... –vacilo–, ¿tú me presentarás este «alguien maravilloso» que me ha de consolar?

—No hará falta que yo en persona te ponga en contacto. Ya verás, todo resulta fácil, sencillo. La organización de este establecimiento es perfecta. Tendrás a la mujer que quieras, del tipo que te apetezca, hablando la lengua que prefieras. Es el hogar del amor más bien montado del mundo. De Nueva York, de Moscú, de Berlín, han venido enviados especiales a curiosearlo. Pero nadie ha tenido éxito, según dicen. Parece que los allí montados no son sino copias fallidas de «El Hogar del Amor Pasajero».

Esta gran dispensa anunciada por la Relaciones Públicas me preocupa. Tendré que telegrafiar a Pere Peret y Pericot, que me envíe más dinero. Es necesario que nuestra revista «Ara o Mai» sea digna del nombre que lleva. No ahorraré ningún esfuerzo. Y Pere me secundará. Le conozco. El interés de este reportaje nos resarcirá del dispendio.

—¡Vamos, amable Relaciones Públicas del Hotel 321!

Me acompaña con su mini coche.

Nos paramos delante de una especie de hotelillo de purísimo estilo Luís XVI, rodeado de jardines. La Relaciones Públicas entra con su coche en miniatura. Lo introduce en un garaje. Bajamos y la muchacha me lleva por el brazo hasta la entrada principal del edificio.

120　El fragmento en cursiva fue censurado por los Lectores, pero Bertrana mantuvo todo el texto de estos diálogos

En el gran recibidor, bien amoblado, bien enmoquetado y bien iluminado hay un bar. La Relaciones Públicas me pregunta si beberemos alguna cosa.

—Con mucho gusto –acepto.

Nos sentamos en una mesa. Pedimos dos whiskeys. Mientras los saboreamos, yo no puedo dejar de sospechar (que Dios me perdone el mal pensamiento, lo cual es ya una reincidencia) que la Relaciones Públicas acabará, quizás, por ofrecerse ella misma. Es un pensamiento absurdo, pero durante un rato esta absurdidad me obsesiona. Como mujer no me interesa. Parece un muchacho. Si me confesara que realmente lo es no me sorprendería.

Después de haber bebido, fumado y hablado un rato, la Relaciones Públicas me dedica un guiño invitador.

—Cuando quieras –respondo, no sin un esfuerzo que podríamos calificar de heroico.

Saco la cartera. Pero la muchacha dice simplemente.

—Ya está pagado.

—¿Quién lo ha pagado? –Pregunto alarmadísimo.

—El Hotel 321.

Añade:

—Pero no te hagas ilusiones, el Hotel sólo paga la bebida preliminar; todo lo demás lo pagarás tú.

—¿Y tú no cobrarás un tanto por ciento? –Interrogo haciendo uso de la poca educación y de la grosería propias, al menos en nuestro país, de este tipo de transacciones comerciales de alcahuetas.

La Relaciones Públicas corresponde a mi grosería con una franca sonrisa.

—No hago nada más que mi estricta obligación. Percibo un sueldo por mi trabajo. En este momento «trabajo».

Una llamarada de vergüenza me ha subido a las mejillas.

—Perdón –murmuro.

Me coge por el brazo.

—Ahora vamos a escoger a tu pareja.

Me empuja suavemente hacia una de las paredes laterales del gran «recibidor», donde no veo, de momento, ninguna puerta.

Cuando estamos cerca, descubro que el decorado mural representa una especie de mapa. Se ven esparcidos por aquí y por allí una serie de botones acompañados de rótulos.

—¿Sabes inglés? –Me pregunta la Relaciones Públicas.

—Según para qué quizás no lo sé suficiente.

—Lo justo para leer estos letreros.

Me empuja suavemente hasta medio metro del gran cuadro indicador.

—Lee –me invita.

Examino con prisa algunos de los rótulos que acompañan los botones: «Higt», «Full-faced», «Thin-Affectionate», «Passionate», «Blue-ayes», «Broun-ayes».121

—¿Sabes qué quieren decir?

—Comprendo que se trata de cualidades personales, pero no sé qué quieren decir.

—Es bien sencillo. Tú eliges las cualidades que querrías que una mujer tuviera. Por ejemplo: «alta», «delgada», «rubia», «apasionada»... Aprietas el botón que corresponda a cada cualidad. Esperas que de la ranura de abajo salga un ticket. Vas escogiendo, apretando y coleccionando tickets hasta que la mujer ideal que deseas quede completa con todos sus detalles.

—Bien, sí –replico–, ¿y entonces qué?

—Entonces pasas por la caja, das los tickets al contable, él cuenta cuanto sube el conjunto. Cada atributo o especialidad tiene un precio diferente. Te dice el importe global, tú pagas y listos.

—¿Cómo «listos»? ¿Y la mujer que habré escogido quién me la garantiza?

—«El Hogar del Amor Pasajero» es una casa acreditada y seria. Una vez la mujer es escogida y pagada, puedes contar con ello. No hace falta más que esperar a que llegue. La gerencia la avisa por teléfono. Alguien te dirá, minuto más minuto menos, la hora en que llegará.

—Pero ¿cómo «pueden» disponer de un ejemplar de mujer que corresponda exactamente al modelo que yo habré escogido?

—Disponen de mujeres de todas las medidas, colores y razas. ¡Un surtido extraordinario! Si les pidieras una vieja, una jorobada o una manca, seguramente no podrían procurártela, pero todas las variedades de hermosura, yendo de la morena mexicana o la chata hawaiana, de la blanca y rubia noruega hasta la indo-china de cuerpo de

---

121 Los errores en «Higt» (Hight), «ayes» (eyes) y «Broun» (Brown) enfatizan la mala pronunciación del inglés del narrador-protagonista debido a su deficiente conocimiento del idioma.

muñeca y pelo aceitoso, se encuentran a tu disposición.

—A mí lo que me hace falta, –digo con voz suave– es una mujer tierna y afectuosa.

Nos volvemos a acercar al cuadro sinóptico con sus centenares de botoncillos y de rótulos orientadores.

La Relaciones Públicas me ayuda a escoger a la mujer que ha de acompañar unas horas de mi solitaria vida y consolarme, curar mi melancolía.

Vamos apretando botoncillos y recogiendo tickets. He escogido una mujer alta, rubia, de ojos azules, afectuosa, que hable inglés; la mayoría habla esta lengua, según los letreros. Que hable catalán no hay ninguna.

Nos presentamos a la caja con cinco tickets. El cajero los registra, cobra el total y me da una tarjeta donde hay marcado:

    ALTA
    RUBIA
    OJOS AZULES
    AFECTUOSA
    HABLANDO INGLÉS

Dice que aquel documento, he de presentarlo cuando avisen que mi pareja ha llegado.

Le pregunto si tardará mucho en venir.

—Poco más o menos una hora –me responde–. No te puedo garantizar que venga más pronto, aunque también es posible. Calculamos una hora. Puedes tomar el te en la cafetería o mirar la tele o hablar con la Relaciones Públicas del Hotel 321. Pero vigila cuando mencione tu número. Es el 27. Lo encontrarás marcado en la tarjeta.

No me puedo permitir hacer perder más tiempo a la Relaciones Públicas. Le estrecho la mano, le digo «gracias» con el máximo de cordialidad. Quisiera decirle muchas más cosas, pero me encuentro en un estado de turbación extraña. Me entristece separarme de ella y al mismo tiempo no deseo que cuando me digan que ha llegado la otra, la muchacha esté conmigo.

La veo desaparecer con tristeza. De repente me siento terriblemente desamparado, más solo que nunca, más aterrado que nunca ante la perspectiva de enfrentar la mujer:

    ALTA
    RUBIA

OJOS AZULES
AFECTUOSA
HABLANDO INGLÉS

Los nervios comienzan a excitarse exageradamente. Las manos me tiemblan, la cabeza me duele. El corazón me va a una velocidad inusitada. Me siento enfermo, bien enfermo. No sé qué hacer. Puedo acercarme a la ventanilla donde han registrado los tickets y pedir que anulen la gestión. Pero ya es tarde. Han pasado bastantes minutos, cerca de un cuarto de hora desde que el cajero me ha dado la tarjeta. Probablemente la mujer que ha de aparearse conmigo en «El Hogar del Amor Pasajero», ya se está preparando o quizás ya ha salido de casa en un mini taxi o en uno de aquellos aparatos voladores que atraviesan el espacio aéreo de «La Ciudad» a velocidades espantosas. No, no puedo anular la comanda. Ya es tarde. Sólo me queda un recurso supremo, escaparme. El único hecho de pensarlo ya ha calmado un poco la aceleración de mi corazón, la tirantez de mis nervios, el temblor de mis manos.

¡Huir! Poner entre «El Hogar del Amor Pasajero», la mujer alta, rubia, de ojos azules y corazón afectuoso que viene a encontrarme y yo, calles y más calles, aire, espacio, luz de atardecer y silencio, un silencio maravilloso, sin palabras afectuosas en inglés, perfume sintético, diván turco con muelles elásticos...

Ya estoy en la calle, ya corro sin dirección fija desorientado pero feliz al pensar que de aquí a un rato alguien gritará: «¡Veintisiete!», «¡veintisiete!», «¡veintisiete!», y nadie responderá. Y una mujer alta, rubia, de ojos azules y corazón afectuoso alzará los hombros, cobrará el trabajo que no ha hecho y volverá tranquilamente a casa, mientras el cajero contará y registrará la ganancia de la casa extrañado de que un hombre que ha pagado una cantidad respetable para pasar un buen rato en «El Hogar del Amor Pasajero», haya desaparecido sin dejar rastro, como un ladrón. Como un ladrón, sí, pero como un ladrón al revés, es decir, dejándose robar o robándose él mismo de la manera más aparentemente estúpida.

XII. Abandono La Ciudad de los Jóvenes

Mi tarea de reportero ya ha terminado, y con ella mis grandes sorpresas, excitaciones, emociones, el deslumbramiento pasajero, las dudas y la mal contenida añoranza. Ahora que dejo para siempre este país extraordinario, la tristeza del mío, la cual me ha acompañado de una manera sorda y latente todo el tiempo de mi estancia con los «Jóvenes», también se ha fundido como por arte de magia. Tristeza y nostalgia de «La Ciudad de los Viejos» ya no existen, porque ya tengo el pasaje de avión que me conducirá a través de la vastedad de la tierra, de un hemisferio al otro hemisferio.

Pero siempre quedará dentro de mí el peso de la experiencia vivida. No creo que uno pueda olvidar esta Ciudad Joven y próspera, con su organización social, ni el espíritu fugaz y emprendedor de sus fundadores; ¡el más libre de todos los espíritus que yo haya podido soñar en toda la vida!

Pero a la vez que reconozco que el espíritu de «La Ciudad de los Jóvenes» es admirable, no puedo afirmar que encaje conmigo. Soy un reportero de orden fotográfico y magnetofónico. He descrito lo que he visto y escuchado, pero nunca osaré hacerme un apóstol de esta doctrina ni aconsejar a la juventud de nuestro país que tome por modelo a la juventud de «La Ciudad». No puedo imaginarme nuestros muchachos y muchachas empleando la libertad sexual, ni las formas sociales, profesionales, artísticas, literarias y deportivas que siguen la juventud de aquí.

Probablemente y que Dios nos libre, en «La Ciudad de los Viejos», no estallará nunca ninguna revolución que implemente unas leyes y unas costumbres parecidas a las de «La Ciudad de los Jóvenes». En «La Ciudad de los Viejos» los años y las centurias transcurren sin grandes cambios. La ciencia, el progreso material, la industria y el comercio e incluso la indumentaria ciudadana (la evidencia salta a la vista) evolucionan; el espíritu permanece inmóvil. Nuestro espíritu duerme un bello sueño en una especie de pétrea filosofía de carácter oriental. Si fuéramos orientales, y además idólatras, podríamos decir que nuestros dioses toman la siesta sobre su adorable vientre voluminoso y satisfecho.

Somos sucios, tacaños, hipócritas, mentirosos y cobardes y a la vez filósofos, sensuales, supersticiosos, hábiles y hechiceros como los orientales.

Y yo soy, no menos, uno de estos tacaños, hipócritas, sucios, mentirosos y cobardes, y a la vez filósofo, sensual, hechicero y supersticioso como buen ciudadano de «La Ciudad de los Viejos». Y «no puedo» vivir en otro lugar, ni respirar otra atmósfera, ni comprender otra idiosincrasia que nuestra idiosincrasia racial. Necesito masticar, oler, respirar, la avaricia, la hipocresía, la suciedad, la mentira, la cobardía, la sensualidad mezcladas con la reflexión, la prudencia, el sentimentalismo nacional y personal, la fe en nuestro Dios y en algún Santo también «nuestro» que garantice el éxito de mis cometidos.

Me siento feliz de abandonar este país donde respiro con dificultad. Es demasiado nuevo, demasiado moderno, demasiado próspero y demasiado libre. No encaja ni con mi carcasa ni con mi mente.

Vuelvo a «La Ciudad de los Viejos» con una ley de anhelo de sumergirme nuevamente en aquel ambiente denso, cargado de miasmas físicas y morales, el cual, en el momento de irme, consideraba irrespirable.

Me ha hecho falta el contacto íntimo con «La Ciudad de los Jóvenes», respirar aire ligero y sutil, ver espacios aireados, descubrir una atmósfera moral libre de prejuicios, para comprender que «mi clima» de viejo habitante de «La Ciudad de los Viejos» no es ni podrá ser nunca el de «La Ciudad de los Jóvenes». Me ahogo donde los «Jóvenes» respiran, no saboreo los manjares morales que ellos paladean, siento vaharadas fétidas allí donde ellos inspiran olores perfumados.

Vuelvo a las calles eternamente y misteriosamente abarrotadas, vuelvo a la densidad vertiginosa y perturbadora de montones y más montones de automóviles con ruido de motores, hedor de gasolina y de aceites pesados, estruendos alumbradores de parabrisas, chirridos escalofriantes de frenos mezclados con la monótona y triste cantinela de los ciegos vendedores de cupones de rifa parados en las esquinas cerca de una silla plegable y un transistor medio ahogado. Vuelvo al gigantesco y rápido crecimiento vertical de las construcciones monstruosas que van cubriendo inexorablemente el espacio aéreo de «La Ciudad».

A la sombra lúgubre de los rascacielos, las calzadas se estrechan más cada día. Ya sólo algunos viejos privilegiados pueden tomar el sol sin moverse de casa, acunados por el chirrido de soldaduras automáticas, zumbido de motores, golpes de martillo, chasquido de bigas de hierro de los miles de edificios urbanos en construcción.

Vuelvo a la tertulia del «Saló Rosa», viejo establecimiento pasado de moda cuyo nombre evoca fatalmente reuniones de viejas burguesas desocupadas, ridículas, glotonas y charlatanas, donde, a pesar de todo, se reúnen mis amigos: ni desocupados, ni ridículos, ni glotones, aunque un poco aburguesados y, naturalmente, charlatanes (por eso van).

Vuelvo a las abarrotadas multitudes humanas, a los empujones en el «metro», a la pestilencia de carne humana sudada, al montón de viajeros comprimidos en una plataforma transportadora donde, durante un rato, uno no sabe cuál es el brazo propio o el del vecino.

Vuelvo a las torrenteras de embobados de las tardes de los sábados, que no saben si quieren avanzar o si se quieren detener. Miles y miles de pies se arrastran por la acera, con un talón ajeno delante y una ajena punta detrás, siempre a punto de ser pisoteados.

Vuelvo a las grandes concentraciones domingueras católicas donde «no» reina la fraternidad cristiana. Muchos devotos no pueden dejar de mirar el reloj de pulsera mientras el predicador recomienda la elevación del espíritu hacia los valores eternos y la moderación afectiva hacia las conjeturas temporales. En la entrada y en la salida hay empujones y pisotones, menos apostólicos que romanos, más animales que fraternales.

Vuelvo a la gran «Ciudad de los Viejos», que vive de espaldas al mar y de cara a la peseta[122]. Miles y miles de hombres ajetreados dan vueltas en automóvil con vertiginosa rapidez sin poder aparcar en ningún lugar, arriba y abajo de las avenidas, como judíos errantes. Unos hechiceros ojos verdes, amarillos y rojos, sin párpados ni pestañas, les hacen de guía. Les dicen: «Pasa», «Vigila», «Párate». Aquí y allá los conductores desobedecen. Aquí y allá desobedecen los que van a pie. Hay accidentes, la gente corre. Se prende fuego en una fábrica o taller. Los tanques de los bomberos pasan como bestias apocalípticas, con rugidos de sirena y velocidad de relámpago. Suena el claxon de una ambulancia pidiendo paso.

Las mil y mil hormiguitas ciudadanas transitan anhelosas, obse-

---

122 La peseta era la unidad monetaria utilizada en España antes de ser reemplazada por los euros en 1995.

sionadas por la manía de la ganancia, del ahorro, de la vanidad, del amor o de la política.

Las hormiguitas se detienen un día de transitar. Con una mano que vacila se tocan la cabeza, el pecho o el vientre. Caen heridas de muerte o muertas. Alguien las recoge, las pone precipitadamente en una caja. Las encierra con llave y candado para que no se lo repiensen y vuelvan a circular y a obstruir las calles ya bastante y demasiado obstruidas. Uno se despide con unos apresurados y desafinados responsos y las guarda definitivamente en un nicho más o menos ancho, más o menos lujoso donde, invariablemente, se pudren en el más perfecto de los olvidos, viejos y jóvenes, ricos y pobres, ignorantes y sabios, buenos y malos.

Y es hacia esta ciudad, monstruosa, que yo vuelvo, envenenado por su recuerdo, obsesionado por su irresistible y añorada monstruosidad.

Soy carne de su carne y sangre de su sangre. Lejos de ella, el mundo no es el mundo ni la vida, la vida. ¡«Ciudad de los Viejos», «mi» Ciudad!

Dosier pedagógico

Comprensión del texto y análisis literario

1 ¿Quién narra la historia? Indique el tipo de narrador.

2 ¿Cómo se describe al protagonista?

3 ¿Qué significación tiene el hecho de que el protagonista sea a la vez el narrador de la historia?

4 ¿Qué importancia tiene que el protagonista sea reportero?

5 ¿Qué le sorprende al narrador nada más llegar a «La Ciudad de los Jóvenes»?

6 ¿En qué época se pueden situar los acontecimientos en la novela?

7 ¿Puede considerarse esta obra una alegoría? ¿De qué?

8 ¿Cómo son los personajes?

9 ¿Qué muestra la obra acerca del nivel intelectual de los protagonistas?

10 ¿Qué importancia tienen los nombres de los protagonistas?

11 ¿De qué manera contrastan los protagonistas en «La Ciudad de los Jóvenes» con los de «La Ciudad de los Viejos»? ¿Y con los jóvenes de hoy en día?

12 ¿Qué importancia tienen los diálogos de los protagonistas en la obra?

13 ¿Por qué viaja el narrador-protagonista a «La Ciudad de los Jóvenes»?

14 ¿Cómo son los recorridos del narrador por «la Ciudad»?

15 ¿Cuáles son los pre-juicios del narrador-protagonista antes de llegar a «La Ciudad de los Jóvenes»? ¿Experimentan algún cambio al final de la obra? ¿Por qué?

16 ¿De qué manera afectan los pre-juicios en la experiencia del viaje? ¿Es posible viajar sin tener pre-juicios? ¿Cómo se adquieren los pre-juicios? Aporte ejemplos específicos.

17 Examine cómo opera el viaje y las esperanzas de futuro o la desilusión del narrador y valore las implicaciones del desplazamiento en el contexto de la obra considerando el viaje en términos de pérdidas y ganancias.

18 ¿De qué manera el género utópico sirvió a la autora para hacer crítica social?

19 ¿Qué cuestiones sobre género se discuten en la obra?

20 ¿Es esta una obra feminista?

21 Haga una búsqueda en internet y encuentre información sobre el Barrio Gótico y el «Saló Rosa» de Barcelona. ¿Qué relevancia tienen ambos lugares en la novela?

22 ¿Cómo se proyecta la burguesía catalana en la obra?

23 ¿Cómo se organiza el Estado de «La Ciudad de los Jóvenes»?

24 ¿Qué diferencias hay entre el gobierno de «La Ciudad de los Jóvenes» y el de Estados Unidos?

25 ¿Funcionaría un gobierno como el de «La Ciudad de los Jóvenes» en nuestro país? ¿Por qué?

26 ¿De qué manera se contrasta la revolución social y moral en «La Ciudad de los Jóvenes» con la revolución comunista de la Unión Soviética? ¿Cómo se proyecta y cuál es la opinión del narrador?

27 En «La Ciudad de los Jóvenes» existen límites de edad para ejercer las funciones públicas y para trabajar. ¿Le parecen razonables? ¿Qué límites de edad existen en su país? ¿Está de acuerdo con ellos? ¿Por qué?

28 ¿Qué ejemplos de ironía se ven en la obra?

29 ¿Cómo se utiliza el humor?

30 ¿De qué manera se utilizan las metáforas?

31 ¿Cómo es el tono de la obra?

32 ¿Cómo es en general el lenguaje que se utiliza en esta novela?

33 ¿Qué concepto de la propiedad privada se tiene en «La Ciudad de los Jóvenes»? ¿Está de acuerdo? ¿Son similares o diferentes a los de su país?

34 ¿Cuál es la opinión que se tiene de la familia en «La Ciudad de los Jóvenes»? ¿Está usted de acuerdo?

35 ¿Cuál es la opinión del narrador sobre la religión?

36 ¿Qué paralelismos hay entre la visión del mundo religioso en «La Ciudad de los Jóvenes» y la sociedad actual?

37 ¿Qué descubre el narrador en su visita al Delegado de Bellas Artes y Bellas Letras?

38 ¿Hasta qué punto este capítulo puede interpretarse como una premonición del futuro que nos espera en el campo de las Artes y de las Letras?

39 ¿A quiénes puede estar criticando la autora implícita cuando se refiere a «El Espíritu Santo de las Letras» y los «Ku-Klux-Klans»?

40 ¿Cómo se inicia la revolución en «La Ciudad de los Jóvenes»? ¿Por qué?

41 ¿Qué descubre el narrador en la Tienda de Órganos Humanos Artificiales? ¿Cree usted posibles algunos de los avances discutidos en este capítulo?

42 En grupos, seleccionen un fragmento en cada capítulo y analícenlo de forma crítica.

43 ¿Qué ideas se proyectan sobre la maternidad, la infancia y la sobrepoblación? ¿Está usted de acuerdo? ¿Por qué?

44 ¿Es el exceso de población un problema hoy en día? ¿Dónde? ¿Qué factores lo provocan? ¿Qué medidas, si las hay, se aplican? Investigue y razone su respuesta.

45 ¿Cuál es la lección moral en este capítulo *VII. Delegado de Instrucción Pública y Educación Nacional*?

46 Busque información sobre la censura en España durante el franquismo. ¿Cuáles eran los temas «prohibidos»? ¿Aparecen en la obra? Aporte ejemplos.

47 En su opinión, ¿por qué la censura eliminó ciertos fragmentos pero dejó otros intactos aunque fueran censurables?

48 ¿Qué importancia tiene la siguiente afirmación?: «No quiero continuar la descripción de esta entrevista porque me temo que los lectores de «Ara o Mai» pensarán que exagero o que invento o, lo que sería todavía peor, que la censura de «La Ciudad de los Viejos» interfiera o modifique mi texto el cual es un purísimo reflejo de la más estricta realidad.»

49 En su opinión, ¿cómo explica que esta obra pasara la censura?

50 ¿Qué deportes se practican en «La Ciudad de los Jóvenes»?

51 ¿Qué relación hay entre la revolución de los «Jóvenes» y el fútbol?

52 ¿Qué nos revelan los comentarios sobre el fútbol en la obra?

53 ¿Cuál es el rol de los medios de comunicación y las nuevas tecnologías en «La Ciudad de los Jóvenes»? ¿De qué manera contrastan con «La Ciudad de los Viejos»? ¿De qué manera contrastan con la sociedad actual?

54 ¿Debe preocuparse la gente por las consecuencias en los cambios en los medios de comunicación y las nuevas tecnologías?

55 Se van a ver cambios radicales en la estructura y organización de las bibliotecas en los próximos años?

56 ¿Cuál es el futuro de los libros?

57 ¿Qué descubre el narrador-personaje cuando visita al Delegado de Higiene Sexual?

58 ¿Qué opina el narrador-protagonista sobre los avances en la cuestión sexual? ¿Qué opina el mismo Delegado de Higiene Sexual? ¿Qué opina usted?

59 ¿Cuál es la ironía del «sexo único» en «La Ciudad de los Jóvenes»? ¿Qué nos revela dicha ironía? Explique.

60 ¿De qué forma contrastan las ideas sobre la natalidad en «La Ciudad de los Viejos» con las de «La Ciudad de los Jóvenes»?

61 ¿Cuál es la mayor oposición a la limitación de la natalidad en «La Ciudad de los Viejos»?

62 ¿Qué métodos utilizan en «La Ciudad de los Jóvenes» para limitar la natalidad? ¿Está usted de acuerdo? ¿Por qué?

63 ¿Qué quiere decir el narrador-protagonista cuando afirma que en «La Ciudad de los Viejos»: «una virginidad todavía se cotiza»?

64 ¿Qué ideas se proyectan en la obra sobre la homosexualidad? ¿Qué nos revelan?

65 ¿Qué quiere decir el narrador-personaje cuando afirma que: «Posiblemente, aquellos que han llegado a un grado tan alto de prosperidad y de cultura han perdido la preciosa cualidad de comprender y amar, cualidades propias de los países menos prósperos y cultos.»?

66 ¿Qué es «El Hogar del Amor Pasajero»? ¿Quiénes acuden?

67 ¿Cuál es el principal temor del narrador-personaje cuando va al «Hogar del Amor Pasajero»?

68 ¿Es significativo que la mayoría de las mujeres en «El Hogar del Amor Pasajero» hablan inglés?

69 ¿Por qué el narrador se siente solo y desamparado cuando la Relaciones Públicas se va después de llevarlo al «Hogar del Amor Pasajero»?

70 ¿Cómo interpreta la huida fugaz del narrador-personaje al final del capítulo XI?

71 ¿Cuál es la valoración final del narrador-protagonista antes de abandonar «La Ciudad»? ¿A qué conclusión(es) llega? ¿Qué revela su reflexión?

72 ¿Qué opina el narrador-protagonista sobre su propia ciudad? ¿Está de acuerdo con su concepto de ciudad? ¿Es comparable con alguna ciudad contemporánea? Razone su respuesta.

73 En su opinión, ¿es la sociedad que presenta Bertrana en *La ciudad de los jóvenes* una sociedad perfecta?

74 ¿Cuál sería para usted una sociedad perfecta?

75 ¿Hay posibilidades de que algún días las predicciones de Bertrana en la obra se hagan realidad?

76 ¿Cómo cree que será la vida del narrador-protagonista después de su viaje a «La Ciudad de los Jóvenes»?

77 Según Ortega y Gasset en *La rebelión de las masas,* la democratización de la cultura occidental conducirá a la tiranía de las masas y a la mediocridad. Para el autor las masas se han convertido en árbitro del gusto, determinando las corrientes en boga y opinando sobre cosas que no entiende. El hombre masa, lleno de resentimiento, en vez de mejorarse, quiere que todos se rebajen a su nivel, y las democracias, en este sentido según Ortega, degeneran en «plebeyismo». ¿Cree que la rebelión de «los Jóvenes» en la novela conducirá a la degeneración en «plebeyismo» como observa Ortega? Razone su respuesta.

78 ¿Ofrece Bertrana una visión optimista o pesimista de la sociedad y la naturaleza humana?

79 ¿Se propone alguna solución para los problemas de clase en la obra? ¿Qué soluciones se proponen en la obra?

80 ¿Qué medidas se adoptan con los extranjeros que visitan «La Ciudad de los Jóvenes» y no siguen las normas?¿Es una solución justa y democrática?

81 ¿Es la sociedad que presenta Bertrana una sociedad capitalista, socialista, comunista, ...?

82 En nuestra sociedad, ¿puede una persona sin recursos económicos llegar a tener éxito? ¿Qué curso debe seguir una persona que quisiera triunfar en la vida?

Más allá del texto

Escriba una composición o prepare un informe oral sobre uno de los siguientes temas:

1 La imagen de la sociedad española en la obra.

2 La utopía en la narrativa contemporánea.

3 Las obras escritas por mujeres durante la España franquista.

4 La censura y sus efectos en la literatura.

5 Nuevas tendencias en la literatura de los años setenta.

6 El feminismo y la perspectiva literaria femenina en el siglo XX.

7 El impacto de las nuevas tecnologías en la literatura.

8 La literatura de viajes en el siglo XX.

9 El rol del medio ambiente en la literatura contemporánea.

10 La homosexualidad en la literatura del siglo XX.

ANEXOS

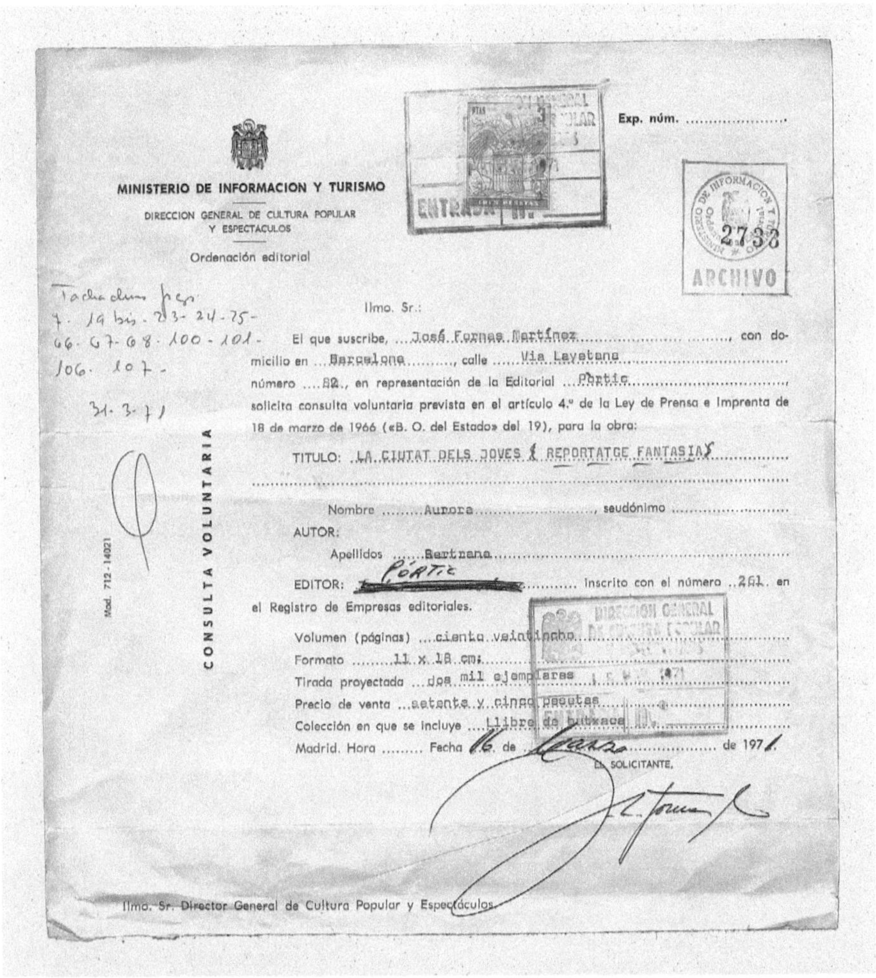

MINISTERIO DE INFORMACION Y TURISMO

DIRECCION GENERAL DE CULTURA POPULAR Y ESPECTACULOS

Ordenación editorial

Exp. núm. ....

Ilmo. Sr.:

El que suscribe, ...José Forneo Martínez........................., con domicilio en ...Barcelona......., calle ...Vía Layetana............ número ...82., en representación de la Editorial ...Pórtic.......... solicita consulta voluntaria prevista en el artículo 4.º de la Ley de Prensa e Imprenta de 18 de marzo de 1966 («B. O. del Estado» del 19), para la obra:

TITULO: .LA CIUTAT DELS JOVES ↑ REPORTATGE FANTASIA↑

CONSULTA VOLUNTARIA

Nombre ....Aurora............., seudónimo ....

AUTOR:

Apellidos .....Bertrana........

EDITOR: PÓRTIC .... Inscrito con el número ..261. en el Registro de Empresas editoriales.

Volumen (páginas) ...ciento veintiuno..... Formato ....11 x 18 cm.. Tirada proyectada ...dos mil ejemplares .... Precio de venta ...setenta y cinco pesetas.... Colección en que se incluye ....Libre de butxaca.... Madrid. Hora .... Fecha 16 de Marzo de 1971

EL SOLICITANTE,

Ilmo. Sr. Director General de Cultura Popular y Espectáculos

(handwritten left margin)
Tachaduras pags.
7. 14 bis. 23. 24. 75.
66. 67. 68. 100. 101.
106. 107.
31. 3. 71

Mod. 712-14021

1- REGISTRO DE LA CONSULTA VOLUNTARIA DE *La ciutat dels joves* EL 16 DE MARZO.

Con esta fecha queda hecho el depósito de los ejemplares que se determinan, cuya remisión se hace según
órdenes de la Superioridad, e igualmente se procede a la
oportuna anotación de esta diligencia en los ficheros.

Madrid,   de   de 197

El Jefe de Circulación y Ficheros,

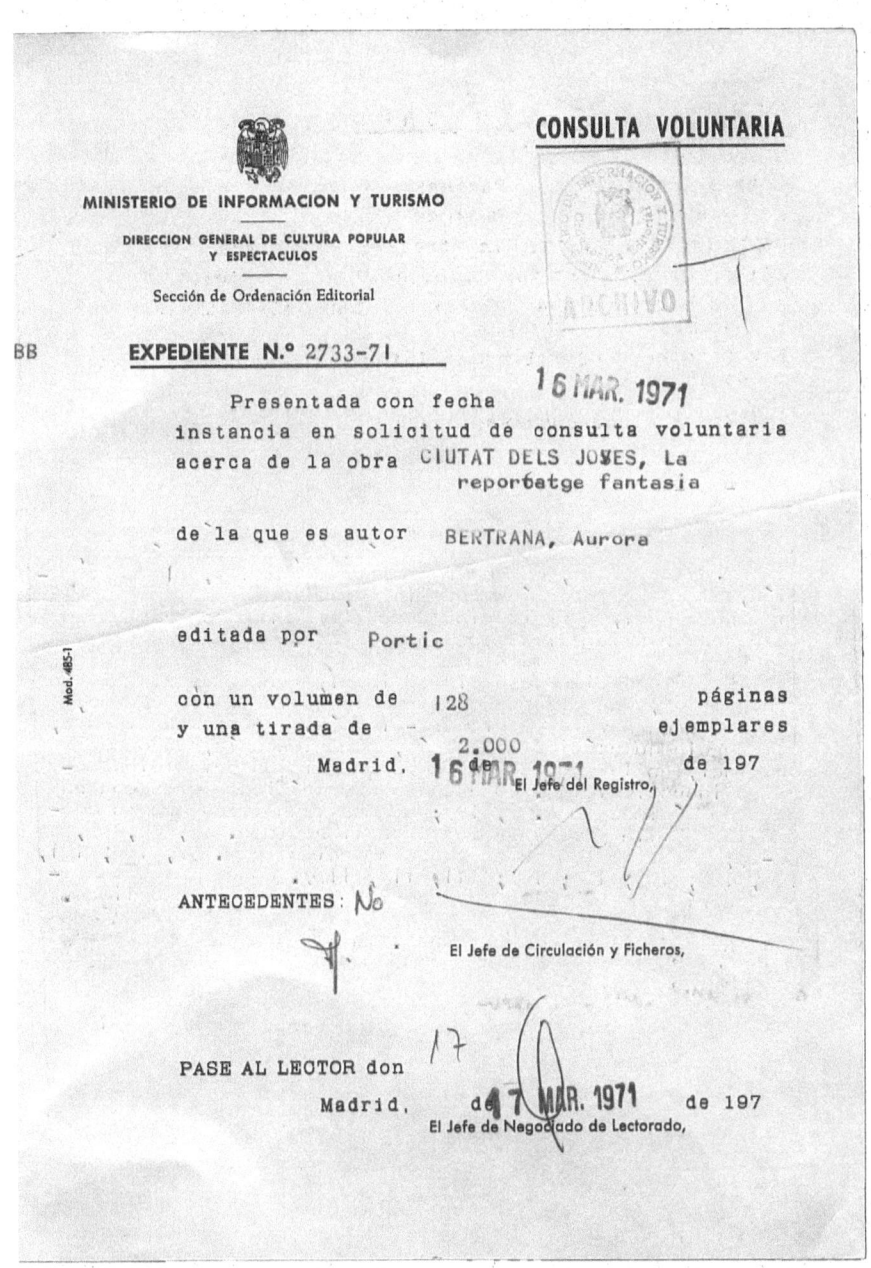

MINISTERIO DE INFORMACION Y TURISMO

DIRECCION GENERAL DE CULTURA POPULAR
Y ESPECTACULOS

Sección de Ordenación Editorial

CONSULTA VOLUNTARIA

ARCHIVO

BB

EXPEDIENTE N.º 2733-71

Presentada con fecha 16 MAR. 1971
instancia en solicitud de consulta voluntaria
acerca de la obra CIUTAT DELS JOVES, La
reportatge fantasia

de la que es autor BERTRANA, Aurora

editada por Portic

con un volumen de 128 páginas
y una tirada de 2.000 ejemplares
Madrid, 16 MAR. 1971 de 197

El Jefe del Registro,

ANTECEDENTES: No

El Jefe de Circulación y Ficheros,

PASE AL LECTOR don 17
Madrid, de 17 MAR. 1971 de 197
El Jefe de Negociado de Lectorado,

2- Expediente abierto de *La ciutat dels joves* el 17 de marzo de 1971.

N.º EXPEDIENTE: 2733-71

TITULO: CIUTAT DELS JOVES, La
          reportatges fantasia
AUTOR: BERTRANA, Aurora

EDITOR: Portic

PAGINAS: 128   TIRADA: 2.000

- C -

    Un reportero visita la "Ciudad de los Jóvenes" y hace reportajes al Delegado de Orden Público, al Eclesiástico, al de Bellas Artes, al de Organos artificiales, al de Educación, al de Orientación Profesional, al de Deportes y al Higiene Sexual, y visita la "Cada del amor pasajero" antes de regresar a la "Ciudad de los Viejos".

    La autora pinta una ciudad ideal, perfecta, sin ningún "prejuicio", una especie de "Arcadia feliz" a lo moderno, con aires de novela de ciencia-ficción. Pero, naturalmente, es una ciudad utópica por demás, pura fantasía, no demasiado original, en la que califican de prejuicios principios morales insustituibles. De rechazo hay críticas duras contra nuestro Régimen (pgs. 7, 19); se deslizan ideas graves contra la familia y a favor del amor libre (pgs. 23, 24, 25, 66-8); se defienden principios inmorales (pgs. 97, 100, 101, 102, 104, 105, 106, 107, 111, 112, 117). Con estas tachaduras podría tolerarse la publicación de este extraño libro.

    AUTORIZABLE con tachaduras.

25   marzo   I

3- Informe de un Lector de *La ciutat dels joves* el 25 de marzo de 1971.

MINISTERIO DE INFORMACION Y TURISMO

DIRECCION GENERAL DE CULTURA POPULAR
Y ESPECTACULOS

mc

ORDENACION EDITORIAL

Núm. 2733-71

En contestación a su consulta de fecha ....
16 de marzo de 1971 ...... relativa a la obra
"LA CIUTAT DELS JOVES.- Reportatge
fantasia.- Aurora Bertrana.
se aconseja la supresión de los pasajes señalados en las
páginas 7-19 bis-23-24-25-66-67-68-
100-101-106 y 107.-

Dios guarde a Vd. muchos años.

Madrid, 1 de abril de 196 71.

P. EL DIRECTOR GENERAL
DE CULTURA POPULAR Y ESPECTACULOS,

Sr. D. PORTIC.- Barcelona

Mod. 749.

4- Resolución de *La ciutat dels joves* del 1 de abril de
1971.

EXP : 2733/71

TIT : La ciutat dels joves (La ciudad de los jóvenes)

AUT : Aurora Bertrana

EDI : Portic

La novela se autorizó con tachaduras en consulta voluntaria. Ahora se presenta a depósito.

La mayoría de las tachaduras se han suprimido íntegramente. Alguna se ha modificado satisfactoriamente. Tan sólo una -p. 26 (19 bis en consulta- se ha mantenido en su totalidad. Se trata, precisamente, de la única tachadura de cariz político. Dice así, traducida literalmente:

-"Es evidente -acepto- que ciertos personajes harían bien muriéndose o retirándose a tiempo. Pero algunos tal vez son insustituibles.

-Todos son sustituibles. Pero si permitiéramos escoger a los interesados no encontraríamos ni uno que quisiera ser sustituido. Se aferran al cargo aunque ya no se aguantan de viejos y de chochos".

Cualquier lector, catalán o no catalán, interpretará estas frases como aplicadas a Franco. ?Pero lo interpretará así el juez?

Madrid, 11- noviembre-71

5- Informe de un Lector de *La ciutat dels joves* el 11 de noviembre de 1971.

6- Segunda entrada a consulta voluntaria de *La ciutat dels joves* el 9 de noviembre de 1971.

I N F O R M E

¿Ataca al Dogma?   Páginas

¿A la moral?   Páginas

¿A la Iglesia o a sus Ministros?   Páginas

¿Al régimen y a sus instituciones?   Páginas

¿A las personas que colaboran o han colaborado con el Régimen?   Páginas

Los pasajes censurables ¿califican el contenido total de la obra?

Informe y otras observaciones:

— C —

Un reportero visita la "Ciudad de los Jóvenes" y hace reportajes al Delegado de Orden Público, al Eclesiástico, al de Bellas Artes, al de Organos artificiales, al de Educación, al de Orientación Profesional, al de Deportes y al de Higiene Sexual, y visita la "Casa del amor pasajero" antes de regresar a la "Ciudad de los Viejos".

La autora pinta una ciudad ideal, perfecta, sin ningún "prejuicio", una especie de "Arcadia feliz" a lo moderno, con aires de novela de ciencia-ficción. Pero, naturalmente, es una ciudad utópica por demás, pura fantasía, no demasiado original, en la que califican de prejuicios principios morales insustituibles. De rechazo hay críticas duras contra nuestro Régimen (pgs. 7, 19); se deslizan ideas graves contra la familia y a favor del amor libre (pgs. 23, 24, 25, 66-8); se defienden principios inmorales (pgs. 97, 100, 101, 102, 104, 105, 106, 107, 111, 112, 117). Con estas tachaduras podría tolerarse la publicación de este extraño libro.

Todas las tachaduras se han modificado satisfactoriamente o suprimido, excepto p. 26
12.11.71

AUTORIZABLE con tachaduras.

Creo se pueden mantener las tachaduras 7-19 bis-23.24.25-66 a 68. Las restantes creo que pueden pasar. 24-3-71

Madrid, 25 de marzo de 197

El lector,

Tachaduras pgs. 7-19 bis-23.24.25 66-67-68-100-101-106.107

7- INFORME DE *La ciutat dels joves* DEL 25 DE MARZO DE 1971 CON COMENTARIOS DE DIFERENTES LECTORES DESPUÉS DE REVISAR OTRA VEZ EL MANUSCRITO EL 12 Y EL 14 DE NOVIEMBRE DE 1971.

RESULTADO

Se propone la

Madrid, 15 NOV 1971   de 197

El Jefe de Negociado de Lectorado,

R E S O L U C I O N

VISTOS el informe del Negociado de Lectorado, las disposiciones vigentes y las normas comunicadas por
la Superioridad, esta Sección estima que la obra
a que se refiere este expediente puede ser

Madrid,   de   de 197

El Jefe de la Sección,

CONFORME con la Sección.

Madrid,   de   de 197

EL DIRECTOR GENERAL,

8- Resolución final de *La ciutat dels joves* del 15 de
noviembre de 1971.

INFORME   N.2. 13

¿Ataca al Dogma?   Páginas

¿A la moral?   Páginas

¿A la Iglesia o a sus Ministros?   Páginas

¿Al régimen y a sus instituciones?   Páginas

¿A las personas que colaboran o han colaborado con el
  Régimen?   Páginas

Los pasajes censurables ¿califican el contenido total
  de la obra?

Informe y otras observaciones:

   C - Novela

   Precede una presentación del autor y un análisis de la
novela.

   Un tipo primario, campanero de la catedral de Gerona,
tiene unas orgías salvajes con una prostituta en las bóvedas
de la catedral. Luego siente remordimientos... y la asesina.
Esconde en diferentes rincones el cadáver ya en putrefacción.
Al día siguiente, como no toca las campanas, fuerzan la puerta y le encuentran tocando una flauta, loco.

   A Bertrana se le considera un clásico dentro de la literatura catalana. Pero la novela es de un naturalismo brutal.
Ella es masoquista y él un fauno insaciable; más que personas, los dos parecen bestias. No hay excesivas descripciones
pornográficas, pero toda la novela exhala un tufo pestilente, sexual y sacrílego. Considero sinceramente que no debe
autorizarse su publicación, si bien sugiero una nueva lectura.

   NO AUTORIZABLE.

                    Madrid, 7 de julio   de 1972
                         El Lector,

RESULTADO

Se propone la

Madrid,   de   de 197
El Jefe de Negociado de Lectorado,

R E S O L U C I O N

VISTOS el informe del Negociado de Lectorado, las dis-
    posiciones vigentes y las normas comunicadas por
    la Superioridad, esta Sección estima que la obra
    a que se refiere este expediente puede ser

Madrid,   de   de 197
El Jefe de la Sección,

CONFORME con la Sección.

Madrid,   de   de 197
EL DIRECTOR GENERAL,

9-Informe y Resolución del primer Lector de la
novela *Josafat* de Prudenci Bertrana, del 7 de julio
de 1972.

I N F O R M E

¿Ataca al Dogma?   Páginas
¿A la moral?   Páginas
¿A la Iglesia o a sus Ministros?   Páginas
¿Al régimen y a sus instituciones?   Páginas
¿A las personas que colaboran o han colaborado con el
   Régimen?   Páginas
Los pasajes censurables ¿califican el contenido total
   de la obra?

Informe y otras observaciones:

   Novela que tiene como protagonista a un ser primitivo
sacristan y campanero de una parroquia que a pesar de su
sincera piedad viene sujeto a fuertes ataques de lujuria
y del que se enamora una prostituta que aprovecha la tenden
cia del protagonista, hasta que este en un momento de fu-
ror la lanza contra la pared matándola.

   Es novela fuerte indudablemente, pero mucho más limpia
que otras muchas que por ahí corren, y que aunque en algun
lugar hay cierto juicio de un personaje de la misma sobre
los curas, ha de tomarse esto no como opinión del autor, si
no como creencia logica de tal personaje.

   A mi juicio puede publicarse integramente.

      Madrid a 20 de Julio de 1972

         El lector.

                  Madrid,   de   de 197
                           El Lector,

RESULTADO

Se propone la

AUTORIZACION

Madrid, de 2 1 JUL. 1972 de 197
El Jefe de Negociado de Lectorado,

R E S O L U C I O N

VISTOS el informe del Negociado de Lectorado, las disposiciones vigentes y las normas comunicadas por
la Superioridad, esta Sección estima que la obra
a que se refiere este expediente puede ser

Madrid, de   de 197
El Jefe de la Sección,

CONFORME con la Sección.

Madrid, de   de 197
EL DIRECTOR GENERAL,

10- Informe y Resolución del segundo Lector de la
novela *Josafat* de Prudenci Bertrana, del 21 de julio
de 1972.